中公文庫

御子柴くんと遠距離バディ

若竹七海

中央公論新社

目次

御子柴くんと遠距離バディ

御子柴くんの災難

1

救急車が病院に到着した。サイレンがやんだ。

突然の静けさのなか、救急隊員がきびきびと助手席から駆け下りてきて、協力してストレッチャーを下ろし、病院内に入った。灯りの消えた薄暗い廊下を、ストレッチャーは運ばれていく。

シロウトにもわかる、かなり深刻な重傷者を運び込んだのに、静かなものなんだな、と竹花一樹《たけはなかずき》は後をついて歩きながら、場違いなことを考えた。

警察官になって十数年。とっくに経験していてもおかしくないのに、怪我人《けがにん》に同乗して救急車に乗ったのは、これが初めてだった。そのことに気づいて、竹花は驚いた。警察学校を卒業して最初に四谷《よつや》署に配属されて、あそこは繁華街を擁《よう》しているから交番勤務のときは血を見ない日はめったになく、毎日のように救急応援を呼んでいて、顔見知りになって一緒に飲みにいった救急隊員もいたのに……。

救急救命室といえば、夜中でも電気がピカピカの真っ白いスペースで、患者が搬送されるとわらわらと医師や看護師が飛び出てきて、患者を取り囲み、大急ぎでベッドに移し、ラインとやらをとったり挿管しながら、全員がテンパって叫び合っているのかと思っていた。血圧はいくつ、意識レベルがどうの、酸素飽和度がどうの、そんなふうに。常識で考えれば、ドラマみたいに大勢で情報をわめくわけないんだけど。

救急隊員がひとり、奥の扉の中に入っていった。ぱっと見、近代的な病院だったが、この付近の設備投資はまだ行われていないようだ。出入り口の扉は何度もペンキを重ね塗りされて、真鍮《しんちゅう》のノブにもペンキの雫《しずく》が垂れており、昭和テイストの曇りガラスにビニールテープで〈救急〉という文字が描かれている。なんだか、うらぶれた貿易会社の事務所のようだ。

大丈夫なんだろうか。

竹花はザックをかかえ直した。ストレッチャーに横たわったまま動かない男のザックだ。ここに来るまでに何度も呼びかけたが、返事も反応もなかった。ただ、酸素マスクが息で白く曇っては、透明になる。

少なくとも、息はしている。

しているが、ちくしょう。

「少し時間がかかりますから、あちらのベンチで待っていてください。この先の方針がわかり次第、お報《しら》せしますから」

黙ってストレッチャーに寄り添っていた、別の隊員が小声で竹花に言った。オレは大丈夫ですから、と言い返しかけて、気が変わった。なにも隊員は竹花を心配したわけではない。邪魔だからあっち行ってろ、の婉曲表現というやつだ。オレもよく使う手だよ。

竹花はおとなしく、少し離れたベンチに座った。同時に中へ入っていった隊員が医師と看護師を従えて戻ってきた。思わず、立ち上がった。

彼らは竹花を見もせずに、小声で情報をやりとりし始めた。会話が細切れに竹花の耳に届く。

「……三十五歳、男性。高所からの転落……」

「……状況からおそらく、低体温症を起こして……」

「……右腕の開放骨折、大腿《だいたい》部の腫れ……」

「……呼びかけに応じず……腹部に刺傷が……」

医者が少し大きな声で、刺傷？　と繰り返した。救助隊員がこちらをちらっと見た。声は聞こえなかったが、唇の動きで、警察官、と言ったのがわかった。

そうだよ。警察官だよ。助けてくれよ。

竹花一樹は彼らを見つめた。ストレッチャーを取り囲む彼らは、竹花が感じている焦りなど、みじんも感じていないように見えた。ただ、祈りを捧げているような静けさで、データのやりとりをしているだけだ。

それこそがプロの証なのだろう。えげつなく騒がれるより、冷静に対処するのが当然だとわかってもいる。自分だって警察官だ。思わぬ事件事故に遭遇して興奮し、しっちゃかめっちゃかになってしまったおばさんに、

「こんな大変なことが起こってるのに、なんでしれっとしてんのよアンタは」

胸ぐらつかまれて、理不尽だなと腹が立ったこともあった。警察官まで一緒になってあたふたしたら、よけいマズいに決まってんだろ、わけわかんない八つ当たり、やめてくれよ。

でも、いま初めて、あのときのおばさんの気持ちがわかった。静かに話してるんじゃねえ、少しは焦ってくれ、とんでもない大怪我なんだから、ひどいめにあってるんだから、助けられるのはアンタたちだけなんだから。

暗い廊下に置きっぱなしはないだろ。早く手当てしてくれよ。

もう少しで怒鳴り出しそうになったとき、医師が静かに指示を出し始めた。ようやくストレッチャーが動き出し、救急救命室に吸い込まれていく。体温保護用の銀色のシートに包まれた、登山靴の分厚い底がちらりと見えた。

竹花一樹はそこから動けなかった。看護師が近づいてきて、奥の待合室で待っていてください、と話しかけられたのも気づかずに、救急救命室のドアをにらみつけながら、繰り

返し呟《つぶや》いていた。

助けてくれよ。オレの相方を。御子柴将《みこしばすすむ》を。助けてやってくれ。

遠くで鐘の音が聞こえた。

2

……約六十二時間前……


「それってあんまり意味ないですね」

御子柴将はきっぱりと言った。

「〈空也《くうや》もなか〉はめちゃくちゃ美味しいし、入手も大変だ。東京で〈空也もなか〉を贈るのはかなり特別な相手だけ。そういう意味では最高の贈り物ですよ。ご存じなんて、さすがです」

電話の相手がなにかごねるのを聞き流し、デスクの抽斗《ひきだし》から東京土産のムックを取り出した。頁をめくり、うまいこと相手を説得できてラクに買えそうな土産物をチェックする。

「だけど、それを知らないと『なんだ最中か』になっちゃうんですよ。最中なんて、日本中どこにでもありますからね。地方の年配の方に贈る東京土産だったら、〈とらやの羊羹《ようかん》〉

みたいなビッグネームか、こじゃれた西洋菓子か、〈東京ばな奈〉の限定品とか、要するに相手が東京のものだとよく知っているもののほうが効き目があるんです。え？　やだな、ホントですよ。私だってこれまで県警の方々の東京土産相談にのって、経験積んでるんですから」

押し問答の末、〈とらやの羊羹〉で手打ちとなり、通話を切った。とたんにまた「信濃《しなの》の国」が鳴り出した。これを自分のスマホの着メロにしたのは自分だし、他人の着信とまぎれることもなくいいのだが、最近では聴くたびにあんまり嬉しくない気分になる。

電話の相手は、またしても顔も見たことがない謎の上役だった。

「確かにヴィタメールは副本部長の奥様のお気に入りですが、ここだけの話、奥様、最近ダイエットを。そこへチョコは。むしろ、釜揚げしらすなんかどうですか。あれなら手間いらずで食べられますし。静岡県警から出向してきている同僚に送ってくれるように頼みましょう」

電話を切ると、静岡県警からの出向組、望月範頼《もちづきのりより》が遠くから、毎度、と手を振った。奥さんの実家が沼津《ぬまづ》の塩乾《えんかん》屋なのだ。

頼みます、と言い終わる前に、またしても「信濃の国」が鳴った。

十二月二十九日。世間的には、仕事納めの翌日ということになる。旗日《はたび》無関係の警察でも、スタッフ部門や差し迫った案件を抱えていないものから順次、休みをとり始めている。

御子柴自身、昨日までかかり切りだった案件がすんで、そろそろ仕事納めにとりかかろうかな、と考え始めているところだ。

　いまさら大事件勃発は勘弁してくれよ。

　電話に出た。はたして長野県警の恐妻家の上役からで、来週東京に行くのだが、宿泊先を用意しろ、と言う。夜景がきれいな湾岸の部屋だ、とのリクエストで、

「ダブルルームを一泊ですか。ですが、来週ってまだ松の内ですよ。オリンピック効果で東京の宿泊費は値上がりしてますし。コネですか。なくはないですけど……あ。そういえば、先日、警部の奥様からお電話いただきまして。主人からなにか買い出しを頼まれていないか、という確認で。はあ、そこまでは。ええ、もちろんです。はいっ、この電話のことは忘れます。失礼しまーす」

　やれやれ、と言いそうになった。今から東京長野の合同捜査本部が立ちます、なんて報せに比べればはるかにマシだが、勤務時間内にこんなやりとりだ。課長や課員たち、他の県警からの出向組にもバツが悪い。

　誰にともなく頭をさげて、パソコンに戻ろうとすると、斜め前に座って書類を書いていた竹花一樹と目が合った。御子柴より一つ下で同じ階級、警視庁生え抜きで、捜査共助課への異動がほぼ同時期、コンビを組むことも多く、わりに気が合う。

「しかしまあ御子柴さんも、上役の無理無体をうまくさばけるようになりましたよね。昔

は電話がきただけで、胃痛起こしてたのに」

「がんばって迎合したところで、いいことないって悟ったからね」

御子柴将は苦笑しながら、メモに〈とらやの羊羹〉〈沼津のしらす〉と大書してパソコンに張りつけた。

長野県警の捜査員だった御子柴が警視庁捜査共助課へ出向させられてから、三年近くの歳月が流れていた。

出向の候補者が次々に脱落したことを受けて、東京出身の捜査員というだけの、まだ若い御子柴が「いないよりマシ」という程度の理由で選ばれた。事務方の経験もほとんどないし、政治的手腕も人脈もない。最初の一年あまりは警視庁の空気に慣れるだけで精一杯。という県警の上役から〈東京方面の雑用〉を言いつけられるのを、片づけるので手一杯。という有様だった。

数々の失敗を繰り返しつつ、本来の仕事とは無関係の雑用にも歯を食いしばって応じているうちに、東京のスイーツ事情に詳しくなった。すると、スイーツが縁で警視庁内に人脈ができた。

さらに警視庁側の協力を得るときには、長野の銘菓・銘酒を完璧なタイミングで差し入れできるようになった。県警本部に掛け合って、そのための予算も別途組んでもらうようにし、おかげで下手《へた》に自腹を切ることもなくなった。

もちろん、合同捜査や捜査協力のノウハウも身に付き、こういう場合はどこ、ああいうケースはどこに話を持っていけばことが遅滞なく進むか、把握できるようにもなった。最初の頃、警視庁側にも県警側にも「要領が悪い、準備がマズい」と怒鳴られていたのに、最近では、たまにではあるが「よくやった」と褒められる。調整役が板についてきたといえるだろう。

ところが、である。この仕事、なんとかやっていけそうだ、と自信がつき始めた矢先、御子柴の人生にふたつの大きな変化があった。

まず、半年前に両親が長野に移住した。前々から、東京の物価の高さとひとの多さにはうんざりした、だからといって本格的な田舎《いなか》暮らしをする体力はないが、いよいよ介護が必要になる前に、地方都市のマンション暮らしをしてみたい、と言い続けていたのだが、本気だったらしい。自宅は息子に譲り、マンション暮らしをし、マンションの家賃は息子の口座から引き落とし、というアイディアを御子柴に強引に飲ませると、身の回りの品だけ持って、とっとと引っ越して行った。

その騒ぎとほぼ同時期に、小林《こばやし》警部補が定年を迎えた。捜査員の先輩にして相棒。御子柴を育ててくれた恩人でもある。警視庁に出向になってからも、ことあるごとに連絡をくれ支えてくれた。事件解決のためのヒントをくれることもたびたびだった。

定年時期はもちろん知っていたが、てっきり嘱託員として警察に残ると思い込んでいた

ため、特に焦っていなかった。しかし、小林警部補……元警部補は、

「ネットワークが普及して以降の社会構造や意識の変化には、私のようなアナログ人間はついていけませんよ。老兵は消え去るのみ。これからは若い人の出番です」

あっさり警察と縁を切った。今では妻の実家のある松本《まつもと》郊外の畑を耕し、ヒマな時期にはタクシーの運転手をして暮らしている。たまに連絡をとることはあるし、捜査共助課宛に自分で育てたシナノスイートを送ってくれたこともある。だが、小林警部補……元警部補はもはや一民間人。かつてのような、いざというとき頼れる先輩ではないのだ。

御子柴は周囲に聞こえぬよう、ため息をついた。

三十代も後半戦に入りかけ、自分も上の世代に甘えていられる歳ではなくなった。むしろ、若者を指導しなくてはいけない立場だ。だが、なんとなくまだ「若造」気分が抜けきれずにいる。自分が立派なオトナになった、という手応えはなにもない。なのにいきなり、自分を支える強固な砦が、二つながら、なくなった。

当初は自分でも、しかたないなと思っていた。先輩が定年を迎えるのも、親が老後に入るのも、当たり前のことだ。しかし、半年たった今頃になって、これがどれほど大きな喪失だったか、ゆっくりと心身に効いてきた。ふと気づくと、仕事はもちろん、なにかにつけ、やる気というものがまったくわいてこないのだ。

三年間、がんばりすぎたせいもあったかもしれない。おまけにやる気なんかなくても、

事案を片づける方法は身につけた。半分居眠りしていても、たいていのことには対処できるから、よけいにやる気が出ない。

警察官の失敗や見落としは、人の一生に関わるオオゴトになってしまうこともある。だから、自分のこんな状況はマズい。ヤバいんだとわかっている。わかっていても、どうしようもない。

竹花は上司からの依頼をうまく片づけられるようになったと褒めてくれたが……御子柴は書類仕事を片づけながら、頭の隅で考えた。どうでもよくなっているだけなんだよな。


名前を呼ばれて、我に返った。課長がデスクで手招いていた。

「四日前の十二月二十五日、奥多摩《おくたま》で遭難事故があった」

二ヶ月前に着任した今度の捜査共助課の課長はその名も名梨《なし》といい、無駄口を一切たたかない。歓迎会でも無言のまま、注がれる酒を飲み続けていた。どういう人間なのか、御子柴たちにもつかみかねる相手であった。

「崖下に転落したのを目撃・通報したひとがあって、救助隊がレスキューし、青梅《おうめ》の救急病院に担ぎ込んだ。三途《さんず》の川を行ったり来たりしたあげく、今日の未明に意識を取り戻したが、まだ明快なコミュニケーションはとれない。所轄の奥多摩北署が財布の中にあった運転免許証を調べ、長野県野沢《のざわ》温泉村在住の光岡《みつおか》涼馬《りょうま》六十七歳だと判明したが、家族と連絡がとれずに困っている」

それだけ言うと、指示も出さずに別の仕事を始めてしまった。やるかやらないかはそっちで決めろとでも言いたげだ。

御子柴は席に戻り、奥多摩北署に連絡を取った。担当者は小峰《こみね》という奥多摩地域の駐在所員を兼務している山岳救助隊員で、光岡涼馬の救出にも関わったという。

「東日原《ひがしにっぱら》のバス停から、ヨコスズ尾根を通って三ツドッケに向かう登山道の、東日原よりの坂からの転落でした」

挨拶がすむと、小峰はきびきびと言った。

「ここは序盤が一番の急坂なんです。光岡さんはどうやら、三ツドッケの山頂との往復コースをとったようでして、日が落ちてきた帰りに焦ったみたいですね。事故を目撃した人間がいて幸いでした。もともとそれほど人気のあるコースじゃないし、ヨコスズ尾根の広葉樹林は紅葉の頃きれいですが、いくら暖冬でも師走の終わり、しかもクリスマス当日ですからね」

気になるのは、と小峰は続けた。

「光岡さんのカメラを回収したんですが、登山の格好をした同年輩の女性の写真がありました。親しいひとかどうかわかりませんが、仮に連れだとしたら、この女性は無事なのかどうか、確認したいと思いまして」

目撃者は女性のことは見ていない。ただ、光岡がやけに先を急ぎ、いわゆる歩きスマホをしながら追い越していった、と証言している。光岡の荷物にはスマホはなかった。持ったまま転落したとすれば、手からすっぽ抜けて山中に落ちているのかもしれない、と小峰は言った。

光岡の意識が曖昧《あいまい》で、通信用ツールがないとなれば、なるほど地元の情報が必要だ。

電話を切って、光岡涼馬の運転免許証をメールしてもらった。免許証の写真のわりにはよく撮れていて、ぽっちゃりとした丸顔が優しそうに見える。カメラに残された女性は対照的にすべて細く、鍛えられているようだ。撮影の背景は杉林らしい。ピンクのベストに帽子、ストックを手にした女性が不機嫌そうにこちらをにらみつけていた。

野沢温泉村を所管する飯山《いいやま》署に、久保田《くぼた》という同期がいた。市ヶ谷《いちがや》の洋菓子店ゴンドラのパウンドケーキ缶入と引き換えなら、超特急で調べるという。

二時間後、久保田から返信があった。

「近所の人間に写真を確認してもらった。女性は光岡さんの女房に間違いない。名前は光岡訓子《くにこ》、涼馬より三つ年上だ。涼馬は東京で単身赴任中だったんだな」

久保田は電話の向こうで、なにかを食べる合間に言った。

「もともとは温泉宿の支配人だけど、宿が十年くらい前に倒産して、地元の食品会社に再就職した。仕事は試食販売員。炊きたての飯の上に、おはづけのっけた小さなおむすびを試食用に作って客に食わすのが受けて、最近じゃ指名もついて首都圏のスーパーを回っていたそうだ。亭主が留守の間、女房は一人で田畑を守っていたけど、そろそろ年末だし、東京見物がてら亭主の様子を見てくる、と言って十二月二十二日に家を出た」

そういや久保田は野沢菜漬を〈おはづけ〉と呼んでたな、と御子柴は懐かしく思い出した。

「よく日にちが特定できたな」

「郵便局と新聞屋にしばらく止めといてくれと連絡があったのが二十二日の前夜だって言うから、日付は間違いない。で、それ以降、女房の姿は誰も見ていない。駐在が隣のバアちゃんに訓子に電話をかけてみてくれと頼んだが、つながらなかった」

久保田は光岡訓子の番号と、食品会社の連絡先を教えてくれた。書き留めて礼を言い、スマホの位置情報を取り寄せるよう手配した。念のため、自分でも訓子の番号にかけてみたが、やはりかからない。奥多摩の小峰の懸念が的中した、と考えたほうがいい。

スマホの位置情報が来るのを待たず、小峰に連絡を入れておくことにした。小峰は気もそぞろな様子だった。

「ということは、光岡さんの妻が奥多摩に一緒に来て遭難したのかどうか、まだはっきりしないということですね」

「そうですが、状況が」

小峰はせかせかと御子柴の言葉を遮った。

「すみません、黒山《くろやま》で道迷いの通報が入って、私、これから出なくちゃならないんです。御子柴さん、長野県警のひとなんですよね。同郷のよしみで話を聞いてもらえませんか。さっき病院から連絡があって、だいぶ容態が安定したと面会のＯＫが出たんです」

「話って光岡さんに？　私がですか。なんでまた」

オレの仕事じゃないし。

「御子柴さんって、元は山岳救助隊めざしてた長野県警の人なんでしょう？　山岳事故にあった長野県人の心を解きほぐすには、もってこいだと思うんです。病院には連絡を入れておきますから。よろしくお願いします」

言うだけ言うと、小峰は電話を切ってしまった。

御子柴はうなり声をあげた。今日が何日だか知ってるか。十二月二十九日だぞ。世間的には正月休みに入ってるぞ。都心から青梅だなんて、移動に一時間半以上かかるぞ。いっそ軽井沢なら新幹線で往復できるってんだ。やだい、今日こそ仕事納めにするんだい。

なにか他に急ぎの案件でもでっちあげて逃げようと思ったのだが、話を聞いていたらしい竹花がさっさと立ち上がり、コートを羽織りながらうなずいてみせた。青梅くんだりまでつきあってくれるらしい。コイツの熱意は失せていない。うらやましいというか、うざいというか。

ため息が出そうになったが、考えてみれば、ここでだだをこねれば、かえって仕事が増えそうだ。

ま、いいか。この案件を仕事納めにすれば。

御子柴も渋々腰をあげた。

課長に事情を説明し、場合によっては直帰《ちょっき》し、明日デスクまわりを片づけて仕事納めにする、という了解をもらって庁舎を出た。乗り換えも面倒なので、東京駅まで歩き、十時すぎの中央線・青梅特快に乗った。

青梅駅でタクシーを拾って、病院には十二時すぎに到着した。がらんとした病室の奥のベッドに、ビーチに打ち上げられたクジラといった風情《ふぜい》で、光岡涼馬がこんもりと寝ていた。

「あ、どーも。光岡さんですかー。竹花と言います。こっちは御子柴。警視庁から参りましたー」

竹花一樹がバッジを見せながら、調子良く言った。ご用聞きか、と叱られることもあるそうだが、こう来ると、相手のガードはたいてい下がる。

光岡はゆっくりとこちらに、包帯の下の赤黒く腫れ上がった顔を向けた。細くなってしまった眼を開けて、光岡は小声で言った。

「けいしちょう……？　青梅署とか山岳救助隊じゃなくて」

「はい、警視庁ですよ。桜田門《さくらだもん》からわざわざ来ました。あ、こっちの御子柴は長野県警のひとね。いまは」

警視庁に出向中だけど、と言おうとしたのだろうが、竹花は最後まで話せなかった。光岡ががばと起き上がり、止める間もなくベッドの柵を足で乗り越え、どっすーん、とばかりに床に落ちたのだ。

なにが起きたのかわからず、茫然《ぼうぜん》と見ていると、光岡はその格好のまま両手を床についた。がつん、とひどい音をたてて床に頭を打ちつける。

「申し訳ありませんでしたっ」

光岡涼馬はかすれ声でわめいた。

「私が女房を殺しました。すみませんでしたっ」

3

捜査員ふたりがぽかんとしているところへ、医師と看護師が入ってきた。土下座中の光岡が顔をあげた。リノリウムの床に自ら強打したものだから、顔中、血まみれである。あらぬ勘違いをされた。

誤解を解き、光岡を落ち着かせ、光岡よりも興奮してしまった医師をなだめ、治療をすませてなんとか話を聞くところまでにこぎつけたときには、冬の日ははや傾きかけていた。

「お仕事は試食販売員だそうですね」

そもそも崖から転落したときに、額を樹の枝にざっくりやられたらしい。縫ってあったのが騒ぎで開いただけだという診断だったが、見た目はひどかった。顔が腫れ上がり、指もふくれている。医者の話では、この腫れはアシナガバチによるものだとか。通常、奥多摩で十二月にこの蜂に出くわすことはないが、暖冬の影響でまだ元気だったのと、転落時に巣を踏みつぶすかなにかして、攻撃されたのだろうとのことだった。

光岡はゆっくりうなずいた。御子柴は話を進めた。

「首都圏のスーパーをまわるために、単身赴任されていたとか」

「府中《ふちゅう》のウイークリーマンションを借りていました」

光岡は住所を言った。

「会社が準備した部屋ですか」

「いえ、自分で借りてました。歩合《ぶあい》制で、経費なしという契約なんです。それで女房は前から、そんな仕事は辞めろと。実際、報酬と支出はほとんどトントンで、仕送りもあまりできなかった。だったら家に戻ってきて、一緒に野菜を売って暮らしたほうがマシだろう。女房はそう言うんです」

「なるほど。どうしてそうしなかったんですか」

光岡の口が歪んだ。

「帰りたくなかったからですよ」

「帰りたく、なかった」

光岡の言葉を繰り返しただけなのだが、まるで免罪符でももらったかのように、光岡は勢いづいた。

「ねえ、刑事さん。私、ただ、息がつきたかっただけなんです。私の望みなんて、テレビ見ながらコタツでうたた寝したいとか、たまには揚げ物食べたいなとか、その程度なんですよ。でもあの女房と一緒だと、そんなささやかな望みもかなえられない。健康に悪い、だらしがない、太ってたらぽっくり死ねない、いちいちうるさくて。女房ね、野沢温泉の坂なんか、下駄《げた》で駆け上がりますからね。毎日近所をウォーキングして、ときにはハイキングもする。私にもそうしろと強要する。ねえ、刑事さん。家でゴロゴロするのって、そんなに悪いことなんでしょうか」

光岡は鼻をすすった。自分の話に夢中で、もはや相槌すら求めていない。

「だから単身赴任になって、女房のいない日をすごしてみたら、もう……夢のようで。こんな日がいつまでも続くといいなって」

光岡の細い眼から涙がこぼれ落ちた。御子柴はあきれかえりながら、ティシューをとって涙を拭いてやった。

「連絡は入れてましたが、会社にも内緒で、女房にやってこられないように住む部屋をときどき変えました。そしたら女房、うちの試食販売の日程をネットで調べて、スーパーを張り込んで、尾行して居所を突き止めたんですよ。それで部屋に押しかけてきて、どうしても長野につれて帰るって。ご近所の目もあるし、正月にも帰らないなんてアタシの立場はどうしてくれる。会社にはいますぐ辞めると連絡しなさい。アンタができないならアタシがする。そう言ってスマホをとったもんだから……」

「殴った」

「違います。こづいただけです。でも、びっくりしたらしくて女房が足滑らして、頭を柱にぶつけたんです。ホントにそれだけだったんです」

光岡はむきになった。

「頭が痛いとは言ってましたが、たいした怪我とは思いませんでしたし、ほっといて寝たんです。だけど翌朝、起きてみたら女房が動かなくなっていて。動転しました」

ゆうべ、女房が金切り声をあげていたのを近所に聞かれている。何ヶ月も家に帰らなかったことだって、野沢温泉村のご近所はとっくに知っている。女房が死んだとバレたら、絶対自分のせいにされる。事故だなんて誰にも信じてもらえない。かといって普通の行方不明じゃダメだ。東京に行ったきり、連絡もなしに帰らなくても自分が疑われる。

「なにしろ女房は、あの村で暮らすことに執着してました。私が一人で戻って、夫婦で東京で暮らすことになりました、なんて言っても通じない。じゃあ、どうしたらいいんだ。焦って考えているうちに、思い出したことがありました」

三ヶ月に一度くらい試食販売に呼ばれる世田谷《せたがや》のスーパーで、秋頃、あるパートさんと昼飯をともにしたのだが、

「そのひと、山ガールで。昨日は東日原から奥多摩の三ツドッケに登ったんだ、広葉樹林帯の尾根歩きがすばらしかった、と言ってました。こっちは長野ですからね。東京の山なんて、とバカにしたんですが」

そうやって奥多摩をなめるから遭難事故が多いんだ、自分の行ったコースでは、行方不明になったままだ遺体も見つかってない登山者だって何人もいるんだ、と言い返された。興味を惹かれて調べてみたら、彼女の言う通りだった。

誰でも、北アルプスや富士山に登ろうというからには覚悟や準備をするはずだ。それが東京の山となると、遠足気分でスニーカーにジーンズの軽装、地図も見ず、登山計画書も出さずに山中に踏み入ってしまう。いざとなったらスマホやケータイで助けを呼べばいいや、と気軽に考えてしまうらしい。

しかし山は山。ルートすべてに遊歩道があるわけでもないし、天候は変わりやすく、常に電波が届くとはかぎらない。おかげで東京都は山岳遭難事故や死者の数が、全国でも上位に入る。高齢者の登山ブームで、事故数はさらに増えた。昔取った杵柄《きねづか》で山登り。二十

歳の頃には北アルプスにも登ったものだ。だけど歳も歳だから東京の山にしとくか、などと中途半端に妥協したつもりの登山が珍しくないのだ。

これを利用しない手はない。

女房と二人でその三ツドッケに登ったが、途中ではぐれたことにしよう。山中で行方不明なら事故ですむ。疑われることはない。死体はスーツケースに入れて、自宅へ発送しよう。自分も野沢温泉に帰って荷物を受け取り、死体は裏庭にでも埋めてしまおう。

「女房のスマホを持ち、そのまますぐに登山の格好で家を出ました。ネットで調べた東日原からの登山道を登ったんですが、これがキツくて。考えてみれば長野の人間だと威張ったところで、最近はほとんど山なんか登っていません。途中で筋肉がひくついたり膝が笑ったり、なんとか一杯水《いっぱいみず》避難小屋まで行きましたが、そこでぶっ倒れて三ツドッケ登頂は断念しました」

その代わり、避難小屋で知り合った登山客に、女房を見かけなかったか尋ねて回った。救助隊への通報はできるだけ遅らせるつもりだったから、あまり深刻にならないように聞いたつもりだ。

「途中で、そう言えば女房の写真を一枚も持ってないな、と思い出しました。救助隊には当然、女房の写真を要求されるだろうし、持ってなければ変な疑いを招くかもしれない。それで、女房のスマホを山中に遺棄する前に、登山姿の写真を呼び出し、自分のカメラで画面を撮ったんです。これなら出かける前に女房を撮影したことにもなって、一石二鳥のはずだったのに」

　光岡はひたと御子柴を見つめた。

「なんでわかっちゃったんですか。警視庁と長野県警が一緒に来たんです。私のしたことがバレたからなんでしょう？　私、意識不明の間に、しゃべっちゃったんでしょうか。それとも女房の呪いなんでしょうか。登山口まで戻って通報するつもりだったのに足を滑らせるし、枝にぶつかって血が噴き出るし、蜂にも刺されて……」


　青梅署に事情を説明し、見張りを置いてもらい、名梨課長に連絡を入れた。担当が決まり次第、正式な聴取が行なわれることになるが、報告書を作成してくれと言われ、青梅署の空き部屋を借りて、手分けして書類を書き上げた。終わったときには十九時半を過ぎていた。途中から、ふたりとも腹が鳴りっぱなしだった。

　書類の末尾にふたりの署名を入れ、押印したところで、タイミングよく係員がやってきた。

「いまさっき、府中西署から連絡がありました。光岡の供述通り、彼が借りていた部屋のスーツケースから、女性の遺体が発見されたそうです。捜査は府中西署が担当することになりました。うちも手伝いますが、犯人は動けないし、本部が立ったりはしないようです。

というわけで、お二人にはこれから、府中西署に寄って担当者と顔つなぎしていただきます」

ついでにこの書類と光岡の部屋の鍵など、担当者に渡しといてください、よろしく。と雑用を言いつけられて、二人は署を出た。

空腹のうえ、都下もこのあたりまでくるとさすがに寒かった。全国的に有名な雪女の伝説は、この青梅のものだそうだ。駅前にまだ開いている食堂があったので、熱々のぶっかけ蕎麦《そば》をたぐり、青梅線に乗った。

東京方面に向かう車内はすいていた。竹花一樹は律儀に安い蕎麦の礼を言った。

「うちのバアちゃん、御岳《みたけ》の出なんすよ」

立川に向かう電車の中で、竹花が言った。

「よく蕎麦を打ってくれたんだけど、さっき食べたみたいに太くて黒い、いわゆる田舎蕎麦で。あれになじんだせいか、藪《やぶ》とか更科とか、石臼挽きだとかBGMがジャズとかいう蕎麦、なんか受けつけないんだなあ。だけど、うちの近所にああいうタイプの蕎麦なくて、バアちゃんが死んでからは、年越しもスーパーで買ってきた乾麺っすよ。もっとも、この仕事始めてから、年越し蕎麦なんてほとんど食べた記憶、ないですけどね」

正月はどうするのか聞いてみると、実家ですごすという。

「うちは床屋ですからね。大晦日《おおみそか》は客が途絶えるまで仕事してるから、終わったらぶっ倒れて寝正月、っていうのが恒例行事っすね。今年はでも、これで仕事納めなら、親におせちでも作ってやるかな」

「へえ。おせち作れるんだ」

「バアちゃん仕込みで、栗きんとんと錦卵、お煮染めくらいは。あとは出来合いを重箱に詰めるだけ。うちの姉でも作れます。それより御子柴さんはどうするんですか。ご両親は長野に移住しちゃったんでしょ」

　仕事がなければ、その移住先に遊びに行って新年を迎える予定である。ついでに山歩きを楽しめればいいと思う。これで仕事納めになれば、明日、本部に戻ってデスクまわりを片づけて終わりだ。休暇中に課員が交代で電話番のため登庁することになっているが、じゃんけんで勝って御子柴は一月三日の午後、という担当になった。つまり明日の夜から二日まで、少なくとも四日間休めるはずだ。

　立川で南武線、分倍河原《ぶばいがわら》で京王線に乗り換えて、出発から約一時間で、府中に着いた。鎮火報を鳴らす消防車とすれ違いながら、駅から甲州街道沿いに西へ進み、府中西警察署にたどり着いた。担当捜査員は大島《おおしま》という同年輩の男だったが、礼も言わずに書類その他を受け取った。年末特別警戒中、どこの所轄も忙しいには違いないが、こんな時間だというのにひとが出払っている。

「最近、管内で連続放火があってね」

御子柴と竹花ががらんとした室内を見回していると、大島からさらに書類をまわされた男がつっけんどんに言った。強行犯の係長らしい。細面でキツネ目、ただでさえ人相がいいとはいえないうえに、疲労がたまって目が血走っている。

「さっき、消防車とすれ違いました」

「放置自転車のサドルが燃えただけだけど、乾燥注意報が出てるし、市民から早く犯人捕まえろってせっつかれてね。おまけに甲州街道沿いのコンビニで、強盗傷害事件も起きてる。真っ昼間の二時だぞ。ガキに休みなんかやるから事件が増える。一年中勉強させとけってんだ」

「少年犯罪なんですか」

「いきなりバイトの腕に刃物で斬りつけて、レジの金八千円と、脇に置いてあったコンビニ商品が当たるスクラッチくじを十数枚持っていったんだ、ガキに決まってる。とにかくうちは忙しいんだよ」

そのうえ、なんで殺人の自供まで引き出しちゃうかな、という本心が、言葉の端々ににじんでいる。

むっとしたが、こちらはこれで仕事納め、あちらは仕事山積みのまま年越しだ。気の毒すぎる。

挨拶をして帰ろうとしたら、顔見知りに出くわした。以前、長野県警須坂《すざか》署で発生した土蔵破りの捜査中、お世話になった警務課員で森下《もりした》という。やあやあ、と愛想良く手を振って、御子柴を引き止めた。

「長野県警さんですよね。たしか、御子柴さん。ちょうどよかった。相談に乗ってくださいよ」

警務課の奥を顎で示した。老婆がしょんぼりと座ってお茶を飲んでいる。

「大國魂《おおくにたま》神社の参道を行ったり来たりしてるのを、放火事件の聞き込みに出てたうちの地域課員が見つけてつれてきたんですけどね。ちょっと認知症入ってるみたいで、話につじつまが合ってないし、名前も言おうとしないのよ」

老婆は藤色の帽子をかぶり、同じ毛糸で作ったアームカバーを黒のダウンジャケットの上にしていた。持ち手に多数お守りをぶらさげた杖を傍らに置き、ナイロン製のリュックを背負ったままで、はぎれで作った信玄袋を斜めがけしている。元気な高齢者が増えて、見た目だけでは年齢がわかりにくくなった昨今ではあるが、まず八十代だろうか。

「荷物に身元の手がかりが入っててんじゃないかと思うんですけど、荷物に触るな、個人情報だ、おまえ振り込め詐欺の仲間だろって、泣いて暴れて見せないんですよ。捜索願調べたり、地域課と近隣自治体の保健課に顔写真送ったけど、情報なし。まあ、市役所はどこも仕事納めすんじゃったから、だれも顔写真なんか見てないのかもしれませんが。どうでしょうねえ、長野さん」

「え？」

どうと言われましても。

森下はバアさんを示して、

「見て下さいよ。あのバアさんが持ってるお守り。諏訪《すわ》神社、善光寺《ぜんこうじ》、元善光寺、戸隠《とがくし》神社……全部、長野の寺社のお守りなんだよね。信州ゆかりの人間じゃないかと思うんです。長野県警さんなら、あのバアさんの身元、調べられるんじゃないですか？　あの歳で、警察署で年越しは気の毒ですし。必死に探してる家族がいるかもしれないし」

そういうことか。

ため息を押し殺した。次から次へと。

なんとか言い訳をこさえて帰りたかったのに、竹花が前に出た。止める間もなくバアさんに近寄り、調子よく言った。

「あー、どーも。警視庁から来ました竹花ですー。こっちは御子柴。あ、彼は長野県警から来ててー」

「長野県警？」

バアさんは湯呑みをがちゃんと置いて、御子柴を見つめた。なるほど森下の言う通り、長野と縁があるのは間違いないようだ。

それまで弛緩《しかん》していた頬が、急に引き締まった。バアさんは意外なほどきびきびと、椅子から降りた。そのまま深々と頭を下げる。

「長野のダンナに出張《でば》られたんじゃ、しょうがないやね」

バアさんは言うと、両手を交差させて前に突き出した。

「善光寺のふじ、お縄をちょうだいいたします」

4

うわ、なにこの田舎芝居。ホントに惚《ぼ》けてる？

御子柴はまずそう思った。が、次の瞬間、はっ、と思い出した。善光寺のおふじといったら、長野県下で荒稼ぎをした伝説のスリ。長野の警察学校では盗犯《とうはん》の講義にも登場し、教材になっている。

本名は三枝《さえぐさ》ふじ子《こ》。戦災孤児でスリの親分に拾われ、この道を仕込まれた。神仏の加護なきところに幸せなし、という座右の銘があって、ものすごく信心深いらしい。矛盾するようだが、稼ぎ場はもっぱら神社仏閣、しかも祭礼や初詣《はつもうで》といった人出の多い場所。神様仏様の目の届くところでやれば、ムチャもあくどい真似もせずにすむ、というのがその言い分で、無事につとめを終えたら収穫の三割程度を賽銭箱《さいせんばこ》に入れるそうだ。

今時、異名《ふたつな》のある犯罪者なんてものはご年配と決まっているが、特にスリはその技に年季がいる。したがって七十代八十代、生涯現役も珍しくはないのだが、普通の人間は腰の曲がったバアさんが寄ってきても、まず疑わない。おまけにおふじの仕事が見事すぎて、被害届はほとんど出ない。貧乏人は狙わないし、被害者が財布は自分で落としたかなくした、と思い込んでしまうのだ。

これほどの有名人にもなると、県警の盗犯係の刑事全員が顔を知っている。盗犯係ではないが、御子柴も顔写真を何度も見せられた。

そうか。こいつが伝説の。

「アンタの顔、見たことあるよ」

取調室に場所を移すと、おふじは御子柴に言った。

「松本署にいただろ。小林さんと組んでた若いのだ。小林さんはどうしてる？　元気かい」

「退職して田畑を耕してますよ」

「へーえ」

おふじはニヤリと笑った。

「小林さんも年取ったんだねえ。アタシが取調室であのひとの先輩刑事に押し倒されそうになったとき、そりゃあいけません、つって止めてくれた頃は、可愛かったのに。昔のケーサツには、犯罪者にはセクハラも暴力もやりたい放題で当然ってやつがいたもんだ。おかげで小林さん、先輩に殴られちゃってさ。イヤな野郎だったよ。知ってるかい」

おふじは男の名を挙げた。御子柴は椅子から落ちそうになった。長野二十五区選出だった元国会議員じゃん。ずいぶん前に死んだけど。

「あいつ、不祥事が公になって週刊誌で叩かれて、それでもしつこく辞めなかったけど、次の選挙で落ちたんだよね」

「ああ、確か遊説《ゆうぜい》中にポケットからパンティーが……まさか」

「気づかれずに抜くより入れるほうが、腕がいるんだよね」

おふじはニヤニヤしながら信玄袋を開き、机の上に逆さにしてひっくり返した。財布がどさどさと落ちた。ブランドものの長財布、深緑のナイロン製の二つ折り、ピンクの女もの、焦げ茶の二つ折り。

あちゃあ、と思ったとき、森下が大島をつれて戻ってきた。大島の仏頂面はさらにひどくなっており、机にぶちまけられた財布の山を見て、なお悪化した。スリは現行犯逮捕が基本だが、贓物《ぞうぶつ》を持っていられちゃそうも言っていられない。要するにこれから先、面倒な裏付け捜査と聴取と送検のための書類作りが始まるとはっきりしたわけだ。

「殺人事件をかぎ出して、次は名うてのスリですか。さすが本部の捜査共助課で全国の重大事件捜査にあたってらっしゃる捜査員は、違うねえ」

言葉の端々にイヤミと皮肉がにじみ出ている。御子柴は思わず身をすくめそうになった。

森下が言った。

「よかったですね、大島さん。これできっと署長も出てきますよ。おかげで大物を捕れたんだ。うちの署の手柄ですよ」

「バカ、あの署長がこの程度で出てくるわけないだろ。殺人でも強盗でも出てこなかったんだぞ。森下、いいかげんあの引きこもり署長、引きずり出せよ。署長のお守りはおまえの役目だろ」

大島の機嫌はますます悪くなった。森下がこちらを見て、小さく首を振った。大島は凶悪なまなざしで御子柴をにらみ、クソ署長、と小声で言った。なにが起きているのか知らないが、上層部に対してストレスがたまっているのは間違いない。まことにお気の毒だ。同情に値する。府中《ふちゅう》西署がオレの仕事場じゃなくてよかった。

この日は遅いので、聴取は明日に持ち越し。大島が弁解録取書《べんかいろくしゅしょ》を書き上げたらおふじは留置場へ送られることになり、ふたりは府中西署を引き上げた。これで、今度こそ仕事納めだ。二〇一五年、妙な締めくくりだったが、まあいい。

課長に電話して状況を説明し、直帰すると告げた。調布で途中下車をして、百店街の飲み屋に入り、忘年会がわりにふたりで軽く一杯だけやった。翌朝は少し遅く起き、民放の情報番組で府中のウイークリーマンションで発見された他殺体や、府中近辺で起きている連続放火についてのニュースを横目で見ながら掃除をした。

連続放火は二週間前から、府中西署管内でほぼ三日おき、夜半に起きている。最初はゴミ置き場、さらに放置自転車やバイクのカバー、いずれも燃焼促進剤は使われておらず、小火《ぼや》のうちに消し止められているが、冬場の出火を甘く見るわけにはいかない。府中西も大変だ。

などと考えながら雑巾を絞っていると、「信濃《しなの》の国」が鳴り響いた。その府中西署の森下からの電話だった。

「ゆうべ、長野県警さんたちが捕まえたスリのバアさんなんですけど」

森下は楽しそうに言った。イヤな予感がした。

「捕まえたのは、おたくの地域課員でしたよね」

「うちは保護しただけですよ。盗品所持を白状させたのはそちらでしょ。しかも長野県警と聞いて恐れ入ったんですよ、あのバアさん。たいていのことはしゃべるよ、長野のダンナにならね、ってこうだもん。そんなわけだから、助けてください」

「はい？」

「おたくの課長さんの許可はとりました。御子柴さんと竹花さん、でしたっけ？　すぐ応援に出してくれるって言ってましたよ」

なんだそれ。

森下は猫なで声になった。

「仕事納めがすんだと思ってたでしょう、御子柴さん。申し訳ないですねえ。いえ、聴取だけ。お願いするのはホントにそれだけですから。裏付けとってくれとか言いませんから。わかるでしょ。正月を迎えるってのに、うちはみんな過労死寸前なんですよ。我々スタッフ部門も毎晩、てっぺんまわるまで帰れませんし」

「大変ですね」

御子柴は渋々、同情してみせた。森下は勢いづいて、

「これも全部、署長のせいなんです。なにしろ今の署長、とにかくケチでして。毎年署の玄関前に飾る正月飾りも、道場の鏡餅も、神社への奉納金も、毎年、署長がポケットマネーで出すってしきたりなんです。いやだなんて言った署長、署始まって以来ですよ」

森下は大きなため息をついてみせた。

「おかげで神仏に見放されたみたいに署長以外は全署員、大忙しなんです。だから今日一日だけ。助けると思ってバアさんの聴取、お願いしますよ」

断るのも面倒になって、結局、出向くことにした。自分の住む仙川《せんがわ》から京王線で一本と近いのが救いだ。府中西署で待っていると、やがて竹花がやってきて、おふじが取調室に連れてこられた。

おふじは最初からよけいなことをよくしゃべった。女警《じょけい》の付き添いが来るから待ってくれ？　あんたら、アタシをいくつだと思ってんだよ。もういいよ、誰に話きかれても、か

まやしないんだ、ドア開けといて。

　アタシの身上だって？　めんどくさいな、前のデータがコンピューターに残ってんだろ、アタシが勲章《くんしょう》だの恩給だのと縁がないことくらい、聞かなくたってわかるだろうが。

　なだめすかして必要な情報を聞き出してから、なぜ稼ぎ場を長野から東京に変えたのか尋ねた。おふじはつまらなそうに言った。

「年のせいかねえ。冬の長野がこたえるようになっちゃってさ。最近じゃ真冬は東京ですごすことにしてんだよ。住まいを世話してくれる人間もいるからね」

「スリの興行師ですか」

　スリ一行を招き、様々な手配や便宜を図るその土地のまとめ役がいるという話は聞いたことがあった。多くは引退したスリの仕事という。

「おっと。そこらへんのことは話せないよ。義理があるからね。ていうかアンタ、興行師なんかみんなもうよぼよぼだよ。府中の興行師は強面《こわもて》で有名だったけど、いまの若い連中は名前どころか興行師の存在すら知らないんじゃないか。まったく近頃の若いのときたら、職人としての誇りがない。簡単に刃物出したり、バレて騒がれたらすぐ暴力だろ。繊細な手仕事が日本人の真骨頂だって言うんだよ。情けない」

　おふじはとうとうと語り続けた。

「ああいう若いのをみてると、アタシも死ねないって思うね。もうすぐまた東京にオリンピックが来るんだ。前回同様、日本人の技術の粋を、世界の奴らに見せつけてやるよ」

おふじは白く長い指をしなやかに動かしながら、とった財布とその相手について、念入りに語った。

「ピンクのはおばさんだよ。ヒョウ柄のコートを着て、吸い殻を道路に放って伊勢丹の地下に入っていったから後をつけたんだ。ついでに吸い殻をコートのポケットに入れてやったけど、気づきやしない。もっともあの女が鈍いだけで、自慢にもならないけどね」

竹花が財布を開けて中身を確かめた。山ほどのレシートとポイントカードの間に八枚の万札と三枚の千円札。がま口には小銭より銭亀銭猫銭狸、赤いリボンのついた五円玉など縁起物がどっさり。

「ブランドものの長財布は、ババ車押してるバアさんからだったな。年寄りってのは気がまわらないから狙いやすいんだ。荷物を受け取るのに必死で、財布はババ車にひっかけた布袋の一番上に置いてあった。盗ってくれって言ってるようなもんだよね」

「だからって盗っちゃダメだよねー」

竹花が中身を確認しながら言った。十万近い現金の他に、薬が数種類入っている。年末年始に薬がなくなったら、どうするんだよ。

幸い、保険証と病院の診察券も見つかり、持ち主は署から三百メートルほどの一軒家に住む小川久万子《おがわくまこ》だと特定ができた。連絡すると、本人、財布がないことにも気づいていなかった。薬は緊急用に財布に入れておいた血圧と血糖と腎臓の薬だという。

「こっちの焦げ茶の二つ折りのやつはお参りに向かってた、たぶんサラリーマンだね」

多少うしろめたくなったのか、おふじは早口になった。

「手水場《ちょうずば》で柄杓《ひしゃく》に直接口つけて、そのまま戻しやがった。行儀が悪いったらありゃしない」

五万八千円に小銭が少々、〈アラミス貿易　取締役　泉原鋼《いずはらごう》〉とある名刺が五枚。キャッシュカードにクレジットカードも同じ名前だから、当然、被害者はこの泉原鋼だろう。他に〈白熊探偵社　調査員　葉村晶《はむらあきら》〉という名刺が一枚。

泉原鋼の名刺に記載された番号にかけてみたが、誰も出ない。会社も休みに入っているのだろう。念のため、白熊探偵社というふざけたネーミングの名刺にもかけたが、こちらもテープで正月休みについて聞かされただけで終わった。

「アタシはね、まっとうな善人の財布は狙わないんだよ。道徳的になってないやつとか、盗られてもしょうがないみたいに金目のものを野放図においとくやつとか、そういう迷惑な人間だけを狙うんだ。貧乏人は狙わないよ」

「だけど、これなんか、とても金持ちの持ち物には見えないけどー」

竹花が深緑のナイロン製の折りたたみ財布を指差した。よく若者が携帯している、マジックテープ止め、鎖付きのタイプだ。おふじは肩をすくめた。

「これはあれだ、天にかわってお仕置きしてやったんだ。年寄りに対して、ババアどけ、じゃまだ、なんて言う若いのは、少しくらい痛い目を見たほうがいいんだよ。教育的配慮ってやつだ」

「結局、盗れそうな相手なら誰でも狙うんじゃないすか」

財布を開きながら呟いた竹花が次の瞬間、すっとんきょうに、おやあ、と言った。深緑色のナイロン製の財布から、血の付いた千円札と、コンビニ商品が当たるスクラッチくじが十数枚、滑り出てきてデスクの上に散らばった。

5

財布には、名前入りのICカード定期券と都内の私立大学付属高校の学生証も入っていた。近藤類《こんどうるい》、十七歳。報告すると知らない捜査員がすっ飛んできた。礼も言わずに財布をひったくり、取調室を飛び出していく。未成年の犯行というあの係長の「予断」は大当たりだったわけだ。

ま、こっちには関係ないが。

おふじの供述を書類にまとめ、読み上げてサインをもらい、終わって時計を見ると八時をすぎていた。肩が凝った。疲れた。だが、今度こそこれで仕事納めだ。

書類を渡しに捜査課に行った。例の、名前を知らない強行犯係長が、やたら化粧の濃い初老の女にまとわりつかれているところだった。

「あのね、刑事さん。うちのルイちゃんはね、強盗なんかするわけないの。うちの家系に犯罪者なんていないんですからね。お正月に親戚が集まるのに困るのよ」

「あのですね。おたくの息子さん本人が認めてるんですよ、自分がコンビニ強盗しましたって。文句があるなら、面会が認められた後で直接息子に言えばいいでしょう」

係長はストレスで爆発寸前、といった顔つきになっていた。近藤類の母親は目をつりあげて、

「なにを言ってるの。ルイくんに文句なんかあるわけないじゃないの。あんな完璧なコはいないのよ。早くルイくんを返しなさいよ。アンタじゃ話になんないわ。署長出しなさい、さもないと訴えるわよ」

「そうですかそうですか。そうしてもらえるとこっちも助かるよ。うちの警務じゃ無能すぎて、天岩戸《あめのいわと》が開かないんだからさ」

係長はどすんと椅子に腰を下ろした。無視された格好の母親は、署長室はどこよ、とわめきながら階下へ駆け下りていった。竹花が言った。

「府中西も災難ですね。なんか責任感じちゃうな。別に、オレらが感じる必要ないんだけど。向こうが勝手に自供し始めちゃっただけなんだし」

「いいや、感じるべきだ。なあ長野」

背後から声がかかり、御子柴の背筋がぞくっとした。聞き覚えのある低音の美声。この声は。

おそるおそる振り向くと、本庁捜査一課の主任・玉森剛《たまもりつよし》が「もやし」というあだ名の通り、細い身体の上に乗った大きな頭をゆらゆらさせて、立っていた。声と見た目のギャップがハンパない。意外に甘党が多い警視庁職員のなかでもスイーツ好きで特に有名な男で、御子柴にはなにかと長野の銘菓を要求してくる。そのせいか、御子柴のことは「長野」としか呼ばない。

「玉森さん、ここでなにやってるんですか」

「ごアイサツだな。おまえらがウイークリーマンションで死体を見つけたせいで、駆り出されたんだろうが」

見つけてません。

「今日はほとんどここに詰めっきりで、書類書きの追い込みだよ。肝心の被疑者が入院中だから、ガラは年明けになりそうだけどよ。おまえらはなんだ、大物のスリ捕まえたんだってな」

捕まえてません。

「それじゃ、玉森さんもそろそろあがりですね。お疲れさまでした。よいお年を」

挨拶して逃げ出そうとしたら、腕をつかまれた。

「あがれるわけないだろう。あの光岡って男、女房を軽くこづいたら頭ぶつけて、朝になったら死んでたとか言ってたんだって？」

「そうですね」

「女房の頭蓋骨《ずがいこつ》、めっきり陥没してた。完全に即死だよ。部屋からは血がべったり付着したフライパンも見つかったしよ」

　御子柴は竹花と顔を見合わせた。

「光岡が嘘をついていると言うんですか」

「女房が行方不明になったことにしようとした、奥多摩の三ツドッケとかいう登山のルート、前にも行ったらしくて印付きのガイドブックがあった。それもどうやら、試食販売に行った先のスーパーで知り合った女と一緒だよ」

夫婦そろってハイキングに出かけた結果、三ツドッケで事故にあうという言い訳をあらかじめ考えていた、おまけによそに女がいた、となれば、光岡が涙ながらに語ったような、夫婦喧嘩《げんか》の末の傷害致死や衝動殺人ではなくて、

「下手したら計画殺人だぞ」

　玉森がうんざりしたように言った。

「裏取りを考えただけで、頭痛がするよ。おまけにここの署長、ここから徒歩一分のマン

ションにある官舎に引きこもって出てこないんだと。署長のハンコが必要な書類がどれだけあると思ってんだ」

そういえば、森下と大島がそんな話をしていたっけ、と御子柴は思い出した。

「署長が引きこもって、なにしてるんですか」

「知るかよ。九月に着任してはりきりすぎて空回ったのを署員に陰でバカにされて、やる気なくして、三週間ほど前からインフルエンザを口実に出てこないんだとさ。まったくよお。部下の悪口の的になるのも署長の仕事のうちだってんだよ。前の長官の義理の息子で、前の前の総監の甥《おい》っ子で、お勉強ができて出世は早かったけど、絵に描いたようなバカボンらしいからな。だから多摩の地味な署の署長なんだろうけどよ」

「だけどそれってマズくないですか」

竹花が小声で言った。

「殺人に連続放火に強盗傷害、まあ善光寺のおふじさんの件はおくとしても、これだけ大事件が起きてそれでも署長が出てこないなんて、聞いたことないですよ」

「マズいよなあ。普通はだよ、オレたち本部の人間が応援に来たら、署長室に呼んで、一言、よろしく頼むっていう儀式をやるもんだろ。それがなしだって報告したら、うちの一課長、絶句してたもんな。人事が動き出してるらしいし、年内になんとか署長を引っ張り出して、うまくおさめないと、ここの署、今よりも大騒ぎになるぞ。……お、それ、伝説のスリの供述調書か」

　玉森は竹花が抱えていた書類をひったくった。ぱらぱらめくって、そっけなく、よく書けてるじゃないか、と一言褒めた。

「けっこうけっこう。これならウチの仕事も手伝ってもらえるな」

「はい？」

「おまえらふたりとも独身だろ？　若いし、今のうちに働け。な？　年越しまでつきあえとは言わない。今晩だけ。書類まとめるのを手伝うだけだよ。まんざら無関係の事件じゃないんだ。最初にネタ引っ張ったの、おまえらなんだからさ」

「ちょっと玉森さん」

「大丈夫だよ。明日の朝には解放してやるから、心配するな。特に長野。おまえ帰るんだろ、長野に。親子水入らずの長野での年越しの邪魔するほどオレも野暮《やぼ》じゃないって。その代わり、土産のほうよろしく頼むわ。長野凮月堂の〈玉だれ杏《あんず》〉か太平堂の〈まほろばの月〉がいいな」

　自分の仕事ではないのにこき使われたあげく、なぜ土産まで要求されるのか。理解できないまま巻き込まれ、ほぼ徹夜で京王線に乗ったのはお昼に近かった。車内に差し込むまぶしい昼のひざしのなか、埃《ほこり》がきらきら光って見えた。十二月三十一日大晦日《おおみそか》。これで本当に仕事納め。今から夕方の長距離バスのチケット、とれるかな。それとも東京駅から新幹線の自由席か。夜遅い便なら、空席も残っているかも。

特急が調布に着いたところで、竹花と別れた。快速に乗り換えて家に戻った。ぶっ倒れて寝て「信濃の国」に起こされた。自分でも驚くほどイラッとした。来年はこの着メロ、絶対にやめよう。

「あ、御子柴さん？　その声はまだ寝てましたね。もう夕方ですよ」

府中西の森下だった。過労死寸前と言いながら、妙に明るく元気だ。御子柴は時計を見た。ベッドに倒れてから三時間とたっていない。

「昨日のスリの件なんですけどね。どうしても長野のダンナに会わせろって、バアさんがごねてるんですよ。すみませんがちょっと来てもらえませんか」

冗談じゃない。もう十分に手伝っただろ。あと数時間で紅白が始まる時間だぞ。バスも新幹線も最終が出ちゃうだろ。

「私これから、クニに帰るんですよ」

「あ、長野ですか。でもまだ帰ってませんよね。その前にちょっとだけ寄ってくださいよ。スリのバアさんが変なこと口走ってましてね」

「なんですか」

顔が脂っぽい。枕が臭い。御子柴は顔をしかめた。歳はとりたくない。ついにオレも中年期に入ってきたのだろうか。

「焦茶の財布を持ってた男から、なんか燻《いぶ》したような臭いがしたっていうんです。うちの地域課員が大國魂神社の参道でバアさん保護したのは、あの放火から小一時間後くらいだから、その前にバアさんが放火魔と出くわしていたとしてもおかしくはないんですよ。すみません、お疲れなのも、御子柴さんの仕事じゃないこともわかってますが、ちょっとだけ。ちょっとだけバアさんと話をしてください」

「年明けにしてもらえませんか。焦茶の財布の男の身元はもうわかってるんだし、しばらくは泳がすしかないんだし」

「来てくださったらね、府中本町までお送りしますよ」

パソコンのキーボードを叩く音がして、森下が言った。

「武蔵野《むさしの》線と埼京線経由で大宮《おおみや》に出て新幹線に乗ればいい。府中本町十八時四十五分発で、長野には二十一時前に到着します。ね、約束しますよ。十八時四十五分には絶対に間に合わせますから。うちの予算で新幹線もおさえときますから」

「でも仕事じゃないですからね」

「もちろんです。そうだ、竹花さんは呼びませんから。おふたりだと仕事になっちゃうでしょ。これはただ、ご協力いただくってことで、どうですか」

断りきれずに引き受けて熱いシャワーを浴び、親に電話を入れた。事情を説明し、駅前まで車で迎えにきてもらう約束をとりつける。

絶対に仕事ではない、ということをアピールするために、登山用の帽子、ダウン、靴を身につけザックに荷物を詰めて担いで家を出た。府中西署に着いたのは十六時すぎだった。これなら森下が言っていた新幹線に間に合うはずだ。

「あああ、すみません、御子柴さん。おいでいただいて助かります」

森下は警務課のデスクでリンゴの皮をむいているところだったが、御子柴の姿を見かけると、ものすごく腰を低くしてやってきた。リンゴの香りを漂わせながら、こちらへどうぞ、と先に立ってエレベーターに乗り込む。年代物のエレベーターがゆっくりと上昇を始め、放火の捜査会議はどこでやってるんだろう、と思いながら御子柴は尋ねた。

「放火捜査班は、もう本部から来てるんですか」

「それが、よそで死者が出る放火事件が起きたんです。人員をやりくって、こちらによこしてくれるっていうんだけど。こういうの、やっぱり署長が出てきて頭下げないと、なかなか話がまとまらないんですよね」

森下の愚痴《ぐち》が始まった。

「だから署員がみんな、カリカリしてるのもしかたないんです。私が署長をうまくコントロールしないから、今年は誰も正月休みをとれないって言われてますよ。いえ、誰も最初から休めるなんて思ってなかったですよ。けど、元日くらいは普通、登庁時間を遅らせて、おとその一杯くらい家族と交わして、なんて思っているわけで。だけどそれどころか、今の様子じゃ、帰宅もできないんですよね」

　エレベーターが四階に着いた。エレベーターホールの反対側に、吹きさらしの非常階段と渡り廊下がある。さびた鉄階段に向かうドアを開けて、御子柴を先に行かせながら、森下は休みなくしゃべり続けた。

「やっぱり腐っても署長は署長なんですよ。あのひとが出てきてくれないと、ホントにいろんなことが停滞して、みんなが過労死寸前なんです。だからね」

　渡り廊下を歩きながら、ふと御子柴は西へ目をやった。夕暮れてオレンジ色に染まった空に、富士山のシルエットが黒く浮き出して見える。長野の山もいいんだけど、と御子柴は考えた。やっぱり富士は日本一の山だなあ。

　歩き出そうとしたときだった。脇腹にものすごい違和感を覚えて、御子柴は振り返った。森下が両手でなにかを握り、御子柴にぶつかるような格好でかがみ込んでいた。

「すみませんね、御子柴さん」

　森下が明るく元気に言った。

「うちの署長ときたら、すねて官舎に引っ込んだきり、なにやっても出てきてくれないんですよ。おどしたりすかしたり、奥さんに叱ってもらったりしたんですけどね。一週間たっても引っ込んだきりだもんで私、街のあちこちで火までつけたんですよ。連続放火なら重大事件だし、出てくるかなあって。だけど本部がたたなかったせいか、それでも現れなかった。殺人でも、強盗傷害でもダメだったでしょ。もうね、御子柴さんが最後の頼みの綱なんですよ」

ようやく森下が握っているものが見えてきた。さっき、リンゴの皮をむいていた果物《くだもの》ナイフ。

その刃先が自分の身体に入っている。

「だって私が簡単に接触できて、いちばん大騒ぎになりそうな被害者といったら、御子柴さんでしょう。うちの署員じゃなくて本部の人間だし、しかもよその県警からの出向だし。あなたになにかあったら、本部も長野県警も警察庁も、絶対に黙ってない。偉いひとたちがどっと押しかけてくる。そしたら、署長だって出てこざるをえない」

森下はニッと笑った。御子柴はかすれ声で言った。

「そしたらアンタだって、逮捕されるだろ」

「やだな、されませんよ。私に御子柴さんを殺す動機なんてないし。警察ってとこには、意外に変な奴がたくさん出入りしてますしね。それに万一私の犯行だってわかっても、大丈夫。この三週間に何時間眠れたと思います？　忙しくて眠っているヒマもないし、署長のことでみんなが繰り返し繰り返し、私ばかりを責めるんです。だから寝られない。寝ることを許されない。起きて働けって言われる。そんなの、クスリでも使わないと無理ですよ。だから心神喪失でいけます。ストレスと薬の影響下にあったたって線で弁護してもらいますから。ね、大丈夫でしょ」

ショックのせいか、それまで感じなかった痛みが急激にやってきて、御子柴の脳を直撃した。やばい、と思った。このままじゃ気絶する、ていうか死ぬ、こういうことか、やっぱりだ、警察官の失敗や見落としは誰かの一生を左右してしまうんだ、森下がオレを呼び出すなんておかしいよな、不自然だ、いくら伝説でもスリのバアさんが一晩の間に強盗と放火犯、両方の財布すったなんて偶然、ありえない、そのくらい気づくべきだった……。

左右してしまう一生が、他の誰かのものじゃなくてよかったと思うべきか、そんなわけあるか、オレの親はどうなる、相方はどうなる、それにこのままやられたら、オレだけじゃすまないかもしれないし、あきらめるわけにはいかないいし、だけど、気が遠く……。

御子柴の意識が遠のいたのを察したのか、一瞬、森下の手が緩《ゆる》んだ。そのとき、御子柴が震えるほどの勢いで意識が戻ってきた。

考える余裕もなく、御子柴は森下の手を振り払い、振り向いて顔面を殴打した、森下がつかみかかってきた。ふたりはもみあいになり、狭い渡り廊下の鉄の床をカンカン鳴らしながら争った。森下は笑っていた。笑いながら御子柴の身体をぐいぐい手すりに押しつけた。御子柴の足が宙に浮いた。御子柴は必死に森下の身体を抱きしめるようにしがみつき、しかし、不意に重力が消えたように感じて、全身から体温が消えたように感じて、森下の笑いが消えたように感じて……。

6

竹花一樹はコートを脱いで、府中西署の玄関をくぐった。すでに顔見知りになっていた警務課の女性職員が、不思議そうに竹花を見た。

「どうしたんですか、こんな時間に」

「うちの御子柴来てませんか。森下さんにスリの件で呼び出されたらしいんだけど」

相方の御子柴ですら、竹花の調子のいい口調を地だと思っているふしがあるが、そんなわけはない。母親が下町の出身で、そのしゃべり方の癖を受け継いだ。その気はなくても東京弁はキツく聞こえることがあるから、わざと調子良くしゃべることを覚えた。

だがいまは、とりつくろっている余裕などない。

「さっきも電話で言いましたけど、森下をしばらく見かけなくて、みんな探してるんです。ケータイ置きっぱだし、連絡のとりようがなくて。その、うちの森下が御子柴さんを呼び出したってホントなんですか」

別の職員が言った。竹花はむやみと唾を飲み込みながら、うなずいた。

捜査共助課からの着信があったのは、紅白を見ながら父親がコタツで眠ってしまったタイミングだった。母は風呂に入り、姉がおせちをのぞき、田作りかと思ったら虫が入ってる、と騒ぎ始めていたときのこと。田作りを買い忘れたので、前に御子柴からもらった缶詰のイナゴの甘露煮《かんろに》をいれておいたのがバレたのだ。

コレ幸いと電話に出たが、話を聞いて驚いた。御子柴は親に夜九時前に新幹線で長野に着くと連絡をしていた。その前に、ちょっと助っ人を頼まれて府中西に行くことになった、心配しなくていい、頼んできたのは刑事じゃなくて警務のひとだから、とも話していた。そこで両親は言われた時間に迎えに駅まで行ったが、十時すぎても息子はやってこないし、スマホにかけても留守電に切り替わる。なにか突発的な仕事でも頼まれたかとも思ったが、連絡がないのが気になって、念のため息子の先輩の小林元警部補に相談をした。で、小林から捜査共助課に確認の電話があり、電話番が竹花にかけてきたというわけだった。

なぜ府中西に、御子柴だけが呼ばれたんだろう。

特に不思議というわけでもなかった。例の善光寺のおふじが、長野のダンナにだけ知らせたいことがある、とかなんとか言い出したのかもしれない。そう思って今度は府中西署の警務課にかけ、森下に連絡をとろうとしたのだが、その森下も行方不明だという。

さすがにじっとしておられず、竹花は、大晦日くらい家族とすごしなさいよ、という姉の罵声《ばせい》を浴びつつ家を飛び出して、府中西署にやってきたのだった。

「署内にいるのは間違いないんですよね」

「荷物は全部ありますし。財布も残ってます。消えてるのはさっき、リンゴの皮むくのに使ってた果物ナイフくらいですよ」

屈託《くったく》なく笑った警務課員の顔が、急に強張った。竹花も顔がひきつるのを感じた。

「ねえ、まさかとは思うけどさ。ここの署、ものすごく忙しいみたいだし、森下さんもストレスたまってたとか」

「それはまあ、感じていなかったわけではないと思いますけど。森下さん、署長の秘書役だから、いろいろと。だけど万一、だとしても、普通は果物ナイフじゃなくて、もっとラクに死ねるやつ持ち出しますよ」

竹花や他の職員の視線を浴びて、警務課員は黙り込んだ。

とにかくもう一度、手分けして署内を探そうということになり、竹花も一緒に走り回った。そうしながら、ときどき御子柴の番号にかけてみたが、応答はない。

同じ部屋をのぞいては怒られ、階段を上がったり下がったりし、渡り廊下を走って隣の棟をまた下がり、一周したところで聞き覚えのある低音の美声に呼び止められた。あれから帰らずにそのまま仕事を続けていたらしい。しなびたもやしみたいになった玉森が言った。

「なんだよ竹花。年越し仕事を手伝いにきたのか。どうしてもっていうなら、させてやらないこともないけどさ。府中名物青木屋の〈武蔵野日誌〉ならもうないぞ。全部食べちゃった」

「御子柴さんを捜してるんです」

竹花は息をはずませて言った。玉森は顔をしかめた。

「アイツもさっさと長野に帰りゃいいのに、まだ署内をうろうろしてるみたいだな。帰って土産を買ってきてくれないと。こちとら〈玉だれ杏〉だけを心の支えにがんばってるんだから」

「彼を見かけたんですか。どこで」

「見かけちゃいないよ」

玉森は首を振った。

「どこからともなく聞こえてくるんだよ、『信濃の国』の着メロが。だからその辺にいるんじゃないのか」

竹花は御子柴の番号にかけた。呼び出し音がするのを待って、耳をすます。確かに、どこか遠くで、あるいは近くで、あの御子柴の「信濃の国」が聞こえる。

竹花一樹は玉森のいる部屋に飛び込んだ。奥まで進み、窓を開け、外を見た。

ふたつの棟を結ぶ渡り廊下の真下に小さなスペースがある。その暗がりに、ふたりの人間が倒れているのが見えた。青ざめ、ぴくりとも動かず地べたに倒れた御子柴将のそばで「信濃の国」が鳴っていた。

杏《あんず》の里に来た男

森で杏《もも》とって　倉科《くらしな》で食って　屋代《やしろ》で病んで
篠《しの》ノ井《い》で死んで　雨の宮で穴掘って　生萱《いきがや》でいけて
土口《どぐち》でどんがらりん

「杏の里のわらべ唄」より

1

「大雨があがって三日目ですからな。今日が狙い目だと見当はついてましたが、森から気配がね、漂ってきてましたわ」

柊《ひいらぎ》志朗《しろう》は勧められた椅子に座らず、立ったままそう言った。

軽い猫背。分厚い眼鏡《めがね》。登山靴に色あせたダンガリーのシャツ。まくりあげたシャツの袖から、日に焼けた筋肉質の腕がのぞいていた。落ち着きなく麦わら帽子をくるくるまわし、その動作で腰につけたクマ除《よ》けの鈴がチリチリ鳴っている。

頼まれもしないうちに始めた自己紹介によれば、東京の大学の出版局で働いていたが、十五年前、妻の実家のあるこの千曲川《ちくまがわ》のほとりに移り住んだ。

以来、夫婦で妻の母親の介護をしながら、野菜や果樹を育て、山で山菜やキノコを採り、川で魚釣り、薪《たきぎ》を割り、保存食を作り、ろくろをまわし、草木染めに機織《はたお》り、ときには移住者仲間とピザパーティーを開いたり、車で十分のところにある戸倉《とくら》温泉につかりに行ったり、と「憧れの田舎《いなか》暮らし」を満喫しているという。

「なんのって、そりゃキノコの気配ですわ」

柊志朗は眼鏡の奥の、やたら拡大されて見える目をうっとりと瞬《またた》いた。

「夏と秋の端境のこんな朝には、起きた瞬間に、空気の中にキノコの気配を感じるんですわ。ちょうどいい湿度と温度にキノコたちが目覚め、地上に出てきた。その生命の息吹《いぶき》が漂ってくるんですわ。おまわりさんだって感じたことあるでしょうが。ない？　そりゃ、キノコの気持ちになってないからだわ」

柊志朗はゆっくりと帽子をまわし、今度は鈴ものんびり鳴った。

「だからけさは、まだ暗いうちに支度して、懐中電灯持って家を出たんですわ。キノコの森に入る道は一本道でね。入口は行き止まりになっていて、先客がいると車があるんでわかるんですわ。東京からの移住者仲間の堀尾《ほりお》さん、ほら、倉科《くらしな》の。キノコのことなどろくに知らないのに、先回りして採りあさったりしますからね。ちょっと意地汚いところがあるんですわ、あのひと。他人様《ひとさま》のものにも平気で手を出したりして」

柊志朗は咳払いをした。

「私はキノコ関係の書籍の出版に携わったことがありまして、そこそこ詳しいほうですが、名人の足下にも及びません。食べる前にはちゃんと、キノコの師匠である笹野《ささの》さんにチェックしてもらうようにしております」

柊は顔をしかめ、身震いした。鈴が激しく鳴り響いた。

「おまわりさん、キノコにあたったことあります？　私はカキシメジにやられました。あげて下してトイレから出られませんでしたわ。頭もガンガンしてねえ。近頃、東京の、周囲の人間にフグ食わせて殺した毒婦が話題ですわねえ。フグ毒も辛いだろうけどキノコもきついですわ。自分でとって自分が中毒するなら自業自得ですが、ひとを殺しちまったら大変ですからな。

梅雨の頃には公園で、ヒトヨタケの仲間を見つけましてね。ご存知だとは思いますが、幻覚成分のシロシビンを含んでいるから、採ったり食べたりしたら麻薬取締法違反になるんですわ」

柊は宙を見つめて、ひとしきり考え込んでいたが、やがて我に返った。

「え？　あ、違います、おまわりさん。ここに来たのは、幻覚キノコ発見の報告ではないんですわ。それじゃなにしに来たのかって？

なんでしたっけ……。

えーと、キノコの森の入口に、軽トラを停めたんですが、一番乗りでしたわ。しかもそこでハタケシメジを見つけましてね。森に入ってアミタケ、ウラベニホテイシメジっぽいのに、ハナビラタケ。ハナビラタケは女房の母親が好きなんですわ。歯ごたえがいいって喜んで食べます。おまけに奥のほうでは、倒木にキクラゲがびっしり」

柊志朗は舌なめずりをした。

「私もだいぶ経験を積んできたけんど、好きなキノコを見つけると、ついついルールを忘れそうになりますわ。採りすぎたり森を荒らしたらダメ、後の処理もちゃんとしておく、これは師匠の笹野さんに厳しく言われておるんですが、狩猟採集生活をしていた頃の、先祖の血が騒ぐ群ですなあ。夢中で籠いっぱいキノコを採って、二時間ほどして軽トラに戻ったら、ウインドブレーカーがない。キクラゲのところで興奮のあまり、脱いだのを忘れたんですわ」

柊志朗は着ていたウインドブレーカーを軽くたたいてみせた。

「コイツに車のキーを入れていたもので、籠を軽トラの荷台に置いて、慌てて戻ったんですわ。下草を踏み分けながら奥まで行くので、往復一時間以上かかりましたかなあ。ウインドブレーカーはすぐ見つかったんですが、八時を過ぎて、空腹でふらふらになりながら戻ってきたら、今度は籠がなくなっているんですわ」

柊は大きく首を振った。

「最初は動物が持っていったのかと思ったんですわ。でも、あれだけのキノコの入った籠を、こぼしもせずに持ち去れる動物は、クマか人間くらいですわなあ。どうしたものか困惑していたら、そこにシゲさんがやってきまして。え？　おまわりさん、シゲさんご存知ない？　われわれ移住組の世話役をしてくださってる、元大地主の一族の、ほら、三十も年下の奥さんもらって、奥さんが杏子《きょうこ》って名前なのにちなんで、あんずの里で結婚式あげた。このあたりで彼を知らなきゃ完全なもぐり……そういやアナタ、見かけないおまわりさんですわ。いつからこの千曲川警察署に？」

呼びかけられた制服警官は睡魔に襲われ、椅子からずり落ちそうになっていた体勢を慌てて直した。口元のよだれを手の甲で拭いてごまかす。

「先月一日に着任しました。御子柴将といいます。よろしく」

長野県警千曲川警察署は、北信《ほくしん》の南縁にある。上田市と長野市の間、千曲川のほとり。管内を上信越自動車道、長野自動車道、しなの鉄道、長野新幹線……あらため、北陸新幹線が通っている。

あんずの里や有名な温泉、風光明媚な棚田《たなだ》などの名所を有する人口約六万人の千曲川市が主要な管轄になっているが、隣接する上田や長野にくらべれば、比較的のどかな署といえよう。

署内には、あちこちに防犯標語の書かれた手作りのポスターが貼られ、名産のトルコギキョウが活けられ、アットホームな雰囲気を醸し出している。地域課の隅の棚の上には、市民から差し入れられた手作りのお菓子や惣菜、名物の杏菓子が何種類も並んでいた。

たまたま今日は、新潟で発生した強盗事件の容疑車両が上信越自動車道近辺の裏道を使い、管内を通過する可能性ありとのことで緊急配備がしかれ、多くの署員が検問に駆り出されて、署内はがらんとしていた。署の一階に残っているのは御子柴と、居眠りしている定年間近なロートルと、職員が数人だけ。

暑さの峠がすぎた初秋のお昼前、まことに平和な警察署の風景である。

御子柴将はそっと、ため息をついた。

警視庁に出向させられ、三年間がんばった。ところが、よりによって大晦日、警視庁の警察官に襲われ、脇腹を刺され、争ったはずみに四階の渡り廊下から地面へと転落した。犯人とザックがクッションになってくれたのと、ダウンジャケットを着ていたのと、途中で壁かなにかにぶつかって速度が落ちたのと、刺し傷がぎりっぎりで腹部大動脈をそれていたおかげで一命はとりとめたが、全身に八カ所の骨折が認められ、半年も入院するはめになった。

それでも仕事に復帰できるほど回復したのはめでたいかぎりだったが、気づけば御子柴の立場はビミョーなものになっていた。

御子柴本人に落ち度はなかったが、一緒に転落して御子柴の下敷きになった犯人は病院で死亡が確認された。御子柴は「気の毒な被害者」であると同時に、正当防衛とはいえ、警視庁職員の死にかかわってしまった。

おまけに事件の後、犯人の上司だったキャリアが免職になり、数名が責任をとらされた。

「ここまでの騒ぎになる前に、あの長野から来たやつがうまく対処していればよかったんだ。警察官なんだから、やすやすと刺されてんじゃねーや」

と、まったくの八つ当たりながら、陰でささやく人間もいたらしい。

また、長野県警は事件を重大に受け止め、警視庁に正式に抗議した。おかげで警視総監が長野県警本部長に頭をさげることになり、プライドの高い警視庁にしてみれば面白くない。

「ここまでの騒ぎになる前に、あの長野から来たやつ」アゲイン、である。

こうなると、御子柴の扱いは難しくなってくる。

本来は出向してがんばったご褒美に、階級と役職をあげてねぎらうべきだが、この状況でヘタに厚遇すると警視庁に対する嫌がらせととられかねない。「気の毒な被害者」を警視庁に置いたままにもできないし、かといって閑職に押し込むのはあんまりだ。

もともと警視庁への派遣人事で候補者が次々に脱落し、やむを得ず御子柴が選ばれた。これで干されでもしたら、それこそ県警全体の士気に関わる。

結局、ほとぼりが冷めるまで、ということで、御子柴は千曲川署に突如新設された〈地域生活安全情報センター〉のセンター長に「抜擢」されることになった。めだたないほど役職があがって、ちょこっとだけ給料もあがる。仕事は週休二日、九時五時のラクなデスクワーク。

早く元気になってね、という配慮にみえるが、腫れ物にさわるような扱いともいえる。ふだんならともかく、緊急配備がかかるような事態でも蚊帳の外に置かれているのだから、ひがみじゃないぞと御子柴は思うのである……。

柊志朗は首をかしげ、眼鏡の奥の目を見開いた。

「ああ、御子柴将さん。上山田庁舎の原さんに聞きましたわ。東京で死にかけて戻ってきて、病み上がりだものだからこんな田舎の署に飛ばされて、仕事もせずにブラブラしてるって」

あたらずと言えども遠からず。御子柴は大きく咳払いをした。

「話を戻しますが、柊さんはキノコの盗難届を出したいんですね」

柊は笑い声をたてた。

「まさかキノコを持っていかれたくらいで、司直《しちょく》の手を煩《わずら》わせたりしませんわ。そりゃあガッカリはしましたよ。キクラゲは干して、冬中楽しむつもりだったんですわ。タンメンや炒め物に入っていると嬉しいですなあ。ウラベニホテイシメジは、生クリームとチーズ、ジャガイモと一緒にグラタンにします。もちろん、ホントにウラベニホテイシメジだった場合ですわ。ひょっとしたらアレ、クサウラベニタケだったかもしれませんで」

「その、クサウラ……ナントカだったら、どうなんです？」

「どうって、そりゃ食べたらエライことになりますわ」

　柊志朗は眼鏡を押し上げた。

「溶血性タンパクやムスカリンを含んでいるから、胃腸系の症状も凄まじい上に、神経もやられます。下手すりゃ死にますわ」

「そんな危険なキノコを採ったんですか！」

「おまわりさん、ええと、御子柴さん。食べられるキノコを知りたかったら、毒キノコについても学ばなくてはなりませんわ。だから、コレ怪しいなあ、というのも採取しとくんですわ。今回はホテイシメジとか、タマゴテングタケらしいのも採りました。ホテイシメジはアルコールと一緒に摂取したらいけませんわ。意識を失うほどひどい二日酔いになります」

「タマゴテングタケ？　待ってください、昔、北海道で中毒事故があって、三人家族の母親と息子が死んだんですよね。法医学の講義で聞きました」

「ああ、あれはタマゴタケモドキですな。どっちも似たような毒キノコですわ。食べてから六時間以上して胃腸系の症状が出るんですが、一日くらいでいったんおさまるんですわ。ところが四日から一週間ほどして、腎不全や肝不全を起こして死に至る。絶対に食べちゃダメですわ」

　柊はしみじみと言い、御子柴は泡を食って立ち上がった。

ね」

「待ってください。つまり、食べられるキノコと一緒に、猛毒のキノコが盗まれたんです

柊はいやいや、と言いながら、手を振った。

「他人の採ったキノコを持っていっちゃう人間に、盗んだ気があるかどうかわかりませんですわ。どうせ森からタダで採ってきたんだろと思うんでしょうなあ。クマだったら、オレのもんも他人のもんも見境つかないでしょうし」

御子柴がここに来る直前、管内ではツキノワグマが捕獲されていた。だが、クマがキノコの入った籠を前足でさげ、二足歩行で立ち去ったと？　かわいすぎるだろう。

「クマもキノコを食べますからなあ。幻覚性のキノコを食べて、らりってひとを襲う、なんてことがあるのかどうかは知りませんが」

「あったら大変じゃないですか」

「あ、でもシゲさんの言うには、私が使ってる山籠によく似た籠を後部座席に乗せた、練馬ナンバーの乗用車を見かけたそうですわ。赤ずきんちゃんがおばあさんちにお惣菜持ってくのに使ったみたいな大きな籠で、持ち手が複雑な編み方でね。やっぱり柊さんの籠だったか、知ってりゃ追いかけてキノコを取り返してやったのにって、シゲさん、悔しがってましたわ」

話が遠回りだが、要するに、やっぱり猛毒のキノコがひとに盗まれたということではな

いか。

「柊さん。その車について、もう少し詳しくわかりませんか。盗んだ犯人であろうが、中毒死なんてことになったらおおごとですよ」

「だったらシゲさんに直接聞いてください。さっき、スーパーでまた会って、キノコの件は警察にちゃんと届けたのかって、怒られましてね。半日たってても届けないよりマシだよ、ってシゲさんが言うんで、こうして来たんですわ。でも、タマゴテングタケはキタマゴタケに似てましてねえ。シゲさんの奥さんが大好きなんだとホームパーティーで出してくれたことがあるんですが、キタマゴタケはオリーブオイルとレモンをかけて生でサラダにすると、いけるんですわ。ひょっとすると、そっちかもしれませんわ。美味しいんだよなあ、キタマゴタケ」

柊志朗はクマ除けの鈴を鳴らしながら、のんきに言った。

2

「どっちか選んだほうがいいっすよ、九条さん」

竹花一樹はTシャツの下から手を突っ込み、脇を掻いている相手に言った。

「ひとつは、今ここで洗いざらい自供するって道。長野県伊那《いな》市で女性宅に侵入し、殴って相手に怪我《けが》を負わせ、現金と貴金属を盗み出しました、と正直にこちらの長野県警の捜査員に話しちゃうんです。素直に供述すれば、裁判官の心証もよくなりますよ」

九条薫《かおる》は鼻を鳴らしてそっぽを向いた。竹花は続けた。

「もうひとつは、黙秘したまま長野に護送される、という道っす。もうじき逮捕状が出ます。警察なめちゃダメっすよ」

「ああ？　逮捕？　証拠もないのになんでだよっ」

九条は机を蹴っ飛ばしてわめきちらした。

「証拠はあなたのその顔っすよ。あなたが主張されているように、この四日間マンション九階の部屋に引きこもって一歩も出なかったなら、なんでそんな顔になってるんすか？」

九条の左頬から首にかけて、見るも痒《かゆ》そうな赤いブツブツに覆われていた。さっきからの所作を見るかぎり、衣服に覆われた箇所にもこの発疹が現れているようだ。

「これはあれだ、家ダニにやられたんだよ。顔がこんなせいで四日、外へ出られなかったんだよ。ホントに家にいたんだって」

「それ、ダニの仕業じゃないですよ。毛虫です」

竹花は言った。

「さっき廊下で会ったひと、覚えてますか。皮膚《ひふ》科のお医者さんです。専門家ってすごいですね。毛虫に接触したんだって一目でわかっちゃうんですよね。でね。伊那の女性宅の生け垣なんですが、一部に茶毒蛾《ちゃどくが》が発生してまして。伊那北署の鑑識さんも、あなたと同じような顔になっちゃってるんすよ」

「生け垣に触ってなんかねえぞ。だいたい、こうなったのは家に帰ってしばらくしてからだ」

九条はわめいた。語るに落ちる。竹花はにんまりと相手に笑いかけ、相手の頭に自分がいま、罪を認めてしまったんだという事実がしみこむまでの間、じっくり待った。

「直接刺されてなくても、茶毒蛾の幼虫の針が風で飛んできて皮膚に触れただけで、ブツブツになるそうっすよ。それに、症状が出るのは接触後、六時間くらいしてからだそうで。伊那市で午後二時少し前に犯行を行なって、すぐに二時二十四分発新宿行きの高速バスに乗って、新宿のバスターミナルに着くのが三時間二十分後っしょ。六時半には六本木のマンションの部屋に余裕で戻れますよね。だから、その時間にピザのデリバリーの兄ちゃんが家にきたってのは、アリバイにはなんないわけ。茶毒蛾の症状が出たのも、ピザを食べ終わってからでしょう。残念っしたね」

「ふざっけんなよ。そんなのおまえらの憶測だろ」

九条薫は言い返してきたが、だいぶ声から張りが消えていた。もったいないよなー、と竹花は思った。お嬢様みたいな名前で、発疹さえなければ美人なのに、部屋はゴミ溜め、口は汚い、なにより犯罪者。遠距離バスを使って土地勘のない場所での犯罪なら自分がしたことだとバレないだろう、と浅はかにも地方で強盗。きっと余罪もあるに違いない。

「だから警察なめちゃダメですって。長野からも捜査員が来て、逮捕状を請求してるんだ。新宿や伊那のバスターミナルの防犯カメラの映像も、六本木《ろっぽんぎ》までのタクシー運転手の証言も、被害者宅の近所の住人の証言も、被害者の目撃証言もとれてるの。犯人の髪の毛もあるの。それに今、捜索令状とってあなたの部屋調べてるから。押収した現金や貴金属から指紋も採るしDNAも採取するよ。被害者のものが出るよね。逃げ道なんかないの。わかった？」

五時間後、九条薫は洗いざらいしゃべり、供述調書にサインをし、長野県警の捜査員に付き添われ、県警差し回しのバンに乗せられて警視庁六本木西署を出て行った。

残務処理の後、世話になった署の関係者に挨拶をしてまわり、署を出たところで、竹花一樹は驚いた。署の先のコンビニの店先に細澤恭二《ほそざわきょうじ》がベンチに座り、煙草《たばこ》をふかしながらスマホゲームに興じていたのだ。

前任の御子柴将の後釜として、警視庁捜査共助課に長野県警から出向してきた男である。でっぷりと太って童顔、独身三十九歳の警部補。六月一日に着任して三ヶ月半以上経つが、仕事をしている姿を見たことがない。今回だって、長野県警が伊那市で発生した強盗事件の捜査で動くから手伝え、と名梨課長に命じられたのだが、

「オレ東京のことよくわかんないんで、竹花、一緒に来てくれよ」

と言ったきりすべて竹花に丸投げし、この案件に関わっていた数日間というもの、捜査会議中もスマホゲーム、張り込みの車の中でもスマホゲーム、あげく事情聴取中にいなくなった。

ちょっとちょっと。

「細澤さん、どこでなにやってたんですか。今回の件は、長野県警が東京の被疑者のところに出張《でば》ってきたんですよ。任意の事情聴取から逮捕状の請求手続の補佐から家宅捜索の下準備まで、いや、最後にお世話になった関係者への挨拶まで、全部アナタの仕事でしょ」

詰問しながら早足に近寄っていくと、細澤恭二は煙草を吸い殻入れに押し込み、金太郎じみた童顔を竹花に向けた。

「あ、竹花。本部に戻るのか」

「……そうっすけど」

「じゃ、オレは直帰するわ。課長によろしく。お疲れさまっした」

スタスタ帰っていく細澤恭二の後ろ姿を、竹花一樹はあっけにとられて見送った。

ホントに仕事する気ないんだ、あのひと。

ぐったりしながら本部に戻った。捜査共助課の入口で、捜査一課で主任をつとめる玉森剛とばったり出くわし、疲労度が倍増した。

頭がでかく、カラダが細いため、「もやし」と呼ばれる男だ。見た目からは想像もつかない低音の美声を響かせて、玉森は言った。

「おい、竹花。長野2はどうした。一緒だったんだろ」

「長野2？　細澤さんのことっすか」

もやしは舌打ちをした。

「まったくよお。映画でも続編が作られるとなると、金かけてゲストスター呼んで、できはともかく見た目はゴージャスにするもんだろ。なのに今度の長野はありゃなんんだ」

「オレに言わないでくださいよ。細澤さんになんか用っすか」

「こっちはいま、毒フグの担当でな」

佐藤《さとう》サチという宗教家の周囲で、多額の保険をかけられた信者が次々にフグにあたって死んでいる……毒フグ連続殺人として、世間をにぎわせている事件である。

サチは十年前、亭主の兄の家を『教会』と称して居座り、老若男女を同居させてこれを洗脳。金がなくなると、毒性の強いフグ肝を一つだけ餅にくるみ、油揚げに入れて鍋にし、「神籤《かみくじ》」と称して信者らに食わせた。ロシアンルーレットのようにあたったものが死ぬと、「神への供物《くもつ》」としてこの死を賞賛し、信者の医師に死亡診断書を書かせる裏で、死者の身内が受け取った保険金を、そっくりそのまま巻き上げた。

三週間前、被害者のひとりが病院に駆け込み、事情を話して死亡した。遺体からテトロドトキシンが出て、ようやく事件が発覚したのだ。

「あの事件、もう終わったんじゃなかったっすか」

しばらくの間、佐藤サチ事件はマスコミを騒がせ、タブロイド紙には『稀代の毒婦』と、昭和感みなぎる見出しが躍ったものだ。しかし、

「佐藤サチも、四人全員の殺害を認めたんでしょ？」

「手こずるかと思ったら、案外、素直にな。素直すぎて、もうひとつ殺しを自白しやがった。一ヶ月ほど前に逃げ出そうとした女を殴って、息の根を止めちまったそうだ」

玉森はため息をついた。

「さすがに、この死体は病死じゃ片づかない。それで遺棄するように命じたんだが、命じた相手は、病院に駆け込んで死んだ広田《ひろた》だとよ。サチいわく、広田が自分の車のトランクに女の死体を入れて運び去ったが、どこに遺棄したのかは聞いてない。本人は、死体は車ごと消えたと言っていたそうだ。頭おかしいよ」

「その広田が長野の出身なんすか」

「実家は岡谷《おかや》で、車は諏訪《すわ》ナンバーのコンパクトカー、色はピンクだと。そんなめだつ車なのに行方がわからない。というわけで、長野県内を調べてもらいたいんだよ。御子柴がいてくれたら、ちゃちゃっと手配してくれたんだろうけど」

長野２は使えねえわ、と言うと、玉森は立ち去った。

御子柴さんがいたときには、長野としか呼ばなかったくせに、と思いながら共助課に戻ると、新潟県警の出向組である箱岩肇《はこいわはじめ》が、脂の浮いた顔をてかてかさせながらやってきた。

「あ、竹花ちゃん。細澤どうした？」

「直帰するそうです」

「なんだと、まだ真っ昼間じゃないか」

「オレに怒鳴らないでくださいよ。やつになにか？」

「けさの直江津《なおえつ》の強盗事案、進展がなくてさ。上信越道使って長野方面に逃走したっていうんで、長野でもキンパイかけてもらったんだけど、なにも上がってこないんだ。なにかつかんでるけど隠してるのか、ホントになんのネタもないのか、そこらへんを探ってもらいたかったんだが」

今日の朝三時半頃、直江津港の近くの交通量の少ない県道を走行していた大型のバンが、セダンに幅寄せされて停車した。セダンから降りてきた男たちは、バンに向かって銃を乱射。穴だらけにしたバンの後部から、段ボール箱を二箱盗《と》って逃走した。

唯一、田んぼに入る私道に駐車していたトラックで仮眠中の運転手が、寝ぼけ眼《まなこ》でこの派手な強盗事件の一部始終を目撃していたが、

「てっきりアクション系の夢見たんだと思って」

再び眠りについた。一時間ほどして目覚めたときには事件のことなどすっかり忘れてお

り、そのまま、上信越道を南下して東京へ向かった。

被害にあったバンは、三十万キロ以上走っていそうな中古品で、停められたのも廃車置き場のすぐ脇の道。日本の日常風景に銃痕《じゅうこん》だらけの車があるなど想定外だし、バンの横を多くの車が素通りしていった。

そんなこんなで、朝九時をすぎ、廃車置き場のオーナーが顧客のバングラデシュ人を案内してきて、ようやく事件は発覚した。正確には、到着してすぐオーナーも客も穴だらけのバンと中の死体に気づいたものの、商談を急ピッチで終えて握手を交わし、客がそそくさと立ち去ってからオーナーが通報したのだから、警察がこの大事件勃発《ぼっぱつ》を知ったのは、事件発生から六時間近く経過してから、ということになる。

バンの中には死体がふたつ。所持していた免許証で身元が割れた。伊東厚志《いとうあつし》と李克《りかつ》、ともに麻薬及び覚せい剤取締法違反の前科がある指定暴力団の準構成員で、生活拠点は東京だった。バンからは覚せい剤の陽性反応も出た。

銃器を使った襲撃事件などめったに起こるものではない。それも、数十発以上の弾丸が使われるなど、日本では聞いたこともない。事件はたちまちトップニュースになり、大々的に報道された。おかげで、「ひょっとして、あれ夢じゃなかったのかも」と、思ったトラック運転手が警察に連絡を入れ、事件の概要がわかった。

直江津港で荷揚げされた覚せい剤を、殺された二人がバンで、おそらくは東京に運ぶ予定だった。ところがその話を聞きつけた男たちがバンを強襲。ふたりを射殺してブツを奪った……。

新潟県警は遅まきながら午前九時半に、長野、群馬、富山など、隣接する各県警に緊急配備を、警視庁にも捜査協力を要請した。各県警はセダンを中心に検問を始めたが、なにぶん時間が経ちすぎている。一方で、くだんのトラック運転手が、

「上信越道の更埴《こうしょく》インターチェンジ付近の一般道を午前六時過ぎに走行中、路駐のセダンを見かけたが、あのセダンに似ていた気がする」

などと言い出した。未明の真っ暗な道、寝ぼけ眼での目撃証言に信憑《しんぴょう》性があるのか不明だが、もしその話が本当なら、犯人たちは長野に潜伏している可能性も出てきたわけで、

「細澤のヤローには、ぜひともご協力いただきたかったんですがね」

箱岩は嚙《か》みつくように言った。

「いやだから、オレに怒鳴らないでくださいって」

竹花は内心でため息をついた。

気が合う相方だった御子柴将がいなくなった。それはまあ、あれだけの大怪我をしたのだし、異動の多い警察官の性《さが》でもあり、しかたがないのだが、代わりのレベルが低すぎる。

おまけに思い返してみると、九条薫の件ではあれだけ長野県警に協力したのに、細澤からはもちろん他の捜査員からも、お世話になりましたの一言もなかった。

御子柴の一件で、長野県警と警視庁の間に生まれたわだかまりを解消するべく、オレなりに努力してるつもりなんですけど。御子柴さんを見習って。

「人ごとみたいに言うなよな」

箱岩はふくれっ面になった。

「細澤は竹花ちゃんが面倒みなきゃ。みられないなら長野県警に文句言って、チェンジしてもらえよ。元気になった御子柴に戻ってきてもらうとかさ」

「今さら長野県警が、御子柴さんを警視庁に戻すわけないっすよ」

「本人に希望させりゃいいじゃないか。それなら誰も文句言わないよ。それに、細澤じゃ上司に頼まれたって、東京土産《みやげ》なんか送らないだろ。長野の上のほうも人選に失敗したって気づいてる頃だ。相方に頼まれたら御子柴も考えるさ。田舎の署に押し込められてるよりいいしな」

折よく竹花のスマホが鳴った。見ると噂の御子柴からだった。嬉しいが、箱岩の前ではマズい。

竹花はそそくさと廊下に出た。あんな目にあった御子柴さんに戻ってきてくれなんて、頼めるわけないじゃないか。

「御子柴だ。元気か」

それでも久しぶりに聞く声は、涙が出るほど懐かしかった。救急車に同乗してＩＣＵまで付き添ったときの、このままこの人、死んじゃうんじゃないかという恐怖でカラダが震えたことまで、はっきりと甦ってきた。

ヤバい、と竹花は思った。思った以上にオレ、細澤恭二にやられてるっすよ。

「みんな元気です。御子柴さんも千曲川署でしたっけ、もう慣れたんすか」

「今日はちょっと、頼みがあるんだけど」

御子柴は要領よく、毒キノコ盗難について説明した。

「この柊志朗というおっさんが、毒キノコじゃなくて食べられるキノコだったかもしれんですわ、とか言うものだから、上がこれを事件化しないことに決めたんだ。粘ってなんとかマスコミ発表はしてもらったんだけどね。キノコの入った籠が持ち去られたけど、シロウト判断で野生のキノコを口にするのはよしましょう、みたいな、毎年秋に流れるローカルニュースにまでトーンダウンしちゃってさ。あれじゃ、県外の人間は誰もこのニュースに気づかないよ」

「なるほど。で？」

「キノコの森への一本道近くの監視カメラ映像を調べてみたら、問題の時間帯に映っていた練馬ナンバーの乗用車は一台だけだった。車の持ち主は池上幾馬《いけがみいくま》、住所は杉並区西永福《にしえいふく》二丁目三番地。新潟の強盗殺人の件で機材が塞がっててさ、これ以上は映像のチェックができないんだ。どっちみち事件じゃないし」

「わかりました。行って様子を見てきましょう」

竹花は元気よく言った。

「竹花が自分で行ってくれるのか」

御子柴は申し訳なさそうに言った。

「近くの交番に手配を頼むつもりだったんだけど」

「西永福ならうちの近くだから。これを口実に早く上がりますよ」

「悪いなあ。お礼に今度、杏の銘菓の詰め合わせを捜査共助課に送るわ。千曲川市は杏の産地だから、いろいろあるぞ。干し杏に、ジャムに、コンポートに、ロールケーキやクッキー、サイダーにカレー。イチオシは干し杏のチョコがけだな」

この人の爪《つめ》の垢《あか》を煎《せん》じて細澤恭二に飲ませてやりたいもんだと思いながら竹花は課長に許可を取り、電話にかじりついている箱岩の背中をすり抜けて、警視庁本部を出た。

池上幾馬の自宅は、京王井《い》の頭《かしら》線と神田川《かんだがわ》にはさまれた住宅街のなかにあった。道に面してガレージがあり、その脇の細くて急なコンクリートの階段を上っていくと家の玄関、という、築四十年クラスの一戸建てによく見られる構造の家だ。ガレージのシャッターは閉ざされ、埃をかぶり、錆びているように見える。

階段を上がっていくと、アルミの門があった。右脇のインターフォンに手を伸ばして、竹花ははっとした。門の脇に、まだ新しい嘔吐《おうと》物が広がっている。

門扉の奥、池上家の玄関先に、男が前のめりに倒れていた。

3

「長野？　クソ親父がそんな遠方にまで行くわけないわ」

竹花の慌ただしい呼びかけに応じて家の奥から現れた女は、倒れた男を雑に蹴飛ばして道をあけた。蹴られた男はむにゃむにゃ言いながら、幸せそうに寝返りをうった。

「いっそキノコにあたって死んでくれてもいいんだけどね。この飲んだくれが」

言われてみれば、そこらじゅうに濃厚なアルコール臭が漂っている。毒キノコにあたって死んだわけではない、とわかって竹花は安堵した。

女は酔いつぶれた男が池上幾馬だと認め、自分は幾馬の娘の良子だと自己紹介した。

「車ならもう三年以上、下のガレージに入ったままだよ。アタシは免許持ってないし、酔っぱらいにアブナくて運転なんかさせられない。この親父、母が生きてる頃はガッチガチの堅物《かたぶつ》だったのに、定年後、昼間から居酒屋に出入りすること覚えてさ」

「車を見せてもらえませんでしょーか」

竹花は明るく言った。

「そういうことなら、なにかの間違いだと思うんですけど、念のため。人命にかかわることなんで、ご協力をお願いしまーす」

竹花が調子良く頼むと、案外、ひとはイヤとは言わない。幾馬の娘も渋々ながら鍵をとり、階段を下りてきた。

「開くかねえ、このガレージ。この家に戻ってきて以来、開けたことないんだけど。今じゃ不用品の詰まった物置みたいになってるし」

よっこいせ、とシャッターを持ち上げると、意外にもスムーズに開いた。竹花は中をのぞきこんだ。

幾馬の娘の言う通り、狭いガレージには雑多なものが詰め込まれていた。古新聞古雑誌、合板の安い家具の壊れたの、年代物の扇風機に電熱器、丸坊主になったタイヤが数本、錆び付いてサドルのない自転車。そして、これらのゴミに埋もれた古い白の乗用車が一台。

だが、

「車のナンバープレートはどうしました？」

手を払っていた娘が、あら、と言った。

「ホントだ。ナンバープレートがない。どうしたんだろう」

娘は落ち着かなげにこすり合わせていた手を見て、不意に、ヤスのヤロー、と声をあげた。

「これ見てよ。手がベタベタ。シャッターに油さしてあったんだ。こういうことにだけは知恵が回るんだから」

「油をさしてシャッターを開けやすくしたと」

「でしょうよ。去年の夏、ヤスがいきなりやってきてさ」

「そのヤスさんっていうのは？」

「甥《おい》っ子《こ》。兄貴の息子で、高校中退して、ろくでもない仲間とつるんで、うちに振り込め詐欺《さぎ》しかけたバカ。今日中に金を用意しないと殺されるって泣きながら電話してきたんだけど、されりゃいいじゃん、って切ってやったらふてくされて家にきて、三万円と仏像盗んでったわ。そのとき、ガレージからナンバープレートも持ってったんでしょうよ。運転できたら車ごと持っていったんだろうけど」

こんなボロ車じゃ金にはならないとふんで、ナンバープレートだけを持ち去り、売り払ったのだろう。御子柴が登録情報を確認しているはずなのに、盗難プレートという情報が出なかったのも、単純に持ち主が盗まれたことに気づかず、届けを出していなかったからか。

面倒なことになった。こういうものを個人で売買するわけがない。ていうか、まともな人間なら買わない。その筋が売り、その筋が買う。

ほっといて、毒キノコにあたらせるのもいいかもー、と竹花は一瞬、思った。さすがに、そうもいかないが。

「それじゃあその、甥っ子さんの連絡先教えてください」

「天国」

「……は？」

「か、地獄。どっちだろうねえ。詐欺や窃盗《せっとう》どまりなら、地獄落ちはかわいそうだと思うんだけど。多少は悪いことやってても、殺されたんだからこれで相殺《そうさい》ってことに、なってるといいと思うわ」

　竹花は二の句が継げずに口を開けた。

『今日中に金を用意しないと殺される』は嘘ではなかったようで、ヤスこと池上泰久《やすひさ》は、祖父の家から仏像と現金を持ち去った数日後、顔形もわからないほどボコボコにされ、調布駅前にある救急指定病院の入口で見つかった。すぐに病院内に運び込まれたが、すでに死後硬直が始まっていた。内臓が破裂し、全身があざだらけ。頭蓋骨にもひびが入っていた。

「池上泰久は峰岸《みねぎし》巳太郎《みたろう》宅に友人たちと一緒に遊びに行って、峰岸の父親の部屋から現金二百万円を盗み出した。金遣いが荒くなって、すぐ巳太郎にバレたんだがね」

　調布東警察署の渋沢漣治《しぶさわれんじ》は、竹花が持参した栄養ドリンクを飲む合間に言った。充血した目、無精髭、プレス線の消えたズボン。汗と脂とストレスの臭いが全身からわきたっている。

「父親の峰岸忠直《ただなお》が相当に怖い男で、焦った巳太郎は全額戻せとヤスに迫った。だが金策に失敗し、ヤスはふてくされて開き直った。使っちまったもんはしょうがない、だいたい、オレに奢《おご》られたヤツらも同罪だろ。巳太郎、おまえだってそうだ。親父に言うなら、おまえがオレをそそのかしたんだって、おまえの親父に言ってやる、と」

峰岸忠直の額からこめかみにかけては、刃物でつけられたと噂の大きな傷がある。スキンヘッド、ときどきモヒカン。左腕に蛇が巻き付いた形の入れ墨《いずみ》、ごついブーツを履き、耳には十三個ものピアス。見た目通りのおっかないオヤジで、息子にも容赦ない。

それで、峰岸巳太郎とその友人たちは池上泰久を黙らせるため、「制裁」をくわえた。

「あんな連中に同情の余地はないが、親父怖さのあまりにしでかしたことだし、被害者にも落ち度はあった。病院に運んだことで殺意はなかったと認定され、主犯の巳太郎が懲《ちょう》役《えき》四年、他のヤツらも二年程度ってことになったんだが」

渋沢は空になったドリンクの瓶を、刑事部屋の隅にあるゴミ箱へ投げこんだ。

「不満そうっすね、渋沢さん」

「死んだヤスは後先考えず他人の金に手を出すようなバカだが、峰岸宅から二百万がなくなったのは八月の暑い日だった。ヤスは冬でもTシャツ、短パンのポケットにスマホと財布を入れて持ち歩き、バッグなど使っていなかった」

「ははあ」

「その格好で二百万を持ち出したのに、巳太郎も友人たちもそれに気づかなかったってのがどうもね。どこに隠したんだ？　バレそうなもんだろ」

「二百万の盗難は、巳太郎にそそのかされてやったと？」

「峰岸の話じゃ、二百万は押し入れの金庫にしまってあったそうだ。金庫に鍵はかけてなかったというが、友人のオヤジの部屋の押し入れなんか、のぞくか？　そこに金があるのを知ってたのは息子だよ」

巳太郎がヤスにやらせ、罪を着せて口をふさいだ。

「巳太郎ってのは、死体になってるのを百も承知で病院に運んどいて、殺意はありませんでしたと主張するくらいの悪知恵は働くヤツなんだ。ただのオレの勘で、立証はできなかったけどね」

渋沢漣治は肩をすくめた。竹花は我に返って訊いた。

「ところで当時、池上泰久が、親戚宅からナンバープレートを持ち出してるんすけど、それがどうなったか知りませんか」

「ナンバープレート？　初めて聞くな」

「祖父の家のガレージでほったらかしになっていた車からはずされたもので、家の人間も今日まで気づいてなかったんです」

渋沢は頭を掻いた。

「心当たりがなくもないな。二、三年前、父親の峰岸忠直が持っている千葉の土地に、日系ブラジル人が車の改造工場を作った」

この工場は主に盗難車を改造し、ナンバープレートを付け替えたり製造番号を偽造して輸出する拠点だった。

「千葉県警がガサかけて、不法就労の外国人が何人か逮捕されたけど、問題の日系ブラジル人は帰国してた。峰岸忠直も事情を聞かれたが、頼まれて貸しただけだと言い張って証拠も出ず、放免された」

「うまいこと逃げたんすね」

「忠直ってのはそんなふうに、買い手のつかない荒れ地や廃墟をただ同然で手に入れて、ブラックな産廃《さんぱい》業者や得体の知れない加工会社なんかに貸し、利ざやをとってる……ように見せかけて、実は裏で自分がその手の事業で稼いでいるらしい。なかなか尻尾をつかませないがね。ナンバープレートのブローカーくらい、当然知ってる。ていうか、本人がやってても驚かないね」

「峰岸忠直に話を聞けますかね」

そういうやつなら、捜査三課か生安《せいあん》、組対《そたい》あたりに唾つけられていそうだ。仁義を切らずに会いにいったりしたら、のちのち面倒なことになる。

渋沢はパソコンのキーをたたくと、おや、と言って画面をこちらに向けた。

「タイミングいいな。三課が逮捕したばっかりだ。身柄は千住大橋署《せんじゅおおはし》だよ」

4

南千住の駅に到着したときには、七時近かった。

移動中、御子柴に報告を入れようかとも思ったが、話はいささかフクザツになっている。彼のことだから、事件でもないのにそれ以上面倒はかけられない、と遠慮《えんりょ》するだろう。報告は峰岸忠直に話を聞いてからにしよう、と竹花は思った。

回向院《えこういん》の脇を歩き、千住大橋署までやってきた。入口に覆面パトカーが一台停車しているが、天井がへこみ、ガラスがヒビだらけだ。

なにがあったんだろうと思いながら受付に行き、峰岸を逮捕した捜査三課の服部茂《はっとりしげる》に面会を申し込む。待っているとやがて、受付脇のエレベーターが開き、中から一塊《ひとかたまり》の男たちが吐き出されてきた。

なにげなく目をやって、うわ、と竹花は思った。

だいたい警察官になろうかという人間はガタイがいい。人の五倍は飯食ってます、鍛えてます、というその大男たちの中央に、手錠をかけられた男がいた。警察官の中にいて、なおでかい。ツキノワグマのなかにヒグマがいるみたいだ。

ヒグマは三白眼《さんぱくがん》であたりを睥睨《へいげい》していた。白髪《しらが》の混じったモヒカン刈り。額からこめかみにかけて大きな傷。左腕に蛇の入れ墨。ブーツではなくつっかけだが、耳にはピアスがずらり。ときどき、ぐうぇっ、ぐううぉっ、というような威嚇《いかく》なんだか咳払いなんだか、凄みのある音をたて、前足、じゃなかった両手にかけられた手錠を荒っぽく引っ張り、がちゃがちゃいわせている。

なるほど。こんな父親はどんなことをしても、怒らせたくないわー。

思わず身をすくめると、ヒグマがこちらを見た。目が合った。焦点があっていない、どころか黒目と白目の境目が溶け、この世ならぬものを眺めているような不吉な目つきをしている。

これは、なにかやってるわ。

「三課の服部だけど。アンタが連絡をくれた竹花さん？」

振り向くと、小柄な初老の男がちんまりと立っていた。頭に包帯を巻き、絵に描いたようなブラックアイ。全身から湿布の臭いがする。

「ど……うしたんすか」

「峰岸忠直だよ。見たろ」

コーヒーでも飲ませてくれよ、と服部茂は歩き出し、竹花はあとについて行きながら感想を述べた。

「ものすごい男っすね。アメリカの暴走族みたいだ」

「三十年ほど前に、渡米してまさにその手のグループに加わってたと自称してる。あっちの暴走族のやることは凄まじいからな。峰岸はリンチ殺人に加わったこともあれば、生き埋めにされかけたこともあると自慢していたそうだ」

自動販売機とベンチのある一角にたどり着くと、服部はやれやれと腰を下ろし、肩をおとしてしゃべり出した。

「うちじゃ、少し前から多摩《たま》の廃工場をマークしてたんだ。盗難車や盗難自転車が運び込まれているって噂があってさ。工場の今の持ち主は、峰岸だ。以前は他人に仕切らせていたんだが、金に困ってそうも言っていられなくなったんだな」

貸してるだけ、はありえないな、と竹花は小銭を出しながら思った。

「自ら、盗難車両の輸出ビジネスを始めたんすか」

「そう。だが、円高の影響で輸出が止まった。支払いも滞り、峰岸のところへ盗難車を持ち込んでいた自泥《じどろ》が、生活に困って空き巣を働いた。専門外に手を広げるもんじゃないな。すぐに捕まって、廃工場や峰岸について知るかぎりのことを、ぺらぺらしゃべった」

竹花が自販機で甘い缶コーヒーを買って手渡すと、服部はありがたそうに受け取った。

「もともと峰岸がこれまで逮捕されずに逃げ切ってきたのは、周囲が怯え、やつについての証言がとれなかったからだ。でもこれで、やつを逮捕できる。凶暴さは折り紙付きだし、ガサの際には万全を期して、機動隊を要請するつもりだった。ところがけさの新潟の件で予定が狂っちまった」

「新潟の件って、直江津港の銃撃の……？」

「新潟から警視庁に、襲撃で殺された伊東厚志と李克の身辺捜査の依頼が来た。驚いたよ、自泥の口からその名前が出てたんだ。前に、峰岸を通じて、ある商社マンの車を盗んでくれという依頼がきた。商社マンは東南アジアに三年駐在してたんだが、帰国にあたって向こうで買ったお気に入りのポンティアックを、わざわざ貨物船で日本に送ってきたんだな」

「その依頼主が、伊東と李っすか」

「盗んで峰岸の工場に運び入れたら、峰岸やその自泥の目の前で車のドアを外し、覚せい剤を取り出して、末端価格五億と自慢したそうだ」

竹花は少し、考えた。

「まさか、峰岸が新潟の件に関わっている……？」

「話を聞くに、伊東も李も口が軽く、今度、直江津まで覚せい剤受け取りに行く、と峰岸に話していても不思議じゃない。金に困った峰岸がその覚せい剤の横取りを狙った可能性は高い。アメリカの暴走族あがりなら、ムダにハデな強奪事件もやらかしかねないしな」

「峰岸がホンボシで、それも実行犯ってことっすか」

さすがに驚いた。御子柴さんに頼まれて、毒キノコを食べないように人命救助を行なうつもりが、大事件の真犯人に行き当たったってこと？

なんかすごい。

「実はさ」

服部は顔をしかめた。

「新潟の件が起こる前に、書類の準備はすみ、ガサ状も用意できてた。ところが峰岸の行動確認やらせてた新人がミスって、一昨日から峰岸を見失った。やつの所在を再確認後、タイミングを見計らって家宅捜索、と思ってたところへ、新潟県警からの協力要請だよ」

「峰岸がホンボシなら、ハンパない武装ってことっすよね」

竹花は身震いした。さっきの峰岸のあの目からして、相手が警官隊でも平気で銃を乱射しそうに思える。下手したら大殺戮《さつりく》になるだろう。

「ヤバいだろ？　平和な泥棒刑事の出る幕じゃねえや。新人が行確で新潟までついていったりしなくてよかった。大きな声じゃ言えないが、そう思ったよ。ところが、すぐヤツの廃工場へガサに入れって三課長の指示が出た。デカいヤマだし、もたもたしてたらいろんな部署が出張ってくる、その前にウチであげろって鼻息が荒いのなんの」

窃盗担当の捜査三課のボスには、粘り強く温厚な人物がなることが多いのだが、今の三課長はかなりの武闘派で突っ走りたがると、竹花も耳にしていた。

「ガサ入れとなると、多摩の廃工場にここの近所にある峰岸の自宅、他にも峰岸が持ってる不動産数軒を、一気にいかなきゃならん。三課長には、機動隊の手配が間に合いませんと意見具申したんだが、てめえらビビってんじゃねえ、ウチだけでやると言ったらウチだけだ、って聞きやしねえ。乱射だぞ。数十発だぞ。誰だってビビるだろ」

「あたりまえっす。オレだってビビりますよ」

やけに内情を話してくれると思ったら、服部は愚痴《ぐち》をこぼせる相手を求めていたらしい。

竹花はせいぜい同情してみせた。

「せめて峰岸の所在を確認できてからにしましょう、逃したら三課長の首が飛びますって、必死で説得してるところへ、くだんの新人が意気揚々《ようよう》と飛び込んできて、峰岸が千住の自宅に入るところを確認しました、だと」

「間の悪いヤツっすねえ」

「名前は『間』と書いて、ハザマと読む」

服部は面白くもなさそうに言った。

「人数がたりなくて、多摩の廃工場のほうには三課長が陣頭指揮をとって乗り込んだ。峰岸宅はおまえらにまかせるって、平気で言いやがる。しかたがないから、ここの署に応援頼んで、死にものぐるいで乗り込んだささ。幸い、峰岸は銃をトイレに隠してた。すぐ手に取れるような場所に置いてあったら、大変なことになったたな。そうでなくても大変だったんだから」

服部は頭に手をやって、顔をしかめた。

「峰岸のヤツ、ガサ状示したとたんにキレやがった。ガサ状をひったくり、ひっちゃぶいて飲み込み、捜査員を置き去りに階段を駆け上がった」

「令状を飲み込んだ？　よくそんな真似が」

「だからさっそく、戦利品のヤクをキメてたんだよ。なにしろ小脇に段ボール箱を抱えて、自宅の三階から面パトめがけて裸足で飛び降りたんだからな。尋常じゃあない。おかげで車はつぶれ、乗車してた警官が脳しんとうで動けなくなったのに、本人は平気な顔で車から滑り降りてきてさ。口の端からよだれたらして暴れまくり。警官を投げ飛ばすわ、刺股《さすまた》ひったくってへし折るわ」

「さ、刺股って折れますか」

「折れますかって折ったんだよ。わが目を疑ったがこうなりゃヤケだ。手加減できないといっせいにかかって、数の力で押さえ込んだが、思い出しても冷や汗が出るね。覚えてるだけで二度殴られた。よく逮捕できたもんだ」

「ご苦労様でした。怪我《けが》がその程度ですんで、よかったっすね」

「明日は動けないかもしれないけどな」

服部は空になった缶コーヒーの穴の奥を眺め、竹花は本題に入ることにして、手つかずだった自分のコーヒーを差し出した。

「ところで、つかぬことをうかがいますが、峰岸の家の捜索はすんだんですよね」

「ほぼ、な。峰岸が持ち出した段ボール箱を押収して確認したら、中身は覚せい剤だった。強奪されたものと同じかどうかは、新潟県警さんが車で発見したやつと成分比較をする必要があるけどな。もう一箱は、多摩の廃工場で見つかったそうだ」

じゃなくて、キノコがなかったか聞きたかったんすけど。

これだけの事件を片づけたひとに、なんか、聞きづらいなあ。

「えーと、あっちのガサはどんな様子だったんっすか」

「どんなもなにも、平和だったらしいぞ」

服部は二本目のコーヒーを飲みながら、言った。

「さっき三課長が多摩からこっちに回ってきた。千住大橋署の協力に感謝するとかいって、署長室でえらもの同士、反《そ》っくり返ってるこったろうよ」

一か八かに成功し、お手柄を独り占めできたのだ。さぞ気を良くしていることだろう。

「廃工場には、原口《はらぐち》というガンマニアがいて、工場の隅にこしらえた私設の射撃場で射撃の真っ最中だった。その音で警官隊が入ったことに気づかなかったんだな。背後から頭に警棒を押し当てて、手をあげろと言ったら素直にあげた。銃刀法違反で現行犯逮捕と告げても、はい、と応じたし、新潟の銃撃についてもさ」

一度でいいから車にむかって飽きるほど乱射してみたかったんだもん、とその場であっさり認めたそうだ。

「つまり、新潟銃撃強盗殺人事件は、峰岸とガンマニア原口による犯行だった。ふたりの逮捕と覚せい剤の押収で、おしまいですか」

「そうなるな。覚せい剤を持っていかれた暴力団が、どう出るかは知らないが。組対の話じゃ、事件を知って、組は殺気立つのを通り越し、組長がめそめそ泣いてたそうだ。上納金の期限にはまず間に合わないだろうしな。指の一本ですみゃいいけど」

ということは、と竹花は思った。箱岩肇が頭を抱えていた新潟の凶悪な銃撃事件は、一日もかからずあっさり片付いたことになる。

いやあ、スピード解決おめでとう！

……となるかどうか。

暴力団や警視庁内部の縄張り争いはどうでもいい。問題は新潟県警だ。せめて箱岩に話を通し、できれば同行しておいてほしかった。犯人のめぼしはついていたのに、新潟にいっさい知らせず警視庁がお手柄をひとりじめ。それじゃあ、新潟のメンツは丸つぶれだ。そうでなくても、箱岩はメンツにこだわる男だ。長野県警が新潟県警に内密でなにかつかんだのではないかと、ずいぶん気にしていた。

今からでも、箱岩に報せたほうがいいよな。いや、いくらなんでももう知ってるか。

やだな。ここで出くわしたりしたら。

そう思ったとたんに、あっ、と叫ぶ声が聞こえた。目をやると、ものすごい形相の箱岩肇が廊下の端にいて、こちらを指差しながらまっすぐ歩いてきた。

「こら。こらこらこら、竹花ちゃん。あんたなんでここにいる。まさか、うちのヤマを警視庁の捜査三課が勝手に片づけようとしてたの、知ってたわけじゃないだろうな。どうしてオレんとこに話を回してくれなかったんだ」

ここにいるのはその件じゃないですって、と言おうとして、顔が強張った。新潟の件と関わったのはまったくの偶然なのだが、どう言い訳しても、嘘くさく聞こえそうだ。

「えーと、箱岩さん。こちら、捜査三課の服部さん。服部さん、こちら新潟県警から捜査共助課に出向してきている箱岩肇っす」

「ああ。竹花さんにはいま、だいたいのこと、話しましたよ」

服部はのどかに言い、箱岩が歯ぎしりしながら竹花を見た。

そうか、と竹花は卒然として悟った。服部には、自分が捜査共助課から来たこと、峰岸忠直について話をしたい、としか言っていない。だとすると、竹花は新潟県警の代理でやってきたようにみえてしまっている……？

うわー。誤解っす。

しかし、いったいどっちに、どこから説明したものか。

竹花が冷や汗をかきながら、口を開けたときだった。廊下のむこうから、捜査員らしい若いのが走ってやってきて、大声で言った。

「服部さん、ここにいたんですか。探しましたよ、たいへんです」

「落ち着け、ハザマ」

服部は竹花をちらっと見て、言った。

「前から言ってるだろう。興奮してわめくな。落ち着いて報告しろ。できれば三課長に聞かせる前にオレに言え」

「はいっ」

間は元気よく返事をすると、首を傾げた。

「ですが、三課長はすでにご存知ですっ。峰岸は三課長を人質にして逃走したんですからっ」

5

峰岸忠直を留置するため、留置場の前室で署員や三課員が持ち物や全身をあらためているると、署長と三課長がつれだってやってきた。自宅三階から飛び降りて、覆面パトカー一台つぶしたヤツの顔を見ときましょう、と三課長が署長を誘ったらしい。

ハザマは運転しながら、大声で報告した。

「みんなが止めたんですけど、三課長みずから峰岸の前に立って説教を始めたんですっ。いずれ新潟に移送されることになるが、警視庁は新潟県警と違って甘くない。銃器の購入先や覚せい剤をさばく予定だったルートなど、知るかぎりのことを素直に話すようにって」

「なんだと、新潟県警が甘いだと」

箱岩が真後ろから吠えた。竹花は左手で助手席側のグリップをがっちり握り、前方に目をやったまま微動だにしなかった。

聞こえません。サイレンと無線がやかましくて、オレにはなんにも聞こえてませんから。

「それでどうした」

運転席後ろの服部が怒鳴った。

「峰岸のヤツ、嘘みたいに神妙な面持ちで三課長に頭を下げて、迷惑かけてすみませんでした、と言ったんですよ。三課長、すっかりドヤ顔になって、峰岸に近寄って、うむ、今日は暗い留置場でゆっくり反省したまえ、と峰岸の肩をたたいたんですっ。したら次の瞬間、峰岸が吠えて、手錠をしたままの手を三課長の首に回して持ち上げたんですっ」

「宙づり、いや、首つり状態だな」

服部がマジメに言い、そんな場合ではないのに竹花は笑いたくなった。

とたんにハザマが急ブレーキを踏んだ。額をフロントグラスに打ち付けるところだった。シートベルトをしていなかったらしい箱岩の身体が、助手席のシートにぶつかってきた。

「しかも、そのまま三課長の身体を振り回したもんだから、誰も近寄れなくて」

ハザマはなにごともなかったように報告を再開し、車を走らせた。

「誰かが刺股を突き出したら、真っ赤な顔して声も出せない三課長にぶちあたりまして。で、あっという間に、三課長をぶらさげたまま、峰岸は外へ出てしまいましたっ」

前室から廊下へも扉がふたつあるのだが、署長と三課長が入ってくるときに開けさせ、そのままでいい、と言ったとかで、

「裏の駐車場につながる通路が開けっぱだったし、ドア開けて、鍵も車内灯もついた状態でパトカーの清掃をしてるとこだったんですっ」

峰岸忠直は三課長を助手席に放り込むと、パトカーに乗り込んだ。ドアを開けっ放しで敷地内を走り回り、途中で署の外壁にぶつかってパトカーのドアをふっとばした。そしてドアのなくなった助手席側から、敷地に転がり落ちた三課長をそのままに、車内灯をつけたままのパトカーは明治通に出て行った。

千住大橋署は出せる車を全部出して、これを追跡。服部も自分の乗ってきた覆面車をハザマに出させ、後を追おうとしたところで、

「待て。逃げたのはうちのヤマの犯人だろ」

オレも乗せてけと、服部の後から強引に箱岩が乗り込み、竹花もまた、反射的に空いていた助手席に滑り込んでしまったのだった。そして、その判断をいま、ものすごく後悔していた。

奪われたパトカーは「千大22」。パトランプを回し、サイレンを鳴らし、明治通で複数の車に追突し、歩道を走り、信号を無視して交差点に突っ込んだ。無線から聞こえてくるのは、悲鳴のように行なわれる事故の報告ばかり十数件。明治通は緊急車両でも通行できないほど、完全に渋滞してしまった。

「服部さん、どうしますか」

ハザマは車を明治通から外し、裏道を行きながら言った。四方から激しいサイレンの音が響き渡り、夜の都内は大混乱といったありさまだ。

竹花は必死でマイクを握り、緊急車両通過します、と叫び続けていた。またハザマの運転が乱暴で、何度もマイク越しに悲鳴をあげそうになる。なのに服部は運転に集中させず、報告させている。教育が行き届いているのかいないのか、ハザマはときどき、後部の服部を振り返りつつ、律儀に報告。

うひゃー。

竹花はグリップを握る手に力をこめた。新人の頃には緊急走行を何度も経験したが、そういや捜査共助課に入ってから、いやその前、刑事総務課にいた頃から、カーアクションとは縁遠い生活を送ってきた。できれば、縁遠いまま生きていたかった。

不意に、ハザマがチッ、と舌打ちをし、大きくハンドルを切った。腰の曲がったバアさんがババ車を押しながら道の中央を歩いていたのだ。どいて、と言う間もなかった。

生活道路に緊急車両が割り込んだのだから、バアさんが悪いわけではないのだが、タイヤを鳴らしながら車が半回転し、遠心力でぶんまわりながらドアに押しつけられたときには一瞬、バアさんを恨んでしまった。これで死んだら、化けて出てやる。

半分持ち上がったタイヤが地面に下り、車は揺れながら停まった。バアさんは気づきもせず、ゆっくりと遠ざかっていく。

全員が吐き出した息で、車内の二酸化炭素濃度があがった。ハザマがサイレンのスイッチを切った。

「このまま追いかけてても、らちが明かないな」

服部が変な位置に停車した車の中で、言った。

「行き先の見当をつけて先回りしよう。峰岸はいま、どこにいるって？」

「明治通から新幹線の線路くぐって、十条《じゅうじょう》に入ったって連絡が、さっきありま、したよ」

竹花は息も絶え絶えに答えた。

「じ、十条駐屯《ちゅうとん》地の前を通り過ぎて、環七《かんなな》方面へ向かっ、ているとか」

服部はうなり、環七ね、と言った。

「もし、環七から北へいくなら、赤羽《あかばね》の女のとこかもしれない。南へ行くなら練馬だ。峰岸の従弟《いとこ》がやってる金属加工の工場がある。もしくは途中で目白通か新青梅《しんおうめ》街道あたりに入り、西へ向かって東久留米《ひがしくるめ》。ここの廃工場は峰岸の死んだ女房の父親名義になってる。廃業したときに機材はほとんど売り払って、車が数台ある以外、がらんどうなのは確認済みだ。人の出入りもなかったんで、今回の家宅捜索の対象にはなってない」

「女のとこだろ」

箱岩が咳払いをして言った。

「追いつめられた男は、たいていママの懐《ふところ》に逃げ込むもんだ」

「東久留米は遠すぎます」

ハザマがおそるおそる口をはさんできた。

「手錠をしたままだし、金属加工工場に行くんじゃないでしょうか」

「アンタどう思う」

服部に見据えられて、竹花はへどもどした。

「わかりません。薬物やってるヤツの先なんか読めませんよ。あえてというなら、東久留米に一票入れますが」

「なぜだい」

「峰岸はアメリカで生き埋めにされかけたんすよね。暗い留置場でゆっくりしろと言われて暴れ出した。パトカーのドアをわざわざ吹っ飛ばし、車内灯はつけたまま。暗くて狭いところにトラウマがあるとすれば、がらんとした広い場所に行きたがるかと」

服部はじっと竹花の顔を見てうなずき、ハザマに言った。

「東久留米に行く」

車が東久留米の廃工場前についたとき、あたりは静まり返っていた。

工場の入口は、ベニヤ板で封鎖されていた。ずいぶん長いこと封鎖されっぱなしだったらしく、板のいたずら書きの色が薄くなっている。

峰岸についての情報が、ひっきりなしに無線から流れ出ていた。峰岸の乗ったパトカーが環七近くの公園に乗り捨てられていた、環七でオープンカーがカージャックされた、走行中の軽トラックの荷台に男が乗って運転手を脅している……。場所は石神井川《しゃくじいがわ》の近くだという。

「アンタの勘があたったな。アイツはこっちに来る。間違いない」

車を出て、電話をかけまくっていた服部が戻ってきて言った。長野県警の御子柴将への報告を終えたところだった竹花もうなずいた。御子柴は恐縮し、実は連絡がないのと、他にも気になることがあったので、練馬ナンバーの件を再考しているところだった、と言った。

そっちも気になるが、やはり今そこにある危機といえば峰岸だ。

「人員の手配はついたんですか」

「工場の裏手に待機してもらってる。こっちにも来る。住宅街で暴れられても困るので、工場の敷地内に入ったのを確認していっせいにかかる。新潟県警さんにもご協力いただきましょう」

箱岩が両手を叩き合わせ、やる気をみせた。そういえば箱岩は峰岸の実物を見ていないのだ。オレとしては、できれば後ろのほうで見物させていただきたいんすけど。箱岩の骨は拾ってやるとして。

そうもいかないだろうな、と竹花が思ったとき、遠くのほうでサイレンが聞こえ、無線が叫び出した。軽トラックが蛇行しながらこちらに向かってくる。

「来たぞ」

服部が短く言い、四人は車に座った。ハザマがエンジンをかけた。竹花はしまった、と思った。助手席を箱岩に譲るんだった。

次の瞬間、目の前を軽トラックが走り抜けた。軽トラックはそのままベニヤ板をぶち抜いて工場内に突っ込んでいく。箱岩が耳もつぶれそうな声で、いけーっ、と叫んだ。

周囲にいた捜査車両がいっせいにライトをつけ、サイレンを鳴らした。ハザマは先頭切って工場に入り、軽トラックの後にぴたりとつけた。荷台に大きな人影がうずくまり、トラックの運転席側の窓に手を入れている。

峰岸はこちらをふりかえった。ヘッドライトを浴びて、峰岸の目が緑色に光った。

軽トラックが急ブレーキを踏んだ。ハザマも慌ててブレーキをかけたが、そのまま軽トラの後部に激突した。峰岸の身体が慣性の法則に従って宙を舞い、工場の奥に停めてあった車に激突した。

箱岩とハザマが車から飛び降り、峰岸に走り寄っていく。さすがのヒグマも体力の限界だったのか、倒れ臥《ふ》したまま動かない。あとからやってきた大勢の警察官たちも峰岸を取り囲み、箱岩が率先して峰岸の身体を引きずっていき……一方で、軽トラックの運転手を助け出し、大声で指示を出し、報告し合い……。

その様子を眺めていた竹花はなにかが気になって、その騒ぎをすり抜け、奥に進んでいった。

なにが気になるんだろう、と自分でも不思議だったが、見たとたんにわかった。峰岸に激突された車。横に傾き、側に積んであった古タイヤによりかかり、後部のドアが開いてしまった……諏訪ナンバーの、ピンクのコンパクトカー。

捜査一課の玉森剛が担当していた、毒フグ連続殺人の、見つからない被害者の車。

「見たか竹花。一番乗りだったぞ。手錠外してくれてたらさ、オレがかけてやったのによ。ま、これで新潟のメンツも保てたし、オレも叱られないですむわ」

意気揚々と戻ってきた箱岩がはしゃぎながら寄ってきて、その場の全員がいっせいに振り向くほどの悲鳴をあげた。

佐藤サチはホントに素直に自供したのだ。玉森さんはこれを見て喜ぶだろう。

コンパクトカーの後部には、死体があった。

6

夜になって雨が降り出した。重い雨だった。気象情報では秋雨前線が張り出してきていると言っていた。さわやかな初秋が短い滞在を終え、雨の季節がやってこようとしている。

御子柴将は慎重に車を運転し、慎重に目的地で停めた。

夜更けにチャイムを鳴らしたのに、住人はきちんとシャツを着て、きちんとズボンを履いた姿ですぐに玄関に現れた。御子柴は軽く頭を下げた。

「昼過ぎにも一度お目にかかりました。千曲川警察署の御子柴です。毒キノコの件で」

「そうでしたね。すみません、私服でらしたので、わかりませんでした」

シゲさんは強張った笑みを見せた。本名は倉田《くらた》重治《しげはる》。倉田家はここ生萱に十五代続く旧家だそうで、シゲさんは三十そこそこで市議会議員選挙に出て、トップ当選したそうだ。

金持ちだが変わり者で、病《やまい》がち。半年で政治に飽きて、さっさと辞めた。屋代の病院にぽんと大金を寄付したかと思えば、カップ麺ばかり食べて栄養失調で倒れた。いきなりクイズ番組に出場して優勝した。最初の妻に逃げられ、二度目の妻が出て行くと、妻の妹と公衆の面前でイチャついた。三度目の妻は三十も年下で杏子といい、彼女の名前にちなんで、あんずの里で結婚式をあげた。といった具合に、地域のひとたちに格好の噂話のネタを提供している。

そのシゲさんは上がり框《がまち》に座布団を用意しながら言った。

「どうでしたか。あの毒キノコ、見つかりましたか」

「苦労しましたよ」

御子柴は腰を下ろした。

「あなたが練馬ナンバーの乗用車にキノコの籠を見た、とおっしゃったそうですね。そこで犯行時刻に、柊志朗さんが軽トラを停めていた場所に通じる位置にあった監視カメラ映像を調べました。その時間、練馬ナンバーは一台だけでした。そもそも森の入口なんて、そうそう車が通るわけでもないですしね」

「へえ」

シゲさんは立派な玄関マットの上に正座をした。

「で、そのナンバーの車の持ち主を割り出して、警視庁の知り合いに調べてもらったんです。ところがそのナンバープレートは盗まれたものでした。手短にいうと、監視カメラ映像に映っていたのは、練馬ナンバーの盗難プレートをつけ、新潟で強盗事件を起こして引き上げる途中の乗用車だったんです」

「新潟？　ああ、ニュースで見ました。すごい数の銃弾が撃ち込まれて、覚せい剤が奪われたんでしょ」

「ええ、その犯人ですよ。なぜ森の入口に通じるような、へんぴな場所を通ったのか、それは取り調べが進めばわかることですが、ひとつ、はっきりしたことがあります。キノコを盗んだのは彼らではない、ということです」

「それはそうかもしれませんなあ。強盗やって逃げてる途中に、キノコをとったりはしないでしょう」

「常識的に考えればそうですね。実際、犯人のうちのひとりは、キノコについて聞かれてキョトンとしてたそうです。家宅捜索の結果でも、キノコは出てきておりません。で、思ったんです。おかしいな。と。練馬ナンバーは一台しかなかった。その車はキノコ盗難についてはシロ。とすれば、あなたの証言が疑わしい」

シゲさんは笑い出した。

「私が嘘ついたっていうんですか。見てもいない練馬ナンバーの車を見たと、警察に」

「はい」

御子柴がはっきり答えると、シゲさんは笑い顔のまま尋ねてきた。

「私はなぜそんなことを？」

「あなたの念頭にあったのは、別のひとの所有する練馬ナンバーの車だったんですよ。そのひとが毒キノコを盗《と》っていった、という状況を生んでおきたかった。そうすれば、後で毒キノコにあたって死んでも、みんな自業自得としか思いませんからね。ましてそのひとが、ちょっと意地汚いところがあって、他人様のものにも平気で手を出すやつだ、なんて周囲から思われている場合にはね。さらに言えば、もしやそのひとの死は、毒キノコを使った殺人なんじゃないか、と疑われる危険も回避できるわけです」

シゲさんの頬が軽く引きつった。

「おまわりさん、アンタなにが言いたいんだ」

「これ、あくまで仮定の話ですよ」

御子柴はあえてシゲさんから目をそらして、続けた。

「倉科に移住者が住んでいるとします。東京からの移住者で、車は練馬ナンバーです。そこそこいい男で女性には優しいが、評判が悪い。他人様のものに平気でちょっかい出すそうでね」

御子柴は家の奥の暗がりに、誰かの気配を感じた。その誰かは、息をひそめてこちらの話を聞いている。

「ある夫が、妻とその移住者がただならぬ関係であることを知ります。どうしてやろうかと思っていたところへ、知人の軽トラの上のキノコの籠を見つけます。妻はキタマゴタケにオリーブオイルとレモンをかけて、生でサラダにするのが好きでした。だから夫は美味しいキタマゴタケを判別できた。籠にキタマゴタケが入っていたなら、話はここでおしまいです。でも、そうじゃなかった」

シゲさんも、その気配に気づいたらしい。握り合わせた手が色を失って白くなった。

「そこにあったのは猛毒のタマゴテングタケだった。夫に悪魔の考えが生まれたのはそのときです」

「もう、いい」

不意に、シゲさんが強く言った。

「もういいです。自分でもちゃちい計画だと思ったんだ。柊さんにキノコが盗まれたことを警察に届けろと強くすすめたのは、我ながら作為がすぎた気がしていました。こんなことならヤツと一緒に鍋でも囲んで、普通に食わせちゃえばよかったな」

御子柴は黙って待った。シゲさんは奥をちらっと見ると、自嘲《じちょう》をもらした。

「倉科のヤツの家の台所に、柊さんから盗んだキノコの籠を置きました。美味しいものが手に入ったので、少しお裾分けです、とメールで報せた。ヤツはキノコのことだと思うだろうが、こっそり冷凍庫に鹿肉を入れておいたんです。誰かに文面について聞かれたら、鹿肉のことだという つもりでね。一方で電話をかけて、キタマゴタケについて口頭で説明してやりました。女房はこいつのサラダが大好きなんだ、と言うと、堀尾は喜んでましたよ。厚かましくもね」

　シゲさんは長く息を吐いた。

「あのとき、あのキノコの籠を見た瞬間、昔、バアさんに教えられたわらべ唄を思い出したんです。『森で杏とって　倉科で食って　屋代で病んで　篠ノ井で死んで　雨の宮で穴掘って　生萱でいけて　土口でどんがらりん』……すごい唄でしょう。森で杏盗って……あいつら、森に停めた車でね。誰も見ていないと思ったんですかね。秋の森ですよ。キノコの気配を感じた連中が、大勢出入りしてる。倉科の家へ誰が出入りしているのかを、注進してくれるお節介もいます」

　柊志朗だろう、と御子柴は思った。彼のキノコを殺人に利用しようとしたのは、そのお節介に対する怨《うら》みもあったのかもしれない。

「それで？　おまわりさん、あの男はどうなりました？」

　シゲさんは御子柴を見据えた。

「タマゴテングタケを口にしたら、今頃腹痛と嘔吐、下痢《げり》でのたうちまわっているはずだ。でも、本当に恐ろしいのはこれからです。数日して、腎臓や肝臓が溶けてくる。もがき苦しむことになる。もちろん、こうしてバレた以上、病院はできるかぎりの手を尽くすでしょうが、それで命は助かりますか。ムリでしょう。私は……私は殺人犯だ」

「そうなっていたかもしれませんね」

警視庁の竹花が食い下がって調べてくれなかったら。なかなか竹花の報告がないのが元相方として気になって、念のため、周辺の住民のなかで練馬ナンバーの乗用車を所有している人間を洗い出し、全員に連絡をとって、スーパーで買った以外のキノコを食べるときには慎重に、と伝えなかったら。

御子柴は笑って言った。

「仮定の話と言ったじゃないですか。もし、その男が毒キノコを食べていたら、の話ですよ」

参考文献

「杏の里のわらべ唄」文・西沢美恵子　板画・森獏郎　杏の里板画館

『おいしいきのこ毒きのこハンディ図鑑』大作晃一・吹春俊光・吹春公子共著　主婦の友社

『日本の毒きのこ』長沢栄史監修（増補改訂フィールドベスト図鑑vol.13）Ｇａｋｋｅｎ

火の国から来た男

1

「そりゃ、嘘をついたウチのラブくんが悪いですよ。だけどっ、それをっ、大のオトナがっ、真に受けることっ、ないんじゃありませんっ」

森羅武《もりらぶ》の母親はまくしたて、自分の言葉に合いの手を入れるように、デスクをバンバンたたいた。

興奮すると、ものを殴りつけるのがクセらしい。彼女の手には古いものから今できたものまで、無数の擦り傷があった。首は乾燥して黒ずみ、かきむしった跡が残っている。洗濯されているがしわだらけのシャツはけばだち、香り付き柔軟剤が目にしみるほどきつい。母親が動くたびに隣の〈ラブくん〉がくしゃみをしているのだが、気づいてもいなかった。

「遅刻の言い訳だってことくらい、すぐに察するべきでしょ。だって、鎖ガマ持った男に追いかけられたって言ったんですよ、ラブくんは。いるわけないじゃないですか、いまどき、鎖ガマで武装した人間なんて。違います？」

「ちげーよ。先生の勘違いだって。オレは、鎖ガマ持ったキャラっつったんだよ。レアキャラ見つけて遅刻したって」

問題の〈ラブくん〉はスマホをいじりながら、だるそうに言った。字面は強そう、音は甘そうな名前だが、眼鏡《めがね》をかけ、ひょろっとした中学生だ。名前だけは覚えてもらえるだろうが、それが理由でからまれそうでもある。

「ラブくんは黙ってなさいっ」

母親は慌てて遮り、森羅武はスマホに向かって激しくくしゃみをすると、ふてくされた。

「なー、もういいじゃん。帰ろうよ」

「ちっともよくないわよっ。お母さんはね、アンタのために抗議してるんでしょっ」

息子に言われて母親はヒートアップした。

「子どもが自分の身を守るためについた、ささやかな嘘じゃありませんか。それを、教師が校長に言うわ、校長は警察に通報するわ、警察は捜査するわ。挙げ句の果てに、〈地域住民安心安全メール〉とやらで町中にまき散らすだなんて。こんなオオゴトにされて、黙ってらんないわよっ。ちょっと。おまわりさん、聞いてんの？　なんとか言ったらどうなのよっ」

「警察は通常の手順を踏んだだけ、なんですよ」

御子柴将はにっこり笑って、そう言った。

台風と残暑にかわるがわる小突き回された秋が、ようやく深まり始めた十一月末の昼下がり。千曲川《ちくまがわ》沿いではススキが黄金色に輝き、柿が色づき、熟したリンゴが風を甘く香らせる晩秋の平日。

長野県警千曲川警察署の一階、人気のない狭い隅っこに、御子柴と森親子はいた。天井からつられた〈地域生活安全情報センター〉の看板が、どこからともなく舞い込むすきま風に揺れている。開放部には折りたたみ式のデスクとパイプ椅子。壁沿いには、四十年もののデスクが一式、古いパソコンが一台、夏休みに両親と行った野沢温泉みやげの鳩車、地元特産の杏菓子が詰まった菓子入れ、先週終わったリンゴ祭りのポスターがあるだけのコーナーだ。

ここで目下、お役所的には、

『多様化する犯罪に対応するため、地域住民と密に連携すべく、長野県警本部がこの六月、千曲川署に試験的に導入した〈地域生活安全情報センター〉の御子柴将センター長が、不審者情報の運用について住民の意見をヒヤリング中』。

はっきり言えば、

『息子の嘘が学校や警察を騒がせたことで、逆ギレした母親を押しつけられたセンター長が、のらりくらりと対応中』だ。

そもそも〈地域生活安全情報センター〉の実情は、警視庁から引き取ってきた御子柴の処遇に困った県警本部が、名前だけ立派にでっちあげた緊急避難的な部署である。仕事らしい仕事といえば、事件事故災害避難等をメールや有線を使って地域に知らせる手はずを整える、という程度だ。こんな部署を用意してくれたのは、警視庁出向中はひどい目にあったんだから、のんびりしてなさいね、という県警人事部の親心だろう。

そう解釈していた御子柴だったが、しばらくすると、コレひょっとしてその昔、噂《うわさ》になった〈やめさせ部屋〉じゃね？　と考えるようになった。

なにしろ、ヒマなのだ。御子柴ひとりだけが。

ヒマすぎてネットニュースや警察ネットをチェックしていると、東京では大企業倒産にからむインサイダー取引疑惑だの、首なし死体が荒川に浮いていただの、ハデな事件が次々に起きている。警視庁のみんなはそういう事件に生き生きと立ち向かっているのだろうな、とうらやましく思う。

といって、御子柴はなにも大事件を望んでいるのではない。地域にだって、それなりにコトは起きている。

昨日もクマの目撃情報が出たし、認知症を患ったお年寄りが行方不明になったとか、上信越自動車道で玉突き事故が起きるなど日常茶飯事だ。先月からは、日が落ちて暗くなった下校途中の道を、一人で歩いていた中学生が何者かにつきとばされ、階段や河辺の道から転落する、という事件が都合、三件も起きている。

捜査課や地域課はもっか、その捜査と対策で忙しい。集団下校をするといったって、家と家が相当に離れている場合にはどうしても生徒はひとりになるし、父兄が車で送迎するのも、毎日では行き届かない。事件直後は生徒も父兄も地域も緊張しているが、じきにめんどくさくなるのは人の常だ。

二日前には、送迎を十日続けてなにも起きなかったし、と気を緩《ゆる》めたとたん、女子中学生が自宅の目の前の石段から突き落とされた。幸いひざを擦りむいた程度ですんだが、大手予備校の全国模試でも二十位以内に入る優秀な生徒で、親は逆上。頭を打って受験に影響したらどうしてくれるんだ、と署長室に怒鳴り込んできた。

心配するところが違う気もするが、怒りはわかる。警察の責任は大きい。

だが、こういう事件こそ犯人逮捕は難しい。聞くところによれば、女子中学生の衣服の背中部分からは、犯人のものとおぼしき微量の血液が発見されたが、前歴者とは一致しなかったそうだし、そもそも常習犯のしわざとは考えにくい。なにかの理由でストレスがたまった、傍目《はため》にはごく普通の人間の犯行だろう。

となると、通りすがりの子どもに暴力をふるう人間が地域にひそんでいるわけで、その悪影響はバカにならない。署内は総動員で、聞き込みやパトロールに出ている。それ以外の事案にも対処しているので、忙しさのあまり何日も家にも帰れない署員だっているほどだ。

それに対して……御子柴はそっとため息をついた。

自分がさせてもらえるのは、皆さん気をつけましょうねメールを送ることだけ。自分にも仕事を割り振ってくれというアピールを何度となくしているのだが、とりあってもらえない。ときたまおやつのお裾分けにあずかることからして、別に嫌われているわけではないようだが、せいぜい、こうしてクレーマーの相手を任される程度だ。

警察官としてこれでいいのか。自分のキャリアは無価値なのか。

上はオレを辞めさせたいのかなあ。だったら辞めたほうがいいのかしら。こんな仕事で、給料あげてもらって、悪いしなあ。転職するなら早いほうがいいよなあ。もうすぐ寒くなるし。そうだ、冬物の衣類を東京の実家に置きっぱだった……。

バンッ。

「ちょっと。アンタ聞いてんのっ」

森羅武の母親がデスクを殴りつけ、御子柴は現実に引き戻された。

「なに上の空って顔してんのよ。アタシは正しいでしょ、違う？　だいたいアンタ、ここのセンター長でしょ。だったら偉いんでしょ。自己裁量権ってもんがおありでしょ。通常の手順を踏む前に、ラブくんの将来を考えるべきじゃないっ」

母親は立ち上がり、またしてもデスクをバンバンたたき出した。

いるよなあ、と御子柴はうんざりした。自分で自分の火に油を注いじゃうヤツ。疲れて倒れるまでヒステリーを起こさせておくのが、ホントはおさめる一番の早道なんだけどな。

子どもの前では、黙って話を聞いてやる以上のことはやめておきたかったんだけど。そうも言っていられないか。

「ご存じでしょうが、現在、中学生が暴力を受ける事案が頻発しています。ですから、鎖ガマだろうがなんだろうが、凶器を準備した男が管内をうろついている……かもしれない、とくれば、警察としては広く地域住民に危険を知らせ、情報を共有しないわけにはいかないんです」

「暴力って、暴力ってなによ」

案の定、母親の顔は真っ赤になった。

「たかが中学生が突き落とされただけっ。少しばかりお勉強ができるくらいで、アタシたちをバカにするような子が、擦り傷作ったなんてたいしたことないっ」

母親の声はどんどん高く、大きくなり、署内のあちこちからひとが現れ、こちらをのぞきこみ始めた。

「三日もすれば、そんなのみんな忘れる。だけどラブくんは違うのっ。嘘つきってずっと、ずーっと言われちゃうのよっ。みっともないじゃないっ。そしたら母親の教育が悪いってことになんの。アタシが責められるのっ。なんでアタシが悪いことになんのよっ。あんな生意気な中学生たちなんか突き飛ばされたって、自業自得よっ」

あーあ。言っちゃった。

御子柴は母親から目をそらして、ラブくんを見た。森羅武は初めてスマホの画面から目をあげた。眼鏡越しのその目は、苦痛をこらえているように見えた。

「失礼ですけど、ずいぶんストレスがたまってらっしゃるようですね」

御子柴は静かに言いながら、母親にティシューを差し出した。

「アレルギーも起きているし、手も傷だらけ、血だらけだ。冷やしますか？　よかったら氷、持ってこさせましょうか」

御子柴のことばに、母親はぽかんと口を開け、ティシューを受け取って手をおさえた。ティシューに赤いシミがついた。何度もデスクを叩いたせいで、赤く腫れ上がってもいた。

「実はね、一昨日突き落とされた中学生の背中に血痕が残ってたんです。突き飛ばしたひとの血でしょうが、それほど強くやったわけじゃないのにね。だからたぶん、そういうことをしたとき、すでにそのひとの手には傷があったんでしょうね」

母親は無言でティシューを手の中でもみ続けている。犯人ということばを使わないように注意しながら、御子柴は続けた。

「たとえば、怨《うら》みでひとに危害を加えるなら凶器をつかうだろうし、性犯罪の類《たぐい》なら、突き飛ばすだけじゃすまない接触をすると思うんです。で、思ったんです。中学生を突き飛ばしてしまったひとは、ものすごくつらい思いをしていて、誰かにそのつらさをぶつけたくなっただけじゃないかって。ひょっとすると、自分自身を痛めつけたくなるほどキツい思いをしていて、そのせいで手に傷ができて、血が中学生の背中についちゃったんじゃないかって」

しばらく沈黙があった。ラブくんがスマホを切り、小さな声で、お母さん、と言った。

「アタシは、アタシはだって。アタシは悪くない。アタシは悪くなんかないんだからっ」

森羅武の母親は大声でわめき、肩で息をしながら立ち尽くしていたが、やがてぺたんとパイプ椅子に腰を落とし、泣き始めた。

五時すぎて、帰り支度《じたく》をして署を出ようとしたとき、入口近くのベンチに〈ラブくん〉がぽつんと座っているのに気がついた。かばんを膝にのせ、疲れ切ったように背中を丸めている。

近寄っていくと、森羅武は顔を上げた。御子柴が私服に着替えたせいか、戸惑ったような顔をしたが、すぐに気づき、会釈をするように顎を動かした。

「誰か、迎えにくるのかな」

御子柴が尋ねると、森羅武は首を振った。

「今は母親と二人暮らしで、親戚もみんな年寄りだし。ぼくはうちに帰りたいんだけど、刑事さんがダメだって」

「そりゃあ、ひとりにはしておけないよ」

「どのみちバアちゃんが死んでから、ひとり暮らしみたいなもんだし、心配してもらう必要ないんだけど、警察の立場もありますよね。気にしなくていいですよ。児童相談所から係のひとが来てくれることになってるから」

「そう。じゃ、来るまでつきあうよ」

御子柴は彼に並んで腰を下ろした。森羅武はちらっと御子柴を見て、唇をなめた。

「あの……ありがとうございました」

「なにが?」

「母親のこと、このまま誰も気づかなかったら、はっきり言わなきゃいけないかなって。だけど、やっぱり」

「実の母親を告発するのは、気持ちのいいもんじゃないよな。たとえ本人のためでもさ」

森羅武はうつむいた。

かわいそうに、と御子柴は思った。どうやら森羅武の母親は、ずいぶん長い間、精神的に問題を抱えていたようだ。息子の通う中学校の生徒に手を出したのも、ある意味、助けを求める悲鳴のようなものだったのかもしれない。よせばいいのに、わざわざ警察署に怒鳴り込んできたことも含めて。

森羅武が起こした鎖ガマ騒動もまた、彼なりのＳＯＳだったに違いない。意識的にやったことではないだろうが。

「うちの母親、これからどうなるんですか」

「暴行事件だけど、被害者の怪我は軽いから。それほど長く拘留されることもないと思うよ」

「それじゃ、刑務所に……？」

「今の段階で、それはないだろうね」

刑法犯としてはお説教レベル。被害者サイドや世間が納得せず、裁判に持ち込まれたとしても執行猶予がつくだろう。

ただ、これまでも周囲から浮いていただろうに、たぶんさらに孤立してしまう。孤立どころか後ろ指を指され、忌避される。それこそこの地域にいるかぎり、ずっと、ずーっと言われ続け、忘れてはもらえない。今後もことが起こるたびに疑われる。

ある意味、刑務所に入るよりキツい現実が待っている。

これからが大変だ、と御子柴は思った。引っ越して治療を受けるべきだが、あの様子じゃ経済的にもキツいだろう。市役所に相談して、ちゃんとしたソーシャルワーカーをつけてもらえるといいのだが。

「家は？　きみ、どこに住んでるんだ？」

森羅武は管内のはずれの地区の名をあげた。おいおい、と御子柴は思った。

「昨日、クマが出たあたりじゃないか。ますますひとりにはしておけないな」

「クマって人間食べるんですか。襲って、その……死体を食べるとか」

「空腹ならなんでも食うんじゃないか。まさか、家に出たことあるのか、クマ」

「小学生の頃、一度だけ。うちは敷地は広いけど廃屋みたいなもんだし、クマも来やすかったのかも。風呂場に雑草生えてるの、ウチだけですよ。できればマシな家に移りたいんだけど、お父さんが……」

森羅武は黙った。そういえば、と御子柴は考えた。父親はどうした。

「立ち入ったこと聞くけど、お父さんはいま？」

森羅武は奇妙な表情で御子柴を見て、呟くように言った。

「二ヶ月前、東京で働くって出て行って、それきり連絡がつかないんです」

2

「そっちに行ったぞ、タケさん」

遠くからそう叫ぶのが聞こえてきて、竹花一樹は顔を上げた。熊本県警の隈部《くまべ》雄亮《たけあき》警部が走ってくるのが見えた。

熊本県警のマスコット、制服を着て敬礼したクマのキャラクター〈ゆっぴー〉そっくりの、クマさんこと隈部警部は御年五十九歳。あと八ヶ月ほどで定年退職ながら、なかなかのスピードでこちらに走ってくる。

というより、逃げる男がのろいのか。

竹花は思わずふき出しそうになった。隈部警部の前、歌舞伎町は西武新宿駅北口近くの雑踏を、よたよたとこちらに逃げてくるのは、藤村琢巳《ふじむらたくみ》こと篠島昭《しのじまあきら》、五十二歳。二十一世紀にこの不健康ぶりはなにごと、とツッコミを入れたくなるほどでっぷりと肥え、薄毛の出っ歯という見てくれだが、筋金入りの詐欺《さぎ》師である。

こんなマンガみたいなオヤジによく騙《だま》されるヤツがいるな、と不思議になるような容姿だが、詐欺師としての腕は確からしい。人間、相手を小馬鹿にしてしまうと、まさかこんなのに自分が騙されるはずがない、と妙な自信にとらわれ、結果、ガードが下がるようなのだ。

篠島昭はクロールのように両手を動かし、竹花のすぐ手前まで走ってきた。さっと立ちふさがると、あきらめたのか、そのままその場にへたり込んだ。

やがて隈部警部が追いついて、ふたりしてハアハア言っているのを、黙って待ってやる。

「まったく、この年でどしこ走らせるんじゃ」

口がきけるようになると、隈部警部はそう言った。篠島はやぶれかぶれで道に座り込み、ふんぞりかえった。

「その台詞、そっくりそのまま返してやる。なんだよ、新宿の雑踏を犯人追いかけて走るって。定年前に『太陽にほえろ!』ゴッコしてみたかっただけだろ」

隈部警部はうっ、とうなって耳を赤くした。

「刑事なら誰だって一度は憧れるもんたい。なあ、タケさん」

「はあ」

見たことないんだよな、そのドラマ、と竹花は思った。先輩たちが口にするから、タイトルを知ってるだけで。初対面から、自分のことはクマさんと呼んでくれ、と言われ、タケさんと呼ばれ、絶対好きだろうなあ、と気づいてはいたが。

苦しそうに胸をさすりながら、篠島昭はへっ、と鼻で笑った。

「図星かよ。ゴッコ遊びにつきあわされたこっちの身にもなれ」

「やかましか。逃げたけん追いかけたっだろうが」

「追いかけてきたから逃げたんだよ。こっちはさ、靴もスーツも高級品だよ? ドア・トゥ・ドアで送迎されるクラスの人間なんだよ。リムジンで迎えにきてくれたら、黙って警視庁まで行ってやるところだったのに」

「なにを偉そうに言うとか。地震を詐欺の口実にしやがって」

「クマさん」

さらに言いつのりかける隈部警部を、竹花は制した。真っ昼間の新宿のことだ、騒ぎに気づいてこちらにスマホを向けている人間も目に付く。

本部さしまわしのパトカーがすぐにやってきた。隈部警部と竹花は、任意ですがぜひお話をお聞かせいただきたい、とうむを言わせず篠島昭を真ん中にはさみ、後部座席に乗り込んだ。篠島は抵抗しなかったが、ときどきあえぎながらも、減らず口をたたくのをやめなかった。

「アンタらなに、わざわざ熊本から来たの？　地震被害の対策で金がいくらあってもたりないだろうに、オレつかまえにわざわざ東京まで来たわけ？　税金の無駄遣いだね。言っとくけど、熊本の件は事件になんかならないからな。被害届が取り下げられて終わりだよ。やーい、やーい」

子どもかよ。

竹花はあきれたが、この男の犯罪は、とうてい笑ってすませられる類のものではなかった。

その日の朝、警視庁捜査共助課の竹花一樹は名梨課長に呼ばれた。ポーカーフェイスを通り越し、いつ見ても能面のように無表情の課長は、竹花を見上げて言った。

「熊本県警から事件の捜査で警部が来る。案内役を頼む」

「熊本県警、ですか」

竹花一樹は日頃、長野県警からの出向組、細澤恭二と組んでいる。だが、この男、やる気がまるでない。スマホゲームに明け暮れ、面倒が起こると、自分は東京に慣れていないから、とすべて竹花に投げて姿を消す。彼に対するクレームは竹花に向けられる。最近では当の長野県警ですら、細澤に連絡を取っても意味がないと気づいたようで、直接、竹花のスマホを鳴らす始末だ。

相手はいわば「お客様」だし、年上だし、階級も上だ。しかたなくこの五ヶ月間、何十回となく尻拭いを務めてきた。一昨日など、長野県警のお偉いさんが警察庁の会議に出席するため上京し、細澤に会いにきたのに本人がどこに行ったか不明。どう連絡をとっても返信がなく、竹花は大汗をかきながら警視庁中を走り回って探し、小一時間後、トイレの個室でゲームに興じているところを発見した。

首根っこをひっつかんで連れ戻ったが、すでにお偉いさんの姿はなかった。警視庁は出向者のいどころなどどうでもいいんだね、と嫌味を残して去ったそうだ。それを知っても細澤はまるで他人事。あくびをしながら捜査共助課の部屋を出て行こうとするので、竹花もさすがにぶっちぎれ、いい加減にしたらどうすか、と細澤に抗議した。仕事中にスマホゲームはないっすよね。長野県警の対応はアンタの仕事だ。オレのじゃない。

細澤恭二はスマホ画面から目をあげもせず、返事もしなかったので、なにも響かなかったのかと思いきや翌日から出勤してこない。課長のところにひとこと、休みます、とメールが送られてきたそうだ。

「あのう、細澤さんは……？　それと、長野のほうは」

「細澤と長野のことは、他に任せる。ちなみに熊本県警の警部は定年間近だそうだ。粗相のないように頼む」

説明も一切なし。いささか複雑な気持ちになったが、まあいい。どんな人物かしらないが、細澤と組むのに比べたらマシだろう。

隈部雄亮警部はざっくばらんな性格だった。羽田から直行してくるや、濃い眉毛の下のくりくりした目を動かして、

「総額二億円の被害を出した、詐欺事件ば追っております」

いきなり説明を始めた。

それによると……。

十月のある日、熊本市内に住む清崎孝治《きよさきこうじ》氏のところへ一本の電話がかかってきた。

清崎孝治は三年前、胃がんを発病したのをきっかけに引退した元不動産会社社長である。もともとは農家だったが、熊本市近郊の農地を宅地として売ったのをきっかけに転身して成功、複数の不動産を所有する大金持ちとなった。

妻に先立たれ、三十七歳になる一人息子の勇《いさむ》は中央官庁勤め。超高級ケア付きマンショ

ンの一室で、一人暮らしをしている。

電話の相手は東京在住の藤村琢巳と名乗った。〈波田野屋〉の前社長・波田野《はたの》逸郎《いつろう》氏に生前、清崎の話を聞かされたことがあると言い、こんな話を切り出した。

まだ公になっていないが、海運会社〈日光コンテナラインズ＝ＮＣＬ〉がほどなく倒産する。前経営陣の粉飾決算がバレ、資金繰りが悪化し、今では船が港に入るための入港料が世界各地で未払いとなっているほどだ。会社所有の船は現在も航行中だが、いよいよ倒産となれば、多くのコンテナ船が入港できずに立ち往生してしまうだろう。

さて、そこで。建築用の木材を運搬するため、現在、南インド洋を航行中のコンテナ船がある。荷主はＮＣＬ倒産目前の噂を聞き、浮き足立っている。荷が届かないとなれば、連鎖倒産しかねない状況だからだ。少しでもリスクを減らすべく、いまは海上にあるその木材を、そっくりそのまま売りたいと言っている。事情が事情だから格安で。

藤村はこの話を聞いて奔走し、船上の木材を購入し、入港料の一部負担で、コンテナ船をそのまま熊本港に入港できるよう、交渉を進めた。もっか、荷主は木材売却に同意している。

その購入資金の一部を出資してもらえないか、と、藤村琢巳は清崎孝治にもちかけたのだった。

熊本に建築木材を多く供給できれば、家の修理も早く進む。その分、被災者たちが早く元の生活に戻れる。資材が安くすめば、建築費だっておさえられる。荷主も、海運会社も、そのコンテナ船の乗組員たちも、全員が助かる。

さらに、建築資材調達にあたっては、国から激甚《げきじん》災害指定法に基づいて、助成金が下りる。資材を売った金で、出資金はほぼ回収できるだろうし、助成金があるから損はさせない。

「でも、率直に言って、儲けはわずかか、ほとんどありません」

藤村琢巳は電話の向こうで、そう断言した。

清崎さんが金儲けをしたいなら、こんな話にはもちろん乗らないだろう。なんの利益にもならないからだ。実際に、多くの人間に打診したが、ただの人助けに金は出せんと笑われた。そのため、一度は資材の入手もあきらめた。

だが、亡くなった波田野さんから、清崎さんは義侠《ぎきょう》心《しん》の強いひとだと聞いたのを思い出した。

あつかましい頼みなのは承知しているが、ひょっとして清崎さんなら出資金を用立てて、困っているひとたちの助けになってもらえるのではないだろうか……？

もちろん、電話一本で決心してほしいとは言わない。だが、一考の余地があるなら、それにもし上京する予定がおありなら、ぜひ一度会っていただきたいのだが。

清崎孝治はこの話に心動かされた。

四月の大地震で、経験したことのない激しい揺れに何十回となく見舞われ続け、たいへん恐ろしい思いをした。幸い、自分には大きな被害がなかったので、かなりの金額を義援金にまわし、所有する不動産の空き部屋を提供してきた。他にもっと自分にできることはないだろうか、と自問していたところに、タイミングよく電話がきたのだ。

それに、投資をしても儲からない、とはっきり言われたことにも感銘を受けた。上京する予定もあった。翌日、波田野逸郎氏の七回忌の法要に出向くつもりだったのだ。

波田野逸郎と清崎は幼なじみで、〈波田野屋〉という飲食店チェーンを興して成功した波田野とは、亡くなるまで親交があった。波田野に妻を紹介したのは清崎だったし、波田野は清崎の一人息子・勇の東京での親代わりだった。

藤村は、自分ももちろん法要に出る、と言った。だったらその場で会ってもいい、と清崎は言った。藤村は大げさなほど喜び、ひたすら感謝を繰り返した。こそばゆい思いをしつつも、清崎はいい気分だった。社長業を引退して以降、これほど必要とされたことはなかった。

明くる日、清崎は予定通り、早朝の飛行機で上京し、都内で営まれた波田野逸郎の法要に列席した。その後、遺族が設けた宴席が終わりを迎える頃、藤村琢巳は現れた。波田野氏の遺族と親しげに話したのち、清崎氏のところにやってきた。

「例の件で、いろいろと手はずを整えているところで、忙しく走り回っております。遅れましてお恥ずかしい話で」

藤村琢巳は〈DDPコーポレーション　渉外担当部長〉の肩書きのある名刺を差し出し、さらに詳しく投資について説明をしたいので場所を変えましょうと言いだした。店を出ると社旗のついた運転手付きのリムジンで大手町にあるDDPビルに連れて行かれ、立派な会議室に通され、そこでレクチャーの続きを受けた。DDPといえば、日本を代表する総合商社であるから、このあたりで、清崎孝治は完全にこの投資話を信じてしまった。清崎は熊本に帰り次第、五千万円の投資を約束した。

すると、今度は有働貞助《うどうじょうすけ》に引き合わせたい、と藤村は言い出した。有働貞助は清崎が心から尊敬する熊本出身の実業家で、DDPの前会長である。

藤村は、今回の件は、有働会長の指図で行なっております、と清崎にささやいた。会長のご病状はかなりお悪いそうですから、お目にかかれるとはかぎりませんが、清崎さんの話を聞けば、きっとお喜びになります。

あの有働会長に、会える……！

清崎孝治は完全に舞い上がった。

病院の受付でふたりは、有働会長は面会謝絶だと告げられた。しかたなく清崎はそのまま帰郷したが、追いかけるようにして藤村琢巳が熊本までやってきて、会長からです、と達筆の礼状をうやうやしく差し出した。礼状には、会えずに申し訳ない、ということや、投資についての感謝や、被災した故郷への思いが感動的につづられていた……。

「ここから先は、よくある話で」

隈部警部は手みやげの熊本銘菓〈誉《ほまれ》の陣太鼓〉を、共助課の課員たちに配りながら言った。小豆あんを寒天でかためた中にやわらかな求肥《ぎゅうひ》が入っている。竹花はうっとり味わいながら隈部の話に耳を傾けた。

最初の五千万だけではすまず、もう少し金がいる、入港料がたりない、ここで三千万支払わないといままでの投資がムダになる、などとあおって金を出させ、総額二億円がオフショア口座に送金されたところで、藤村とはいっさい連絡がつかなくなった。

それでも最初のうちは清崎も騙されたとは思わなかったが、日光コンテナラインズの倒産が公になり、さすがに不安になって波田野逸郎氏の遺族に問い合わせた。すると藤村琢巳という人物は、たしかに不祝儀袋を持ってきて、生前、波田野さんの世話になりました、と言ったが、遺族は誰も心当たりがない。DDPに問い合わせたら、藤村琢巳という社員は三年前に亡くなり、現在は渉外担当部長という役職もない。大手町にDDPビルはあるが、たんなるレンタルオフィスで本社とは関係がない。有働会長は二年も前から入院し、機械につながれて意識はない。当然、礼状など書けるわけもない。

「それがわかったところで、清崎さんは血を吐いて倒れましてね。私は清崎さんと面識があったから、病院に呼ばれて事の次第を聞かされ、被害届の提出を受けたわけです。金の流れについては、熊本県警で専門の捜査官が調べているところです。パナマ文書以降、オフショア口座を利用した犯罪は一気に減ったそうだけど、私はそこらへん、あんまり詳しくはなくて」

実は私、交通捜査課が長いもので、と隈部警部は言った。

「定年まで一年きって、お飾りの名誉職について、有休を消化しつつのんびりしてたところへ、地震がおきて。その対応で県警は大忙しで、この詐欺事件の捜査にもあまり人数は割けん、東京パートはまるっと警視庁さんにお願いばしよう、と決まったとですが、個人的になんともおさまりがつきまっせんもんで。上に直訴して、こうしてひとりでやってきたわけです」

自費出張です、と隈部は言った。このままじゃ清崎さんが気の毒だし、よりによってあの大地震を詐欺の口実にするとは。犯人は、断固、絶対に許せっません。

さすが火の国から来た男。熱く語る隈部警部の背後には、絶対にとっつかまえてやる、という強い闘志が垣間見えた。

よし、このひとの役に立ってやろう、と竹花も決意した。警部があちこちに挨拶にまわっているあいだに、渡された事件の資料を読み込み、関係者の情報を頭にいれ、都内のどこをどうまわれば効率的か考え……。

が、こんな気負いと関係なく、最初に県警捜査陣が入手していた藤村の防犯カメラ画像を、捜査二課の資料係に見せたところ、「藤村琢巳」の正体があっけなく判明した。資料係は藪本《やぶもと》と言って竹花の同期、まだ若いのに資料書庫の一角にヌシのように陣取っている。資料巷で話題のインサイダー取引を利用した政官汚職疑惑の捜査に人数をとられて、資料係も忙しいのよ、と面倒そうに言いつつも写真を一瞥《いちべつ》すると、

「あ、コイツなら知ってる。篠島昭って前科二犯のチンケな詐欺師だ。へーえ二億？　コイツがそんなでかいヤマをねえ」

さらに、篠島がよく通っていた歌舞伎町の喫茶店を教えられて行くと、まさに本人がネルドリップのブラジルを味わっている真っ最中。で、白昼の捕り物になったというわけだ。

「さすが、天下の警視庁さんは違いますなあ」

四谷署の取調室に篠島昭を放り込むと、県警に連絡を入れた隈部警部は満面の笑みでそう言った。

「けさ熊本を出て、まだ一時なのに、もう犯人をつかまえたのかって、むこうはビックリしてましたよ。ありがとう、タケさん」

「だけど、ずいぶん図太そうなヤツっすね。被害届が取り下げられる自信を持っていたようでしたが」

竹花は心配したが、クマさんは笑った。

「清崎さんは犯人が逮捕されるまで死ねない、と血を吐きながら言っとりました。あんなの、引かれ者の小唄です」

なにそれ。と聞き返しかけたとき、取調室のドアがばたんと開き、血相を変えた制服警官が飛び出してきた。ふたりに気づいて大きく手を振る。

駆けつけると、篠島昭が倒れ、胸を押さえてもがき苦しんでいた。

3

「なに大動脈解離？　間違いはなかですか」

隈部警部に詰め寄られた医師は、むっとしたらしく刺々《とげとげ》しく言った。

「間違いないですよ。なんでそんなこと訊くんです？」

「すみませーん」

竹花一樹は慌てて割って入った。

「容疑者を取り調べようって矢先に急死でしょう。ものすごいタイミングだし、こっちも驚いてしまいまして」

「そもそも患者さんは生活習慣病の見本市だったんですよ」

医者は口調を和らげた。

「高血圧、高コレステロール、高血糖、高脂血症の薬を所持してましたし、見るからに太り過ぎだし、動脈硬化も起こしてた。出血がひどく、緊急手術でも助けられなかったのは残念でしたが、死因に疑わしい点はありませんよ」

ついてないってことか、と竹花は思った。篠島昭にとってもだが、我々にとっても、被害者にとってもだ。クマさんは見るからにうちしおれ、しょんぼりと県警に連絡を入れた。

「あっちもビックリしとりました」

やがて電話を切った隈部警部は、そう言った。

「昨日つかまえたと思ったら、今日には急死じゃしよんなかですが。やはり、後のことは警視庁さんに任せて帰って来いて」

「帰るんですか、クマさん」

「まさか、帰りまっせん。私がアイツを追いかけて走らせたけん、こぎゃんなことになったかもしれんと。せめて、金の流れの捜査に役立つ情報を掘り起こさんと、清崎さんに合わす顔がなかですよ」

ふたりは死んだ篠島昭の所持品を調べた。現金百五十万入りの長財布、小銭入れ、西新宿のダイヤモンドホテル・ジャパンのカードキー、歌舞伎町の喫茶店のポイントカード。スマホやタブレットといった通信用のアイテムは見当たらない。

一方で、名刺入れには〈警視庁組織犯罪対策第三課課長　畑中好継《はたなかよしつぐ》〉という名刺が十五枚あった。ご丁寧にピーポくんが隅に印刷されていて、字体といい文字の配置といい、ホンモノそっくりだ。隈部警部はあきれ声を出した。

「あの体型で、警察官を名乗るつもりだったんですかね」

「上場企業の株主総会対策を行なう部署ですから。次の詐欺は、その方面で動く予定だったのかもしれません」

「二億稼いだのに、もう次の詐欺を？」

「うーん……」

なにか知っているかも、と再度、捜査二課の資料係を訪ねてみた。

「せっかく役に立つ情報をいただいたのに、こんなことになりまして」

隈部警部が丁寧に挨拶し、〈陣太鼓〉を差し出すと、また来たのかと言わんばかりだった藪本はころりと態度を変え、まあどうぞ、と椅子をすすめ、お茶を淹れ始めた。

「篠島に死なれたのは残念でした。あの男にしては大きな事件だし、筋を書いた人間が他にいるんじゃないかと思ってたんですけどね。あ、お茶どうぞ。八女《やめ》茶にしてみました」

藪本は〈陣太鼓〉の中央に、説明書きどおりに十文字の切れ込みを入れながら言った。

「篠島昭は基本、単独犯ですよ。自己顕示欲が強くて、主演・監督・脚本、全部自分でやらないと気がすまない。……あ、おいしいですね、このお菓子」

「今回の件でも被害者によれば、直接会ったのは篠島昭だけですね。ほとんどマンツーマンだった」

「大勢を騙すタイプの詐欺になると、しかけや人集め、準備にも金や時間がかかります。カモがひとりなら小回りのきく単独犯のほうが、むしろうまくいくのかも。ネット上に偽のホームページやニュースサイトを作るのも、闇サイトでカンタンにオーダーできるから、ひとりでもそれなりの箔《はく》がつけられます。被害者が高齢でその方面に疎《うと》ければ、なおさらだ。ただでも今回、二億ですからね」

「よっぽど被害者のことを詳しゅう調べんと、難しかですかね」

クマさんが考え込みながら、言った。藪本は分厚い眼鏡を湯気で曇らせて、

「篠島の表の顔は探偵ですよ。東京都公安委員会に届け出もしてました。もっとも被害者は熊本の人ですよね。やつのホームグラウンドは東京近郊だけどな」

「詐欺の前科があっても、探偵になれますか」

「公安委員会は届け出を受けるだけで、身元調べをするわけじゃないので。ネットに広告も出して、それなりに依頼もあったようです」

客も災難だ。

「探偵が悪事を働くといえば、脅迫や恐喝が相場だけど、篠島は違いました。例えば、妻から亭主の浮気調査の依頼を受け、浮気相手と逢い引きの現場を押さえ、依頼人に報告書を送る。ここで通常の探偵業務は終わりますが、それから半年ほどしてから、篠島は亭主

に接触し、儲け話を持ちかけたんです。浮気がバレて、小遣い銭に苦労していた亭主は篠島に騙されて、会社の金に手をつけた。被害金額は五百万」

「それは、会社が横領の被害届を出して、そこから……？」

竹花が聞くと、藪本は首を振って、

「いや、亭主が首くくったんだ。助かったけど、それでバレた。亭主の実家は裕福だし、五百万くらい仕送りで穴埋めできるはずだった。実際、亭主は実家に助けを求める電話をかけたんだが、振り込め詐欺に間違われた。で、切羽詰まり、結果的に篠島の詐欺が明るみに出たわけ」

竹花はメモを取る手をとめて、藪本に尋ねた。

「その調子で詐欺を働いていたとなると、警察の認知していない事件が裏でたくさん起きている可能性が……」

「もちろん。詐欺の場合、よくあることだけど」

被害者が恥じたり、取引先や銀行にバレるのを恐れたりして被害届を出さない。あるいは、狡猾な犯人が利益と称して少額を被害者に払い戻し続け、詐欺だと気づかれるのを遅らせる。こうしておけば、たとえ捕まっても、予定の事業に失敗しただけだ、騙すつもりはなかったと言い逃れることもできる。

いろいろ考え合わせると、篠島昭が「被害届が取り下げられる」とわめいていたのも、あながち強がりではなかったのかもしれない。

「ところで、二億も稼いでおいて、すぐまた次の詐欺を予定したりしますかね」

組対第三課の名刺を思い出し、竹花が訊くと、藪本は笑った。

「巨大なマグロを釣り上げた後でも、すぐそこに別のマグロの群れを見つけたら釣り糸をたれるもんでしょう。人間って欲深い生き物ですからね」

礼を言って二課を出て、組対第三課に寄ってみた。畑中好継は席にいて、熊本県警の警部を丁重に出迎えたが、名刺の束を見て驚き、篠島昭の写真を見て怒り出した。

「なんだコイツは。こんな男が私に化けられると思うかね」

「はあ……」

化けられるんじゃないすか、と竹花は内心で思った。柔道の有段者らしく、さすがに篠島ほどたるんではいないが、そこそこ腹が出て、そこそこ薄い。本人が思っているほどかけ離れた印象でもない。

「篠島昭の名前に心当たりはありませんか。もしくは藤村琢巳とか」

「株主総会の時期には、企業の担当者が次々と臨場要請にやってくる。忙しいときは、三十分に一社の相手をしなくてはならない。たいがい数人連れだから、百枚入った名刺の箱が一日で空になることもあるんだ」

ＤＤＰの担当者は高校の後輩だ、詐欺師じゃない。話題の海運会社ＮＣＬの担当者とは会っていない、熊本には行ったことがない、清崎孝治も知らない。

「名刺を渡した相手の一覧はある。不正使用されたときのために、記録はつけているからな」

いちいち聞かずにそっちで見てくれ、とぷりぷりしながら畑中は言い、リストを出してきた。膨大なリストだったが、チェックを始めたとたんに、見覚えのある会社名が出た。

「クマさん、波田野屋って、波田野逸郎の会社ですよね。株主総会担当取締役・波田野悟《ご》朗《ろう》となってます」

竹花は隈部警部にリストを見せた。

「ああこれ、死んだ逸郎氏の息子ですわ」

会社の金を持ち出し海外のカジノですった、波田野屋創業者一族のバカ息子と、週刊誌に取り上げられていたのを思い出し、ふたりは顔を見合わせた。

「いまのところ、篠島昭が畑中さんの偽名刺をたくさん持っていたことと、畑中さんが波田野悟朗に名刺を渡したこと、確かなのはそれだけっすよね」

竹花は慎重に言った。隈部警部は大きな目をくりくりさせて、

「でも、もし波田野悟朗が篠島と組んでいたなら、色々説明がつく。息子の悟朗なら波田野逸郎氏の法事やその後の会席の場所と日時は当然知っていたし、そこに清崎さんが来ることも、もしかしたら有働会長への傾倒も知っていた。彼なら篠島を裏でフォローできる

し、海外のカジノに詳しかったなら、オフショア口座についての知識もあるはずったい」

隈部警部は熊本の捜査陣に電話をかけた。波田野悟朗と今回の投資について話をしたかどうか、清崎さんに確認をしてもらいたい。

しばらくして、通話を終えた隈部警部が首を振りながら戻ってきた。

「いやあ、驚きました。清崎さんが捜査の進捗状況はどうかと、県警本部に乗り込んできていたところでしたよ。本人曰く、血を吐いて胃がんが再発したかと思ったら、怒りのあまり胃壁が破れただけだった。医者も驚く回復ぶりで、さっき退院したそうです」

「それはよかったですね」

「おかげで直接、清崎さんに話を聞けました。確かに一度、波田野悟朗から電話があったそうです。その投資の話を小耳にはさんだと言い、故郷のためにそこまでするとはさすがです、とほめてきた。ただ、どうして波田野悟朗がその話を知っていたのか、それはわからんそうです」

かくなるうえは、波田野悟朗に直接会ってみたいと隈部警部が言い出し、調べてみた。

悟朗は波田野逸郎の末息子で三十八歳。二年前に官僚のご令嬢と結婚、半年で離婚。一応、波田野屋の役付きだが、ほとんど仕事はなく出社もまれだ。現在の住まいは、湾岸地域にある高層マンションの二十八階。

「いかにも東京のセレブの住まいって感じったい。すごかねえ」

クマさんはマンションを見上げて、しみじみと言ったが、海風が強く、心なしかマンションも揺れて見える。設備がなんとなく古めかしいな、とよく見ると、入口脇に〈平成三年七月落成〉とあった。築四半世紀、高所の苦手な竹花にしてみれば、なにを好んでこんなとこに住むのか、気が知れない。

　エントランスに入り部屋番号を押した。昼過ぎだというのに、だるそうに応答があった。だが隈部警部が名乗り、清崎孝治さんの詐欺被害の件で、と言うと、相手は急に早口になった。

「なんでオレのとこにくるんだよ。清崎のおじさんは気の毒だけど、ホントに詐欺だったのかな。たんに投資に失敗しただけなんじゃないの。重い病気で入院しているそうだし、そういうときっていろいろ、ねえ？」

「と、おっしゃいますと」

「だからさあ、死にかけて、精神的におかしくなるひとって珍しくないだろ。自分の失敗で大金を失ったのを、誰かのせいにしようとしてるだけかもよ。そんなことで押しかけてこなくてもいいじゃないか。帰ってくれないかな」

「いろいろ確認したいことがありましてね。篠島昭の件とか」

「……誰だって？」

「篠島昭ですよ。いま、警察におりましてね」

死体になってるけど。

「それに、清崎さんは病気が治って退院されましたよ。先ほど電話で話しましたが、ピンピンしとられます。もしもし波田野さん？　聞いてます？」

隈部警部は声を張り上げたが、答えはなく、やがてインターフォンがぶつっと切れた。

それきり、何度ブザーを押しても返事はない。

ふたりは顔を見合わせた。

「波田野悟朗は篠島昭を知ってますね」

「詐欺でなく、投資の失敗で押し通すつもりだったのなら、篠島の自信もうなずけるな」

「どうします？　帰って、態勢を整えてから正式に事情聴取を要請しますか」

「そうですな。そうしまっしょ」

話しながらエントランスを出て、自動ドアの向こうに一歩出た次の瞬間。

ひとが落ちてきて、二人の目の前に着地した。

4

げんなりしながらエレベーターを降り、廊下を歩いていると、もやしに出くわした。大きな頭、ひょろっとした身体。捜査一課主任の玉森剛である。

「おいおい、竹花。参考人をふたりも立て続けに死なせたって？」

満面の笑みを浮かべて近寄ってくるや、肩をたたいて、

「監察官に聴取されたんだろ。うまく言い逃れられたか」

「言い逃れるもなにも、あれはオレたちのせいじゃないですよ」

竹花一樹はふてくされた。

男は母なる大地と感動の再会を果たし、原型をとどめていなかった。間違いなく波田野悟朗そのひとだと歯形の照合で判明したのはその日の夜のこと。なにかとお騒がせなカジノ息子の転落死はニュースになり、マンション周辺にはワイドショーの取材ワゴンが何台も駆けつけた。

所轄の担当者にも、上司にも、監察官にも聞かれたが、どう考えてもあのインターフォン越しの会話に問題になりそうな箇所はなかった。おそらく実行犯・篠島昭の身柄が警察にあると聞いたのがショックだったのと、

「被害者が元気になった、と言ったとたん、返事をしなくなりましたからね」

竹花は玉森に向かってこぼした。

「被害者の清崎さんは数年前にがんを患っていたし、今回の件で血を吐いて倒れたからじきに死ぬと、タカをくくっていたのかもしれません。なのに、おしゃべりな実行犯が捕まるわ、警察は訪ねてくるわ、被害者が元気で被害届を取り下げる気はなさそうだわ」

「で、ヤケになったか」

もちろんそれだけで、ひとは飛び降りなどしない。

所轄に頼んで波田野悟朗の部屋を見せてもらったが、暴力団絡みの違法カジノや闇金からの督促《とくそく》状が何十通もあった。数百万を超す請求もあって、悟朗の取り分が一億あっても完済できたかどうか。

しかも部屋のクローゼットの半分、洗面所の棚の半分、靴箱の半分がきれいに空。ダブルベッドの右側の枕には、ファンデーションと口紅のあとが生々しく残っていて、

「女に出ていかれたばっかり、って感じでした」

「遺書は残ってなかったのか」

「パソコンは空、スマホは風呂につかってました。とっさに消して飛び降りたみたいです。そんなわけで、自分たちが彼の背骨をへし折る最後の藁《わら》になったことは否定しませんけど、責任を問われてもねえ。監察官もその件は問題にならないと言ってくれました」

「だったらそんな、不景気な顔してなくたってさ。少なくとも、事件のカタはつきそうじゃないか。こっちの事件なんか、暗中模索もいいとこだぜ」

玉森はなにを担当していたんだっけ。少し考えて、思い出した。

「荒川の首なし死体でしたっけ」

発見されて一週間はたつ。進展がないため、ニュースにもならなくなった。

「四十代のごつい大男だが、まだ身元すらわからない。捜索願にも前科者リストにも該当者なし。被害者もアメリカの捜査ドラマの死体みたいに、脚に製造番号入りの金属棒入れとくとか、珍しい病気にかかっといてくれればいいのにさ。外反母趾《がいはんぼし》以外は健康そのもの、日本人は気が利かないよ」

玉森は重そうな頭をゆらゆらと振った。

「へえ、外反母趾。ハイヒールのはきすぎっすかねえ」

「テキトーなこと言ってんじゃないよ、竹花。監察官聴取なんかでヤケになるなって。情状証人が必要ならオレがなってやるからさ。熊本県警からクマ警部がうまい銘菓を持ってきたそうじゃないか。それを分けてくれるんだったら」

「ですから、その件は問題ありません」

「なんだ、『その件は』？　他にもなにか、やらかしたのか」

「細澤っすよ。細澤恭二」

「ああ、できそこないの長野2」

竹花はため息をついた。

「ちょっと抗議したら出てこなくなりました。警視庁でいじめにあっていると、古巣の長野県警本部に訴えたそうです」

「なんだそりゃ」

玉森はあきれたように言った。

「いくつなんだ、アイツは。中学生か」

正直、こっちのほうが頭が痛い。本来なら一笑に付して終わり、の訴えが取り上げられたのは、問題になったのが他ならぬ、御子柴将が大怪我をしたときの元相方、竹花一樹だったからだと監察官は竹花に言った。府中西の事件の際、御子柴が一人で出向いたのも竹花の「いじめ」だったんじゃないか、と細澤は言ったそうだ。

思わず絶句した。頭に血が上り、それ以降の聴取についてはよく覚えていない。

御子柴の一件で長野県警と警視庁に溝ができ、いまも多少ぎすぎすしている。それを少しでも解消しようと、御子柴を見習って努力してきたつもりだったのに。あんまりだ。

さすがにその話は玉森にもできない。

「ま、そんなに気に病むな。アイツのスマホをちょこっと調べれば、勤務時間中にゲームしまくってたことくらいすぐに証明できる。そんなことより、もっとずっと大事なことがあるだろ」

「なんすか」

「熊本の銘菓だよ。頼むわ」

捜査共助課に戻ると、同僚たちの哀れむような視線と、報告書その他書類の山が待っていた。とにかく目の前の仕事を片づけよう、とキーボードをたたいていると、クマさんを連れて課長が戻ってきた。無表情のまま、ちらとこちらを見る。

「で、どうなってる？」

席を立っていくと、やぶからぼうにそう聞かれた。

「熊本県警の要請を受けた捜査二課が、篠島昭が半年契約で借りていたダイヤモンドホテル・ジャパンの部屋を捜索してくれました。プリペイド式の端末数台、パソコン二台、カメラ数台を押収したそうです。来月上場予定の企業の株式担当者の名刺が出てきたそうで、組対三課の畑中課長の偽名刺は、その企業を騙すための小道具だったんでしょう。ちなみに、篠島昭の身内は見つかっていません。以前の服役では、唯一残った血縁の叔母が保証人になったそうですが、叔母はすでに死亡、その息子は遺体や遺品の引き取りを拒否しました」

「波田野のほうは」

「波田野屋の総務部長が、部下を連れて遺体の引き取りにきました。家族はいっさい姿を見せず、マスコミの取材にもまったく応じてないそうです」

「なるほど。では、これでおしまいですね」

課長は無表情のまま、隈部警部にむかって慇懃《いんぎん》に言った。クマさんは黙ったままひとつ、うなずいた。竹花はふたりの顔を見比べた。

「どうしたんですか」

「今回の詐欺は、状況から考えて、篠島昭と波田野悟朗による犯行と考えられる。しかし、裏取りは不用。捜査は打ち切り。隈部警部は帰郷される。押収した篠島の遺品については、必要に応じて二課が分析した後、適正に処分する。以上。お疲れさま」

「は？」

竹花は面食らった。

「いやあの、だって、金の流れはつかめたんですか。詐取された二億円の行方は？　一味がふたりだけってまだ、はっきりしたわけでもないし」

「お疲れさま」

課長はにべもなく繰り返し、さらに食い下がろうとした竹花を、隈部警部が廊下までひきずっていった。

「被害者の清崎孝治氏が、被害届ば取り下げたとですよ」

クマさんはヒソヒソと言った。

「え、それじゃ篠島昭の言った通りになったってことですか」

「それはわからん。清崎さんに直接電話をしてみたが、つながらん」

絶対に犯人を捕まえてくれ、と直談判した相手には合わせる顔がなかろうよ、とクマさんは言った。

「波田野家に頼まれたのじゃなかかと、県警本部は見とる。形ばかりとはいえ波田野屋の重役が詐欺犯でした、ではみっともないにもほどがある。清崎さんも義理人情に厚かひとだし、相手は親友の息子ですけん。おまけに金を返済すると約束されたら」

「そりゃそうっすけど……そうですねえ」

一瞬、頭に血がのぼったが、落ち着いて考えてみると、事件をおさめるには被害届の取り下げがいちばんいいかもしれない。犯人がふたりだけと決まったわけではないが中心人物だったのには違いなく、そのふたりが死んだのだから、全容解明は難しい。

だが、なにかひっかかるんだよな、と竹花は思った。

一番ひっかかっているのは、

「そもそも、波田野悟朗と篠島昭はどうやって知り合ったんですか。なぜ波田野悟朗は清崎孝治に目を付けたんですか。父親と親しかったと言っても、相手から問題なく引き出せそうな金額や信頼させられる方法、有働会長のようなアイコンの存在までわかるでしょうか。海運会社の倒産をなぜ、報道前に知っていたのか。それに……」

ぺらぺらしゃべって、我に返った。

「あ……すみません。もう、どうでもいいことですよね」

隈部警部は返事をせずに、顔を背けた。考えてみれば、ことの成り行きにいちばん動揺しているのは隈部だろう。わざわざ自費で上京してきて、犯人逮捕を目前に二度も死なれてしまった。そのうえ被害者が血まで吐いての頼み事をあっさりキャンセル。

あんまりだよな。

「そんな顔、せんでください」

クマさんは無理矢理に作ったような笑顔をみせた。

「タケさんは自分の仕事に戻ってください。あとはひとりでなんとかしますけん」

「え、それじゃ、帰らないんですか。捜査は打ち切りなのに」

「自費出張ですよ。清崎さんの関係者に、個人的に話をきいてまわります。それくらいは上も文句を言わんでしょう。お世話になりました」

なんと言っていいものやら。さすが、昭和の捜査員はあきらめが悪い。

言葉につまっていると、スマホが振動した。二課の資料係の藪本からだった。押収した篠島昭の持ち物から面白いものが出てきたけど見る？　と言う。

「〈陣太鼓〉が美味《おい》しかったから、特別サービス」

せっかくのお誘いだし、と資料係を訪ねると、藪本はふたりに向かって手を振った。

「死んだ詐欺師の資料なんて、この世が終わるまで放っておいたっていいんだけど、先に見てあげたよ。去年の春頃、篠島は波田野佳織《かおり》という人物の依頼を受けたらしく、その名前のファイルがパソコンに残ってた」

「波田野佳織って、波田野悟朗の別れた妻ですよね。官僚の娘とかいう」

ファイルに入っていた写真に写っているのは、主として波田野悟朗だった。隠し撮りが何十枚も続いたが、最後のほうに、悟朗が女と一緒にいるところが出てきた。女の腰に手を回し、エスコートして車に乗せ、自分も乗って、やがて車が出て行く。

帽子から巻き毛があふれ出ているし、サングラスもかけているから女の顔はわからない。反対側の建物から撮影したらしく、間に太い街路樹があって、車のナンバーも読み取れない。

「波田野悟朗が結婚半年で離婚したのは、浮気が原因で、それを妻の佳織が篠島に調べさせたってことですか」

篠島昭と波田野悟朗の接点がみつかったわけだが、特に面白くもないじゃないか。

そう思ったのが顔に出たらしい。藪本は指を立てて振ってみせた。

「さて、ここで問題です。佳織の父親はどこの省庁の官僚でしょうか。ヒントは最近話題の、大企業の倒産絡みのインサイダー取引と、それにまつわる政官財を巻きこんだ汚職疑惑」

ふたりがぽかんとしていると、藪本はあーあ、と言った。

「捜査二課はこの件で大忙し、世間も騒いでるのに知らないんだ。大手海運会社の倒産という極秘情報を、公になる前に国交省の役人が政治家や財界人に漏らし、倒産の発表前に所有する株を売り逃げさせたって疑惑なんだけどね」

「ちょっと待ってくれ。大手海運会社ってまさか、日光コンテナラインズ？」

「そう。ＮＣＬ」

「でもって、問題の役人が波田野佳織の父親？」

「吉屋《よしや》一憲《かずのり》っていう外航課の課長。問題が表沙汰になったとたん、糖尿病が悪化して入院したけどね」

藪本はニヤッとした。

「病院の名前、知りたい？」

「あら、なんだ。アンタたちパパをいじめにきたわけじゃなくて、あの探偵の話を聞きにきたわけ？」

病院の待合室で、波田野佳織――現在は旧姓に戻って吉屋佳織は、遠慮《えんりょ》のない笑い声をたてた。

「だけどアタシ、そいつには会ったことないの。ネットでモトテイの素行調査を依頼しただけ。三日ほどで女とベタベタしてる写真が送られてきて、これ以上の調査をお望みなら別料金になるっていうから、打ち切ったの。あ、そうよ。この写真」

波田野悟朗が女と一緒に車に乗り込んでいる写真を見せると、佳織はうなずいた。

「しらばっくれるようなら女の素性も調べなきゃと思ったんだけど、モトテイのヤツ、写真を見ただけで真っ青になって、一も二もなく離婚届にハンコついてくれたわ。慰謝料も請求したいとこだったんだけど、あのギャンブル・ジャンキーと縁が切れればそれでいいことにしてやったの。金持ちと結婚したつもりだったのに、アタシのバッグやコートまで質屋に売り飛ばして、その金握って場外馬券売り場に行くのよ。うちのパパは官僚から政治家に華麗なる転身をする予定だったから、離婚って聞いてひっくり返ってたけど、金づるのつもりが金喰い虫だとわかってあきらめたわよ」

どのみちこうなったらパパに政治家はムリよねえ、と佳織はケタケタ笑った。

結局、ここに手がかりはなさそうだ。竹花は腰をあげたが、最後に尋ねてみた。

「ご主人は相手の女性については、なにか言ってませんでしたか」

佳織は重そうなつけまつげをばたつかせ、しばらく考えてから言った。

「うーん。火の国のひとだって言ってた」

佳織は鼻を鳴らした。

「情熱があって、気性もキツくて、アタシみたいな冷たい女とは大違いだってさ。ラテン系だったのかしらねえ」

5

佳織と別れ、病院内のカフェに移動してコーヒーを飲んだ。ふたりとも落ち着く必要があった。

「火の国といえば熊本、というのが我々には常識ですけん」

やがて隈部警部が紙コップを握りつぶして言い、竹花もうなずいた。

「全国的に常識ですよ」

「となると、熊本サイドの情報源はこの女だった」

「そう考えるのが妥当ですよね」

だが、身元を突き止めるのは至難の業だ。波田野悟朗のマンションにはもう入れない。波田野屋が協力してくれるわけもない。そもそもすでに竹花たちの聞き込みは捜査ではないのだ。

「せめて車のナンバーだけでもわかればねえ。女のほうが車のキーを持っているようだから、そこから突き止められたのに」

不意にクマさんがタブレットをひったくり、いや、と言った。

「わかるかもしれん。こん車……ちっと待ってくれ」

隈部警部は生き返ったように目を光らせ、あちこちに連絡をとっていたが、やがて満面の笑みを浮かべて戻ってきた。

「交通捜査課にいた頃の部下に、写真ば送って車を見てもろた。特徴的だから、ひょっとしたらと思ったら案の定、一九五八年型プリムス・フューリーだったと。昔の映画に出てきた有名な車で、国内の所有者は数えるほどしかおらんはず。いま、所有者を調べて、リストを送信してもらうことになっとります」

リストが来た。ふたりしてのぞきこみ、同時に、えっ、と声をあげた。

三番目の名前。清崎勇。

「清崎勇って、清崎孝治さんの一人息子……確か、中央官庁勤めって」

「ああ、忘れとった」

隈部警部は自分の頭をぽかぽかとたたいた。

「清崎さんの息子は国交省に勤めとると聞いとった」

年も三十七だから、波田野悟朗とほぼ同い年だ。勇は上京してから波田野逸郎の世話になっていたわけだし、ふたりが親しくしている可能性は高い。

「勇が地元の知り合いの女を悟朗に紹介したと考えると、つじつまがあいますね。デートのために車を貸してやったのかも」

「この女が勇とも親しかったとすれば、清崎孝治さんの情報が細かな点まで篠島に筒抜けだったのもわかります。……タケさん」

隈部警部は大きな目をくりくり動かして、熱く言った。

「こうなったら俺《おら》、なにがなんでんこの女の話ば聞いてみたい。もはや捜査ではなかですし、突っ込んでいってこの女が県警に苦情を申し立てたら厄介なことになるのはわかっとりますが、聞かねば気持ちが収まりまっせん」

「どうするんですか」

「清崎勇に会って、この女について聞き出します。タケさんはこのまま警視庁にお帰りください。俺のことは、空港近くまで送ったとでも報告しといてください」

お世話になりました、と頭を下げると、隈部警部は大股に歩みさって行く。

地下鉄の駅とはまったく見当はずれの方向へ、自信に満ちた足取りで。

おいおいおい、と竹花は思った。どこ行くのよ。『太陽にほえろ!』世代はこれだから困る。地理もわかっていないくせに、ひとりで燃え上がって。

詐欺師・篠島昭が波田野悟朗と組んで、日光コンテナライズ＝NCLの倒産を利用して清崎孝治を騙し、二億円を詐取した。二人は死んだが奪われた二億の金は行方不明だ。一方、NCLの倒産情報に絡んで持ち上がった汚職疑惑に、国交相の役人である波田野悟朗の元妻の父・吉屋一憲が関係を疑われている。被害者・清崎孝治の息子・清崎勇も同じく国交相の役人だ。

とまあ、ややこしく、かつ、かなりでかい事件だ。資料係の藪本の口ぶりでは、捜査二課は総力を挙げているらしい。となると、清崎勇も監視されている可能性が高い。そこへ被害届が取り下げられて、事件ではなくなった二億円詐取について、「参考人をふたりも立て続けに死なせた」コンビがのこのこ話を聞きにいったりしたら……。

ええい。それがどうした。毒を喰らわば皿までだ。

竹花は走って隈部警部の後を追った。


捜査二課資料係の藪本を拝み倒し、清崎勇は吉屋の部下だったことがあり、汚職疑惑についても二課の聴取を受けた、と教えてもらった。おそらくそれが原因で勇は自宅待機を命じられ、赤坂見附《みつけ》の自宅マンションにいるはずだ、という。

ふたりが赤坂見附についたとき、すでに日は傾きかけていた。

ここに来るまでに簡単な打ち合わせをした。清崎孝治と面識があり、彼に頼まれて自費で東京までやってきた隈部警部が、個人的に清崎勇に会っても問題ないだろう。東京の地理に疎い警部を、竹花が案内してきた。で、この女性に話を聞きたいのでご紹介を願いたい、と切り出す。すでに捜査は打ち切られているから、なにを聞かされても相手を罪に問うことはできない。ただ、なんとかことの真相を教えてもらえないだろうか。

これでなんとか話を聞きだすっとよ、と隈部警部は強気に言った。一瞬、竹花はイヤな予感がした。ただの詐欺ではない、多くの人々を今も苦しめ続けている地震を利用した詐欺だ。話を聞くだけで、クマさんが収まるかどうか。竹花でさえ、収まりそうもないのに。

地下鉄から外に出た。ナビで場所を確認していると、隈部警部がうおっ、と言った。見ると目の前を特徴的な車が走り去っていく。一九五八年型プリムス・フューリー。

「清崎勇だ。アイツが運転してた」

隈部警部が叫んだときには、すでに竹花はタクシーを停めていた。

車は246に出て、内堀通りを走り、都心環状線へ入った。ふたりの乗ったタクシーもその後に続いた。めだつ車で尾行はラクだった。おまけに相手はスピードも上げず、車線もめったに変更せず、ゆったりと流している。単純にストレス解消のドライブか、車のメンテナンスのつもりらしい。

タクシー代は自分たち持ちだったと思い出した竹花の血の気が引き始めた頃、車は都内を一周して赤坂に戻ってきた。

ふたりもタクシーを降りた。清崎勇は小柄で整った顔立ちをしていた。背筋をピンと伸ばし、車のキーをツイードのパンツのポケットに入れると、まっすぐ駐車場を出て、百メートルほど歩き、ごく地味なビルの地下へと吸い込まれていった。

近寄ってみると、階段の下には木製の分厚いドアがあった。蛍光灯が一本またたいている他はなんの飾り気もない。ドアに〈会員制〉というプラスチックのプレートが貼られている他は看板もなく、なんの店かもわからない。住所で検索しても引っかからず、おそらくは、

「クラブかなにかなんでしょうけど。どうします?」

バッジを振りかざすわけにもいかないし、タクシー代に現金をはたいてしまった。こん

な得体の知れないところでカードは使いたくない。コンビニで現金を引き出してこようかしら、と考えてふと見ると、隈部警部の姿がない。

慌てて階段に駆け寄って見下ろすと、地下のドアがゆっくり閉まるところだった。

嘘だろ、クマさん。

あたふたしていると後ろから肩をたたかれた。若手の刑事を従えた玉森剛が、ニヤニヤしながら立っていた。

「竹花よお、熊本県警の警部と東京観光か。ずいぶんディープなところにつれてきたじゃないか」

「ど、どうして玉森さんがここに?」

「アンタが言ったんじゃないか。荒川の首なし死体、外反母趾なのはハイヒールを履いてたからじゃないかって。アメフトの選手みたいな筋肉のつき方してたから、そっち方面は考えてなかったんだが、言われてみれば脚がつるつるだった。ひょっとしてってことで、手分けして女装クラブをあたってるわけだ」

は?

「てことは、ここ……」

「知る人ぞ知る老舗《しにせ》のクラブだって。気をつけろよ、超エリートの隠れ家らしいから。そういう趣味をオープンにせず、こっそり楽しんでらっしゃるところに乗り込むんだ。知り合いの警察官僚に出くわしても知らん顔しとけ。でないとあとで、いじわるされ――」

突如として、クラブ内で大きな悲鳴と怒号があがった。三人の警察官は慌てて中に飛び込んだ。

ドアの向こうはそこそこ広いスペースになっていた。暗い照明、暗い壁紙に黒いカーテンと、これでもかと暗く設定してあるが、レセプションらしいカウンターがあり、その脇は上にあがる階段になっているのが見えた。奥に重そうな扉があって、どうやらラウンジへの出入り口なのだろう。少しだけ開き、中から音楽や話し声などが漏れている。

隈部警部は階段の下にいて、下りてきた人物の腕をつかんでいた。長い巻き毛を肩までたらし、ミニのドレスを着てキラキラした素材のピンヒールを履いている女性で、これが金切り声をあげながらクマさんを蹴飛ばそうとしている。慌てて駆け寄って引き離そうとしたとき、隈部警部の怒鳴り声が聞こえた。

「間違いなか。アンタ、清崎勇だろうが」

女は一瞬動きを止めた。竹花は真っ向からその顔をのぞきこんだ。

うそ。ホントだ。

てことは、なに。ひょっとして波田野悟朗の「女」は清崎勇そのひとだったってこと？悟朗や篠島と組んで清崎孝治から二億円詐取した犯人は、実の息子だったってこと？だとしたら、いろいろ納得だけど。

「アンタ、実の親から大金ば盗む手助けをしとっただろが」

「別にいいじゃないの。いずれは相続する金よ。それを早めにもらっただけでしょ。父親ががんになって、いずれ、は目の前だったんだし」

「なんてこと、言うと」

クマさんがこぶしを振り上げた。竹花は必死に引き止め、清崎勇は隈部に向かって言いつのった。

「二億といえば大金だけど、他にも貯金はあるんだから。なくしたからって父親の生活水準が下がるわけじゃないわよ」

「そっ、そういう問題じゃなか」

「だったらどういう問題よ。東京と熊本で離れて住んでる分、相続税がたいへんになるから対策してくれって頼んでも、俺はまだ死なんって、なにもしなかったのよ、あのクソオヤジ。ちょっと。いいかげん離してよ」

隈部警部は仁王《におう》様みたいな顔つきで、いっかな手を緩める様子はない。かわって竹花が尋ねた。

「つまりあなたは、節税のために父親から金を騙し取ったと？」

「別に、そのためだけじゃないけど」

清崎勇は真っ赤なルージュを塗った唇を、悔しそうにキュッと噛んだ。

「篠島って探偵がゴローに海外のギャンブルツアーの話を持ちかけてきて、絶対に勝てる秘策がある、二百万でその方法を教える、ゴローったらそう言われてその話に乗っちゃったのよ」

それで『会社の金を持ち出し海外ですった、波田野創業者一族のバカ息子』が出来上がったのか。

「負けた穴埋めに八千万必要だって、ゴローに泣きつかれちゃってさ。週刊誌ネタにもなって、さすがに波田野屋も呆れたみたい。金さえ返せば穏便に済ませるが、返さなければ横領で刑事告発するって引導を渡されたんだって」

「それであなた、親の金を前借りして、彼を助けてやろうとしたわけっすか」

篠島という、詐欺の実行役にもってこいの人間がゴローのそばにいた。父親である清崎孝治についての情報は、勇が伝えた。詐欺進行中には、篠島に言われてときどき父親に電話もした。父親が建設資材買取の話をしたときには、親父は立派だ、とほめたたえ、金を払うようにそれとなく誘導した。そして二億円の詐取に成功した……。

「あれ、だけど、だったら波田野悟朗はなぜ飛び降りを？　借金を埋め合わせるメドはついたんですよね」

竹花が訊くと、清崎勇は目を伏せた。

「だってゴロー、ひとがそこまでして金作ってやってる最中に、まーた違法カジノで借金作ってきたのよ。アッタマ来たわ。どんな関係にだって、限界はあるわよ」

「てことは、あなたは波田野悟朗に八千万払うのをやめた」

「そう」

「でもって、荷物をまとめて、彼の高層マンションの部屋を引き払った」

「そうよ」

返すあてのない膨大な借金、横領による刑事告発の確定、失恋。そこに刑事が訪ねてきて、詐欺が表面化しようとしていることを知った。空を飛びたくなったのも無理はない。

清崎勇はきっと竹花を睨みつけた。

「なによ。ゴローが死んだのはアタシのせいだとでも？　ひとの傷をえぐりにきたの？　離してよ。いたーい」

清崎勇の腕をつかんでいたクマさんが、吐き捨てるように言った。

「なにが痛いだ。アンタの父親は血を吐きながら、犯人ばつかまえてくれって言うとったぞ」

「そういうドラマチックな真似、好きなんだよ、うちの父親。でも結局、被害届取り下げたでしょ。だからアンタのやってるの、ただの不法侵入で違法捜査っ」

「アンタの父親の友人として話を聞いとるだけぞ」

「あ、そう。だれかーっ。たすけてーっ」

ラウンジのドアが開いて、大勢の人間がどやどやとなだれ込んできた。香水、ストッキング、ヒールにドレス。華やかなウイッグにルージュ。みなこれみよがしな格好をし、険悪な表情でこちらをにらんでいる。

いろんな意味で、めちゃくちゃ怖い。

「まあまあ皆さん。実は、荒川の首なし死体の件で、少しお話をうかがいたいのですが」

それまで黙っていた玉森が、咳払いをして警察バッジを取り出した。そのとたん、集団のなかでひときわめだっていた赤い髪が飛び上がり、背後の数人を突き飛ばして、ラウンジへ逃げ込んだ。

それからの展開は目が回るようだった。

逃げるヤツは追う、が染み付いている玉森が待てと叫んで後を追い、誰かの脚を踏みつけ、前のめりになったはずみで誰かの顔を殴ってしまい、悲鳴が上がり、助けようとした若い刑事が殴られ、殴り返し、誰かが玉森を羽交《はが》い締《じ》めにし……あれよというまに、その場で大乱闘が始まった。

初めのうちは刑事対女装クラブだったのが、あちらも一枚岩ではない。よくもアタシのネイルを折ったわね、とつかみ合いを始めるもの、気に入らない相手の背後からこっそり近づき、ウイッグをわしづかみにして逃げるもの。レセプションに入り込んで、レジを開け、金を胸元に突っ込んでいるもの。

清崎勇は隈部警部の手を逃れて階段をかけあがり、警部はその後を追った。そっちに気を取られていると、襟髪をつかまれた。振り返ったら寸胴《ずんどう》のマーメイドドレスに殴られ、倒れて背後にいた銀色のスパンコールドレスを突き飛ばしてしまった。スパンコールは凶悪な顔つきになり、ドレスとお揃いのピンヒールを振り上げて竹花に殴りかかってきた。

これが刺さったらしゃれにならない。竹花が必死に顔をかばった瞬間、いきなりスパンコールが白目をむいた。あっけにとられて見ていると、そのまま前のめりに倒れ、床に転がった。後ろにいたダサい花柄のドレスに傘立てで殴られたのだ。

肺から全部の空気が一気に抜けた。

「助かった、どうも」

早口で礼を言うと、花柄ドレスは後ろを向いたまま軽く手をあげ、スカートをたくしあげてドタドタとその場から走り出ていった。あれ、と竹花は思った。いまの花柄……えーと、なんだか見覚えが……。

考える間に、店の奥からUターンしてきた赤い髪が目の前を通り過ぎかけた。竹花は慌てて追いすがり、タックルして床に転がった。赤い髪が這って逃がれようとするのをなんとか押さえ込む。

「アレは事故よ」

赤い髪は竹花の下でわめいた。

「殺したんじゃないわよ、勝手にアタシのピアス使ったから、ちょっと殴っただけよ、そしたら死んだのよ、なによ、どうすんのよ、親に趣味がバレちゃうじゃないの、アタシのプライバシーはどうしてくれんのよ、なんで首もないのにバレちゃうのよ、ひどいわよ」

死にものぐるいで暴れるのをもてあましていると、ようやく玉森剛と若い刑事が助けにやってきた。赤い髪があからさまに死体の首を切り落とした顛末《てんまつ》を話し始めたので、他の会員たちも毒気を抜かれたらしい。あたりは次第に静かになった。

竹花は壁にもたれかかった。なんだか精根尽き果てていた。さっきの花柄ドレスが、御子柴さんそっくりだったように思えてくるほどだった。

やだな、我ながらどうかしている。竹花一樹は思わず笑った。長野県警千曲川警察署勤務になった御子柴将が、こんなところに、しかもあんな格好で、いるわけがない。

いや、まさか。だから、いるわけがないってば。

6

夜になって雨が降り出した。凍るような雨だった。季節は少しずつ冬へと向かっている。指先が痺れるほど冷えて、今年初めて暖房を入れた車を御子柴将は慎重に運転し、目的地に停めた。

聞きしにまさるボロ家だった。木造、平屋、コンクリート瓦。壁の一部はトタンで、内側から雑草がはみ出ている。家の前には錆《さ》び付いた三輪車。割れて傾いたコンクリートの三和土《たたき》。立ち枯れた猫じゃらし。なるほど敷地はそれなりに広く、奥には納屋があり、さらにその奥には半ば崩れかけた斜面が見える。

なにもかもが時に取り残されたような家で、唯一、新しいものといえば、家の壁に吹き付けられたスプレーペンキの赤い色だけだ。誰かが下品なマークをいくつか書きなぐり、窓にも吹き付け、ついでにガラス窓を割って立ち去ったとみえる。

車から降りて玄関に立ち、周囲を見回した。古い家屋の臭《にお》いがした。腐りかけた雑草や熟れすぎた柿の実、土やカビ、手入れの悪い林の臭い。かなり離れた隣家の窓のカーテンが、大急ぎで閉められるのが見えた。

引き戸を叩いて、森羅武を呼んだ。最初のうち返事はなかった。だがそのうち、家の奥からきしむような物音が近づいてきて、割れた引き戸の間から、森羅武が顔をのぞかせた。

「なんだ、おまわりさんか」

ひからびたような声で彼は言った。

「しばらく施設で暮らすはずだろう。急にいなくなって、みんな心配しているよ」

「そんなわけ、ないじゃん」

森羅武はドアを開けて出てきた。目のまわりが黒い。右手で左の二の腕をおさえている。

「オレが施設を出たの、昨日の夕方だよ。心配だったらもっと早く誰か見によこしてるだろ。来たのは学校の連中だけ。そいつらがこれ、やりにきただけだ」

森羅武はスプレーペンキの落書きを示して見せた。

「あいつら家の中まで入ってくるところだった。どう暴れたって、誰も文句言わないとでも思ったんじゃないか。次にくるときは火をつけるかもね。こんな臭いとこ、燃やしちまったほうがよくね？　なんて言ってるのが聞こえたし」

まったく、と御子柴は聞こえないようにため息をついた。

「その怪我も、そいつらにやられたのか」

「こっちは別だよ。いわゆる世間全般ってやつ」

「……オトナがやったのか」

「そんな、ショックを受けないでよ、おまわりさんのくせに。よくある話じゃん。自分より弱くて、いじめても正当化できる相手がいたら、オレだって小突き回すよ」

生意気そうに笑ってみせたが、森羅武の手は震えていた。寒いのと、たぶんなにも食べていないのと、怖いのと。全部が合わさって倒れる一歩手前に見えた。

とにかく温めようと車に乗せて、温風を強にした。来る途中にコンビニで買ってきた飲み物とおにぎりを渡すと、ありがとうございます、と小さな声で言って、食べ始める。

よほど腹が減っていたのだろう、またたくまにふたつを食べ終え、ホモソーセージに歯をたてた。

「東京に行ってきたんだ」

御子柴はまっすぐ前を見て、そう言った。雨がフロントグラスに何本もの筋を作っていく。雨がたてる様々な音が、車に隔てられながらも遠く響いている。

「自宅は東京でね。冬用の衣類を取りにいかなきゃならなくて。ついでだから、この間きみに教えてもらった、東京でのきみのお父さんの住所を訪ねてみたんだ」

え、と森羅武が小さく声をあげた。

「行ったの、わざわざ？　なんのために」

「児相《じそう》とも相談したけど、父親には当然、連絡すべきだと思ったからさ。お母さんの処分が決まるまで、きみはひとりになる。守ってくれる人間が必要だろ」

「ヒマなんだね、おまわりさん」

御子柴は思わず笑った。確かに。

でも、その笑みはすぐに消えた。

「教えてもらった杉並区の住所は、こぢんまりしたビジネス旅館だった。素泊まり三千八百円の、知り合いの紹介があるひとしか泊めない、知る人ぞ知る旅館でね。経営者のおばさんは、きみの父親、武志《たけし》さんをよく知っていた。森武志さんがその旅館を利用し始めたのは、もう二十年近くも前の大学生の頃。大学の寮で暮らしていながら、時々、泊まりにきていたそうだ。武志さんと親しくしていたお客さんを紹介してくれてね。話を聞きにいったよ」

そうやって何人ものひとを介して話を聞くうち、きみのお父さんのことがだんだんわかってきたんだ――。

そう話すべきかどうか、御子柴は迷った。利発な子ではある。でも、まだ十四歳。親といっても人間で、人間とは弱い生き物だ、ということを本当の意味で理解するには若すぎる。

森武志は魅力的な人物だったようだ。誰もが、長いこと会っていないと言いつつ、すぐに彼を思い出した。おおらかで感じのいい大男。楽しくてマイペース。誰とでもすぐ仲良くなり、その場を明るくする才能を持ち、思い立ったら即行動に移す。

頭もよくコミュニケーション能力も高かったのに、なにもかも長続きしなかった。会うたびに仕事を変えていた。子どもができて結婚し、妻の実家のある長野に行き、そこで落ち着くかと思ったのに、ときどき妻子を置き去りに上京してきた。かと思ったら、数ヶ月後には妻子のもとへ戻ってすごす。やがてまた、出て行く。

漂泊の思いやまず――みずからの行動を、彼はそんなふうに気取って評したが、本当は違う、と彼がよく顔を出していた飲み屋のマスターがそう教えてくれた。彼は、自分以外の存在になりたかったのだ、と。

優秀な兄がいて、親から愛されなかった。下は娘がほしかったのに、と繰り返し言われた。おまえのせいで、二度と妊娠できなくなった。おまえなんかほしくなかった。兄が若くして亡くなると、さらに親からひどい言葉をかけられるようになった。存在を否定され、悪いことはすべて自分のせいにされた。

消えて、なくなりたくなった。

「だから時々、自分とはかけ離れた存在になった。森武志ではない、まったく別の人生を送ってきた人間になりすましてみる。そんなファンタジーを実行することで、なんとか辛い気持ちから逃れることができたんだと思うよ」

詳しいことを知りたかったら、とマスターが教えてくれたのが、赤坂にある老舗の女装クラブだった。訪ねていくと、受付にいた人間は森武志を知っていて、このところ見かけないが、二十年来の常連だと言った。事情を話すと、客たちに話を聞くのを許可してくれた。ただし、場の雰囲気を壊されても困るので、ビジター料金を払って、ちゃんと女装すること。

御子柴はおおいに困惑したが、警視庁管内で、他ならぬ自分、御子柴将が勝手に聞き込みをしたとバレたら、もっと困ったことになる。

そこで腹をくくって店のドレスをレンタルし、店専属のヘアメイクにいじってもらい、ラウンジに下りて何人かに話を聞いた。途中、旧知の竹花一樹と玉森剛が現れ、大乱闘になってしまったのには驚いたが。ていうか、まったく危ないところだった……。

それはともかく、

「きみのお父さんは二ヶ月前、友人たちに東京に行くから会いたいと連絡を入れていた。いつもそうやって突然、仕事や宿泊先を確保した。友人たちは慣れっこで、その時も用意しておいたのだけど、本人が現れない。連絡をしてもつながらない。でもまあ、なにしろ気まぐれな男だ。こっちの世界はただの息抜きにすぎない。息抜きをしなくてもすんでいるのなら、こんなにめでたいことはない。……なあ、なんで言わなかったんだ？」

森羅武はソーセージをごくっと飲み込んだ。

「なにが」

「お父さんがたびたび行方不明になっていたことだよ。きみの口調じゃ、二ヶ月前に出て行って、それきり、ということのようだったけど、よくあることだったんだろ。仕事だと数ヶ月留守にして、お金を稼いで帰ってくるのは。なのにきみはそのことを言わなかった。きみだけじゃない、お母さんもだ。普通はさ、しばらく息子が一人きりになるとわかったら、警察に夫を探してくれと頼むだろ。なのに頼まない。捜索願も出ていない。で、調べてみたんだ」

森羅武は返事をせずに、うつむいた。

「お父さんの所有していたスマホの現在地。ここ、だった。つまり、きみが使っているスマホはお父さんのものだ。契約している通信会社に頼んで、引き落とし口座を教えてもらい、銀行に詳細を教えてもらった。口座には数十万残っていた。だがこの二ヶ月ほど、自動引き落とし以外の履歴はまったくない」

金を使わず、友人たちにも会わず、スマホを置いていった。そもそも二ヶ月前に出て行ったという話も、妻と息子が言っているだけ。

しょっちゅう家を留守にすること。それが本人にとっては欠かせない生活スタイルだったとしても、置き去りにされる側にしてみれば、怒りと不安が溜まる。つのった苛立ちが爆発してしまうこともある。

「警察官は悪い想像をする。夫の家出には慣れているはずのお母さんが、あれほど強烈にストレスを感じていたのは、単純に夫が家を出て行って、経済的に困窮《こんきゅう》しているというだけなのか。きみが施設を抜け出して、危険で居心地の悪い家に戻ってきたのはなぜか。この近くでクマが出たと話したとき、クマが人間を食べるかどうか、人間の死体を食べるかどうか、気にしていたのはなぜなのか。なあ」

御子柴は森羅武に向き直った。

「たとえ本人のためでも、実の母親を告発するのはキツい。だからなにも言わなくていい。偶然でいい。オレがきみを訪ねてきて、偶然、敷地を歩いていて、気づいてしまったということにするから」

森羅武は返事をせず、肩を震わせていたが、やがて顔をあげてにっこり笑った。

「もうちょっとだったのに残念だね、おまわりさん。うちの父親でかくて重くて、家から出せなかったんだ。ありったけのブルーシートで包んでおいたし、敷地を歩いてただけで気づけるわけないよ」

え、と御子柴は思わず息を飲んだ。それじゃあまだ、家の中にあるのか。二ヶ月ものあいだ、この母子は父親の死体と一緒に……？

「不幸中の幸いだったよ」

森羅武は淡々と言った。

「ボクがお父さんを突き飛ばした場所が、納戸だったのは」

御子柴くんと春の訪れ

1

『こちらは、千曲川市役所と、千曲川警察署の、広報車です』

千曲川市役所広報課の水越景《みずこしけい》は助手席でマイクを握り、アナウンスをした。

『最近、この付近で、空き巣の被害が、増えています。住民の、皆様は、戸締まりに、注意し、不審者を、見かけたら、ためらわずに、一一〇番通報を、お願いします』

水越はマイクのスイッチを切って、今にも折れそうな細い腕を伸ばしスマホを取った。しばらくいじっていたが、あーあ、と言った。

「アナウンス始めて一時間以上たつけど、なんの反応もない。やっぱ、誰も聞いてないんだ。まったく。広報車なんて意味ないと思いませんか、御子柴さん」

長野県警千曲川警察署の一隅にある〈地域生活安全情報センター〉でセンター長を務める御子柴将は、広報用のミニパトをゆっくりと走らせながら苦笑した。

「着任早々の新署長が張り切って、市長にあれこれ約束したのは事実ですけど、市役所とウチが連携して広報車を出すって話の言い出しっぺは市長でしょうが。情報はあらゆるツールを用い、くまなく市民に届けるべきだ、と演説したんでしょ」

「まあね。市長はいつも正論を言いますよ。で、平気で他人に泣きを見せるんです」

水越景はふくれて愚痴った。御子柴は話をそらすことにした。

「それより、さっきからなに見てるんですか」

「千曲川市近辺のローカル交流サイト。御子柴さんは見たことないの?」

「もちろん見てますよ。イベントの告知とか地元民の冠婚葬祭とか、貴重な情報源ですから。最近じゃ、市長の結婚披露宴の話題で持ち切りですね。特産の杏でウエディングケーキを作らせるって話は本当かな」

ついでに言えば、誰それがFXで大損こいたとか、独居老人宅に浄水器の押し売りが回っているとか、市役所内の三角関係の噂とか、よそ者の耳には入りづらい話が知れて、なかなか楽しい。とは役所の人間には言えないが。

水越はスマホを制服の上に羽織ったジャージのポケットに入れると、ふん、と鼻を鳴らして腕組みをした。

「空き巣事件の情報も、こういうサイトに流せば十分なのに。あとは安心安全メールの一斉配信と一日二回の有線放送で義務は果たせる。市長のおかげで、こんなめんどくさい真似させられて」

水越景は再びマイクを取り上げ、お決まりのアナウンスをすると、スイッチを切って、運転席を見やった。

「にしても、御子柴さんは愚痴一つこぼさないね。センター長ったらそこそこ偉いんでしょうに」

御子柴は黙ったまま、にやりとした。

暦の上では立春を過ぎて約一ヶ月、だがここ、長野県の北信地方はまだまだ寒かった。先月、千曲川警察署に着任した新署長はひどい寒がりで、冬は思い切り暖房をきかせて半袖になり、部屋でアイスを食べるもんだろ、などとムチャを言う。しかたなく署のボイラーをフル稼働させたら、数日前、これが壊れた。

予算がなくて、今期は修理ができない。もうすぐ春だし寒さは気合いで乗り切れと署員に言いつけ、当の署長は灯油ストーブを二つも署長室に持ってこさせ、エアコンを稼働させ、盛大に温まっているらしい。そんな真似のできない他の部署、特に広々とした公廨《こうがい》で働く警務課など、みな雪山登山とみまごうばかりの装備でデスクワークにあたっている。

もちろん御子柴もあてがわれたデスクになどいられない。ほとんど誰も出入りしない日陰の一角にとどまっていたら凍え死ぬ。仕事がまわってこないなどと言っている場合ではない。仕事を求めて、いや仕事がなくても、暖をとるため走り回る毎日だ。

広報車のなかは少なくとも、暖房が効いて温かい。愚痴どころか感謝したくなる。

水越はまたマイクのスイッチを入れ、律儀にアナウンスして、スイッチを切った。

「ミニパトって思ったより狭いんですね」

「水越さんみたいに細い人に言われると、申し訳ないなあ」

「別に狭くてもいいんだけど、行政のアナウンスもミニパトからなら、少しは気にしてもらえるかと思ってたのに、誰も聞いてないでしょ。平日だしみんな出かけちゃってるか、コタツに入ってテレビの音量マックスにしてるか。むなしいなあ」

「住民が聞かなくても、犯人の耳に届くかもしれませんよ」

御子柴将は周囲に目を配りつつ、住宅街を縫うように進みながら言った。

「それで不法侵入をあきらめてくれれば、いいんです」

「なんですかそれ」

水越景は足下のバッグから干し杏の袋を出し、ひとつ口に入れてくちゃくちゃ嚙み始めた。この干し杏は百パーセントこの町の産で、甘酸っぱいから唾液が出て喉にいいのだ、と聞かれもしないのに宣伝すると、

「三軒も空き巣にやられたのに、寝とぼけたこと言ってるわ。そもそも、警察がとっとと犯人を刑務所に送ってれば、広報車なんて出さずにすんだんですよ」

「捕まえても、刑務所送りは難しいね」

御子柴はハンドルを切って、路地を行きながら答えた。

「わかりやすく空き巣と呼んでいるけど、窓ガラスを割られて、屋内に侵入されただけで、盗難の被害はいっさいないから」

「てことは犯罪じゃないんだ」

「いやいや、犯罪は犯罪ですよ。ただ逮捕できてもたぶん起訴猶予、裁判になったとしても執行猶予がつきますよ」

「どっちにしても、ますます、ずくがなくなるな。どうでもいい空き巣のために、こんな仕事」

言いながらも水越はマイクのスイッチを入れて、アナウンスを繰り返した。

御子柴は顔をしかめた。どうでもいい空き巣、か。だったらいいんだけど。

最初の被害は、年明け早々の一月七日の朝に通報された。レストラン〈ボー・セジュール〉に出勤してきたオーナーシェフが仕入れた食材を店に運び入れようとして、裏口の扉の窓が割られているのに気がついたのだ。

野生動物による農作物の被害が増えて、駆除と有効利用を両立させるべく、国も県もジビエ料理の普及に力を入れているが、この店はそれ以前からイノシシやヤマドリ、ときにはアナグマをメニューに登場させることで知られていた。特にシカ肉のハンバーガーはヘルシーで美味だと評判で、ホームページに「シカ肉入荷」の文字が躍ると小一時間で予約がいっぱいになる。

「だから、泥棒に狙われるのはわからなくもないけど」

大前《おおまえ》シェフは駆けつけた警察官にむかい、そうぼやいた。

「食材に金がかかってたいして利益は出てないのに、周囲には儲かってると思われてるから。だけど、レジにも事務所の金庫にも手をつけた様子がないんです」

鑑識作業の結果、残された手袋痕や足跡痕等の分析により、犯人は扉の窓を破って手を突っ込み、内側から錠を開けて内部に侵入。事務所と店舗、厨房をうろつき、物置や掃除道具入れまでのぞき込んでいたと判明した。一方で、レジや金庫あたりは、触られてもいなかった。

シェフは店舗から車で十五分の一軒家に住んでいる。夜十時に店を閉めて帰宅し、朝はだいたい十時半頃に下準備のため出てくる。事件はその空白の時間帯に起きたと思われるが、幹線道路沿いで周囲の家も騒音に慣れているし、近くに防犯カメラはない。目撃者もおらず、犯人は捕まらなかった。

犯人の意図が分からないだけに、万一を考えて、大前シェフは店内にあった食材をすべて廃棄した。おかげで三日も休業したうえ、事件が噂になって、しばらくの間、客足が遠のいた。盗難の被害こそなかったが、店は大損害をこうむったのだ。

三週間後、今度は上山田《かみやまだ》温泉の〈津の村屋〉という旅館の従業員寮が被害にあった。

寮は鉄筋コンクリートの三階建て。一階と二階は二ＬＤＫが四部屋ずつ、三階はシングル用の一ＬＤＫが六部屋という構成だ。

〈津の村屋〉では数年前から、小さな子どもを持つシングルペアレントを積極的に採用している。これがニュースに取り上げられ、名だたるホテルや旅館での勤務経験がある従業員が集まった。彼らが企画した、地元の特産品にこだわったメニューやもてなしが受け、ホームページへのアクセス数も倍増、売り上げもあがった。とはいえ、

「従業員の寮に、金目の物なんかあるわけないっすよ」

通報した従業員の西真人《にしまさと》は、駆けつけた警察官に言った。

その日はチェックアウトぎりぎりまで出立しない客が多く、多くの従業員が正午をすぎても仕事に追われていた。だが、温泉施設の保全と警備を担当する西に客の事情は関係ない。いち早く午前中の仕事をすませ、寮の三階の自室に戻って異変に気がついた。南側のベランダに出る掃き出し窓が割られてガラスが散乱し、部屋中に泥だらけの足跡痕が残されていたのだ。

この寮には外付けの非常階段があり、手すりをまたぐと、端の部屋のベランダの柵に手が届く。どうやら犯人はそこからベランダを伝って移動、三階の部屋の窓を片端から破り、室内に侵入したらしかった。

現在、三階に居住する従業員は四人。二部屋は空き部屋だと一目でわかったはずなのに、

六部屋すべてのガラスが割られていた。それほどの苦労をして、

「特に盗まれたもんはないっす」

西真人を始め、寮の住人たちは口をそろえた。

「ていうか、衣装ケースの中とか天袋とかはのぞいたみたいだけど、机の抽斗とかは手つかずっすよ。実はオレ、冷蔵庫に非常用の現金を置いてたんだけど」

料理をしない西真人の冷蔵庫に入っていたのは、ひからびたリンゴとビール、醤油や米麹の残りくらいだから、開けたとたんに銀行の封筒が見えてしまう。なのに、金はそのままになっていた。

盗難被害がないとはいえ、タチが悪い。担当刑事は始めのうち、三階の従業員たちへの嫌がらせを疑ったが、鑑識作業の結果、残された足跡痕がレストラン〈ボー・セジュール〉に残されていたものと一致して、謎が深まった。二十六センチというサイズやメーカーだけではなく、右足かかとに歪んだWの形の傷が残っていることまで同じ。間違いなく同一犯だ。

謎の連続侵入犯の情報はすぐに新署長まであげられたが、挨拶回りに忙しい署長はたいして気にしなかった。担当者も、器物損壊、不法侵入といった軽微な犯罪では、いまひとつテンションがあがらない。それでももちろん捜査はしたが、有力な手がかりはなかった。

防犯カメラは表玄関やラウンジあたりにはあっても、従業員寮の周辺にはない。そもそ

も旅館には不特定多数の人間が出入りするわけで、不審者の目撃情報もない。犯行時刻は寮が無人になった午前九時すぎから、西真人が戻ってきた十二時半の間と思われるが、従業員たちはその時間、全員、忙しく立ち働いていて、なにも気づかなかったと証言した。

捜査が行き詰まって、約一ヶ月たった二月の終盤、三度目の事件が明らかになった。鏡台《きょうだい》山山中にある、三浦尚臣《みうらなおおみ》所有の山小屋がやられていたのだ。

三浦尚臣は若い頃、H・D・ソローにはまって山暮らしを始めた。麓の菜園で野菜を作り、千曲川で川魚を釣り、ヤマドリなどを捕獲して暮らすナチュラリストの元祖のような人物で、その生活ぶりを綴《つづ》った本を何冊か出版している。年に何度か催される自給自足入門の講演には、申し込みが殺到。山小屋はある種の観光名所になっていた。

七十歳を越えてからは、夏は山小屋、冬の間は町と菜園に近い家で、愛犬と二人暮らしをしていたが、一週間ほど前、気温があがり、身体の調子もいいので車を運転して山小屋の様子を見に行き、初めて被害に気がついた。

いたずらと考えた三浦尚臣は通報せず、ブログに怒りの丈をぶちまけた。

『山小屋が気になった、中を見たくなった、となれば、不法侵入は許そう』

三浦尚臣はブログにそう書いた。

『だが割ったガラスは片づけない、収納をあちこち開けっぱなし、パントリーから食品を引きずり出し、床下収納をあけて杏酒の瓶を取り出すことまでやった。おかげで野生動物が小屋に入り込み、小麦粉などが荒らされた。彼らは糞を残し、ノミを残し、絨毯や壁紙にはカビが生えた。元の居心地のいい小屋に戻すには、何週間もかかるだろう』

千曲川市の市長は三浦尚臣のファンだった。ブログを読んでびっくりし、ただちに新署長に連絡をとった。署長は刑事課長を呼び出し、課長は捜査員二人、警官五人、鑑識二人のチームを山小屋へ送り込んだ。

その結果、現場近くからくだんの足跡痕が見つかり、前の二件と同一犯の仕業と判明した。しかし、もともと冬の間、閉鎖していた山小屋である。貴重品などあるわけがない。というよりも、

「そもそも貴重品など、持っていませんよ」

三浦尚臣はうんざりしたように首を振った。

「本や食料は大事ですけど、それすら荒らしただけで持ち去っていませんしね。単純に、他人の家に押し入って、不快な思いをさせるのが目的なんじゃないですか」

今回は事件が起きた日時すら特定できず、二月の山奥ということもあって、前の二件よりもさらに手がかりは少なかった。三浦の言うように愉快犯だとしても、痕跡からおそらくは単独犯。警察に目をつけられている若者グループとも、山奥まで行っていることを考えれば中高校生の仕業とも、思えない。

鋭意捜査中ということになってはいるが、ほぼ手詰まり。しかし、被害者のひとりはあ

の三浦尚臣だから、解決しないと警察が責められる。そこへ市長が広報車について言及した。責任を市役所と分け合う絶好のチャンスとばかり、署長はその話に乗った……。

　おかげで御子柴と水越景がワリを食ったわけだが、ま、それはいいとして。

　ただの不法侵入犯にしては、なんか不気味なんだよな、と御子柴はスピードを上げて千曲橋を渡りながら考えた。

　捜査には加わっていないものの、広報するには詳しく知りたいと、捜査記録は見せてもらった。現場は確かに荒らされているが、欲求不満解消に暴れたというほどではない。むしろ、なにかを探しているように思えるが、被害者三人に心当たりはないという。三人はそれぞれ顔見知りではあるが、一緒に行動した記憶はない。共通の知人もいるが、トラブルはない。

『こちらは、千曲川市役所と、千曲川警察署の、広報車です』

　車が稲荷山下の住宅街に入ると、再び助手席でスマホをいじっていた水越はさっとマイクを取り、アナウンスを始めた。愚痴はこぼしても、仕事にはマジメに取り組む。信州にはこういうタイプが多い気がする、と御子柴は思った。

『最近、この付近で、空き巣の被害が、増えています。住民の皆様は、戸締まりに注意し、不審者を……不審者っ』

　水越景はにわかにマイクを切って、御子柴さん車停めてっ、と叫んだ。

「あそこ。あの道を不審者がっ」

「……ええ？」

「あのでっかいケヤキの近く。なんかこそこそしてた。怪しい」

いや、寒いからじゃないの？

「なにやってんの、早く。逃げられるよっ」

半信半疑で停車すると、水越景は車を飛び出し、ケヤキの大木めがけて走り出した。一息遅れて御子柴も後を追い、庭に飛び込もうとする水越景にぎりぎりで追いついた。

ケヤキのある家は農家だろうか。住宅街の中でもめだって敷地が広い。門はあるが門扉はなく、ひろびろとした庭の中央にケヤキの巨木がそびえている。秋に落ちただろう葉はきれいに掃き集められ、ビニール袋に詰められて、左手にある倉庫のような建物の前に置かれていた。敷石やその付近には帚《ほうき》の目がたっている。中央の平屋の外観はかなり古いが、きちんと手を入れられて清々しい。

「無断で入ったら、マズいですよ」

「御子柴さん、あそこ。不審者があの窓から家の中にっ」

水越景が肩で息をしながら指差す先を見た。縁側の外側に立つ曇りガラスの窓が三十センチほど開いていて、中でなにかが動くのがちらりと見えた。ただの住人では、と言いかけて、御子柴は気がついた。

開いた窓の下にある沓脱《くつぬ》ぎ石《いし》に、履物が見当たらない。水越が見た人物は、この寒いのに窓開けっ放し、ことによると土足のまま、家に入ったことになる。

「水越さん、ここにいて」

御子柴は門内へ走り込み、開いている窓めがけて一直線に走った。一瞬ためらったが、窓に向かって声をかけた。

「失礼します、警察です」

どすんと音がして、次の瞬間、悲鳴とともに、御子柴の鼻先に火の手があがった。

2

「御子柴さんって、写真写りは悪くないよね。肺病を患った剣士みたい」

警務課の矢田部《やたべ》ハコ主任は、デスクの上に週刊誌を放り出し、そう言った。入庁は先だから先輩ではあるが、階級も年齢も下なのにこの態度。多少むっとしたが、この署に来て半年以上たち、慣れ親しんだことによる遠慮のなさであって、雑に扱われているわけではないと解釈することにする。

「なんですか、この雑誌」

「グラビアの七頁。あ、いいな。杏クッキー、一個ちょうだい」

返事も待たずに本日のおやつをくすねる矢田部を尻目に、御子柴は言われた箇所を開き、のけぞった。

頁いっぱいに引き延ばされた粒子の荒い写真には、煙を噴き出す平屋建ての家と、その窓から庭へ、ひとを担いだ制服警官……つまり、御子柴が逃げ出してくる一瞬がとらえられている。御子柴は右手で背負った人間を支え、左手でほっそりした女性……つまり水越景の二の腕をひっつかんで外へと押し出しているところだった。興奮して鼻の穴を膨らませた水越は、小さな女の子を抱きかかえていた。

「この雑誌、いつ出たんです？」

「本日発売。屋代の本屋のオヤジさんがわざわざ届けてくれたんだ。写真を撮影した投稿者が何冊も注文したんで、千曲川警察署のおまわりさんが載ってるのに気づいたんだって。よっ、有名人」

やめてよ。

「通りかかった広報車の警察官、八面六臂《はちめんろっぴ》の大活躍。いいね。親戚に配るならその屋代の本屋で買ってあげて。なんならとりつぐよ。何冊いる？」

だから、やめてよ。

「新しい署長はこういうメディア露出に弱いみたいだから、あとでうちの課長に言って、署長に見せとく。署長賞くらいは出すんじゃないかな」

矢田部は二個目の杏クッキーをくすねながら言った。

褒めてもらえて嬉しくないわけはない。だが、あのドタバタを思い出すと顔が赤くなる。

御子柴が飛び込んだとき、水越の言う〈不審者〉の服と部屋は燃え上がり、不審者はアチ、アチ、アチとわめきながら転げ回っていた。御子柴は大声で、水越さん火事だ、消防に連絡してくれ、と叫びながら手近にあった座布団をとって、不審者をたたきまくり、火を消した。ついで、仏壇やその周辺の畳をなめている火をたたいた。

消火しながらふと見ると、不審者はぶすぶすと煙をあげながら部屋の中央に茫然と立って、御子柴を見下ろしていた。スニーカーのまま、革の手袋、上下紺の作業着の下に分厚いパーカー。顔がはっきり見えた。締まりのない、初老の男の顔だった。

御子柴と目が合うと、男は後ずさりをした。大声で呼び止めたら、足を滑らせ、畳の上に尻餅をついた。捕まえようと身体をそちらに向けたとき、その尻餅が巻き起こした風に乗り、火がふわっと移動。見る間に障子に行き着き、茶色くなった障子紙がゆっくりと燃え始めた。

「ひ、ひえっ」

男は慌てたらしく、立ち上がって走り出し、方向違いの柱に激突してひっくり返った。死んだふりでもしているのかと思ったが、本当に気絶したらしい。御子柴は消火をあきらめ、男を引っ担いで窓へと向かった。

次の瞬間、水越景がバケツを持って飛び込んできて、御子柴は頭から水を浴びた。

「大丈夫です。これで、消火できましたよねっ」

「いや、あの、水越さん……」

垂れてきた水が鼻から入り、耳までツーンとして痛む。御子柴は一瞬、動けなくなった。

「逃げおくれはいませんか。他に、誰かいませんか。ああ、女の子がっ」

叫びながら屋内を走り回っていた水越景が、悲鳴をあげて燃え上がる障子のほうへ突進していった。呼び止めたくても声が出ない。深呼吸しようとして煙を吸い込み、さらにむせ返る。男が背中から滑り落ちそうになる。

もういい、いったん先に出よう、と入ってきた窓に戻りかけ、御子柴は目を疑った。水越景が小さな女の子を抱えて戻ってきたのだ。

「早く出ましょう、御子柴さん。このコ、息をしていません。早く助けないと」

走りだそうとして、自分の撒いた水に足を取られた水越を左手でつかみ、御子柴はなんとか外へ押し出した。

結局、火は駆けつけた消防団によって消し止められた。水越景は写真の直後、庭で盛大にすっころび、抱いていた女の子は宙を飛んで庭石に激突し、はずみで首が折れ、コロコロと庭に転がった。御子柴は絶叫しかけて思いとどまった。なんのことはない、女の子はよくできた像だったのだ。

逆上した水越が首を拾い上げ、泣きながらくっつけようとしているのを、これまた駆けつけた救急隊がなんとかなだめていると、不意に我に返ったらしい水越は、ストレッチャーの上で意識を取り戻した不審者に、

「このタイミングで放火なんかして、どういうつもり。まぎらわしいっ」

と周囲が止める間もなく蹴りを入れ、再度、気絶させた……。


そんなこんなで、御子柴は冷凍庫なみの署のデスクにつき、こっそり持ち込んだ湯たんぽと貼るカイロで暖をとりながら、報告書、始末書その他、必要書類の提出に追われていた。あの顛末《てんまつ》を、さしさわりのないお役所言葉に落とし込むのはなかなか難しく、苦戦しているところだ。

「それにしても、残念だったね。捕まえたのが例の空き巣だったら、北信方面本部長賞だって狙えたのに」

矢田部は勝手に御子柴のデスクの抽斗を開け、隠してあった〈あんずの玉手箱〉を出し、チョコがけの干し杏をつまみ食いした。

「あ、どうも減りが早いと思ったら」

「バレンタインにアタシがあげたもんでしょうが。ずく出しにと思ってさ」

ずく、とは信州の方言で、やる気、とかファイト、といった意味だ。

「それを食べられたらますます、ずくが出ない」

「いいからさっさと書類を片づけなさいよ。空き巣は捕まってないし、御子柴さんきっと、これからすごく忙しくなるんだから」

逮捕された男は糸田小三郎《いとだこさぶろう》といった。ケヤキ屋敷の持ち主である、糸田昭三《しょうぞう》の息子である。

昭三はずいぶん前に養護施設に入り、近所に住む妹のスミ子が毎日やってきて無人となった家を手入れしていた。小三郎にはギャンブルで作った借金があった。糸田の家屋は火災保険に入っていた。糸田家の仏壇には昭三・スミ子の両親の位牌があり、スミ子は毎朝掃除に来るたびに、仏壇に線香をあげていた。

小三郎はそこに目をつけた。午前中の作業を終えて、スミ子が立ち去るのと入れ違いに家に入り込み、仏壇のロウソクや線香をいじり、スミ子の火の不始末で火災が起きたように装うことにした。

ただし万一、放火が疑われたときのために、古いスニーカーをはいて出かけ、土足で家に上がった。ローカル交流サイトで連続空き巣事件について知っていたから、二十六センチのスニーカーさえはいていれば、その空き巣の仕業ということになるんじゃないか、と考えたのだ。

『仏壇に火のついた線香を立て、なにとぞ成功しますようにと手を合わせました』

小三郎の供述調書には、そうあった。

『この線香かロウソクを倒して、うまくなにかに火をつけねばと思ったとき、ライターオイルの缶が目に留まりました。蓋を開けて、中身を撒こうとしたときです。警察です、とすごく近くで呼びかけられました。私は驚いて足を滑らせ、尻餅をつき、同時にオイルをそこら中に撒き散らしてしまったようで、気がつくと服や部屋に火がついていました』

本当は、空き巣もおまえの仕業だろう、と千曲川警察署の担当捜査員は相当にしつこく追及したが、糸田小三郎は頑強に否認した。少なくとも二件目、〈津の村屋〉従業員寮の事件が起きたときには、朝八時オープンのパチンコ屋に開店から終日入り浸っていたというアリバイもあった。

小三郎は、今日の午後にも非現住建造物等放火容疑で送検される。一方で、空き巣事件は未解決のまま。だが、

「なんでオレが忙しくなるんです？」

「自分が推進した広報車の運用に成果があった、と市長がとんちんかんな自慢してるの」

矢田部は貴重なチョコをぱくぱく食べながら言った。

「だからたぶん空き巣が逮捕されるか市長が飽きるまで、毎日、広報車を出させられることになる。それに、今回の件でみんな、御子柴さんに仕事を振ってもいいんだって気づいたし」

はあ？

「いままでだって、仕事探してたのに」

「青い顔で背中丸めてふらふら歩いてるひとに、仕事なんか回せないよ」

矢田部は一笑に付した。

「殺されかけて、三度も手術して、半年も入院したんだからムリもないけど。ゾンビが肺病病みの剣士にまで回復したのは、つい最近なんだからね。まだまだ寒くて免疫力下がってるだろうし、仕事を回されても全部引き受けたりはしないように。あったかい広報車で、ミス千曲川市役所と一緒に、アナウンスの仕事をするくらいにしとくのね」

なんだそれ、と言い返すまもなく、矢田部主任は週刊誌をひったくって離れていった。御子柴はあっけにとられて、その後ろ姿を見送った。

誰も仕事をまわしてくれないから、この署に配属されたのは「やめさせ部屋」に送り込まれたようなもんじゃないか、とまで思っていた。それが実は気づかわれていた？　そんなに具合が悪そうに見えていたのか。

言われて考えれば、思い当たるふしがなくもない。長野市に住む母親は手料理をジップロックに詰めて、毎週持ってくる。父親は一日二回、連絡をよこす。正月には松本で小林元警部補と再会したのだが、以来、小林はリンゴだ、菜園でとれた無農薬野菜だ、「今年のクリスマスプレゼント」だ、とミキサーまで送ってくる。新鮮野菜でスムージーを作れ、と手紙にあった。

あの小林さんがスムージーにハマるなんて、世も末だな、とのんきに考えていたが、自分の健康を心配してくれていたのか。顔を合わせると、元気そうだな、元気そうだね、と言ってくれていたのは本意ではなく、励ましていただけのことで、本当は心配されるような見た目だったのか。

そうとも知らず、周囲が自分を受け入れてくれていない、と勝手にへこんでいたとは。

御子柴は頭を抱えた。

うわー。

3

「あの写真撮ったの、あの家のお向かいのおじいさんだって」

マイクのスイッチを切ると、水越景は言った。

今回は市役所所有の広報車だった。署長と市長の話し合いで、ミニパトと交互に使うことになったらしい。トップ同士でそんなみみっちいこと決めるなよ、と御子柴は思った。

火事の五日後、広報車活動は再開されていた。再開に時間がかかったのは、水越が煙を吸って気分が悪くなったと病欠していたからだ。だったら別の広報課員でいいじゃないかと思ったが、火事の際のヒーロー・ヒロインにやらせろという市長の指示があったのだとという。

バカバカしいと思ったが、写真が地元紙にも転載され、顔が売れてしまったらしい。住宅街を行くと、たびたび住民に激励されてしまい、水越景は通常のアナウンスに加えて、

『ありがとうございます、がんばりますっ』

叫びながら手を振り、御子柴は選挙カーを運転している気分に陥った。

アナウンスの合間に、水越景は「病欠の間に上田に遊びに行ってきた」と自分土産の〈みすゞ人参糖〉を食べながら、愚痴った。

「おじいさんときたら、こっちが大変な思いをしてるときに、スマホのシャッター押してたくせに鼻高々で、あの週刊誌、何十冊も買って知り合いに配ってるって。アイドルの不倫写真をぶちこむはずが、締め切り間際に別人の写真だとわかって、穴埋めに投稿されたあの写真を掲載したってだけなのにね。ただの田舎の小火《ぼや》が目立ちたがりのせいで大騒ぎ。いい迷惑よ」

「そういや水越さんってミス千曲川市役所なんだって?」

話をそらしたつもりだったのに、水越景はさらに仏頂面になった。

「何年か前に、観光協会で開催してるミス・アプリコットフラワー・コンテストの優勝者と準ミスを乗せた車が事故っちゃって。急遽《きゅうきょ》、振り袖が自分で着られるから経費節減に

なるって理由で、穴埋めにね。三日でやめたけど」

「は、三日？」

「肉は食べない主義だからってジビエ料理の試食を断ったら、好き嫌い言ってないで食えって叱られたんだ。ああ、ムカつく。あのひどい写真でそれ思い出すヤツがいたとは」

水越はため息をついてマイクを取り上げ、アナウンスをした。

しかしもちろん、こうして広報車を出しているからといって、空き巣が逮捕できるわけではない。毎日巡回していたら、やかましいと市役所に苦情があって、市長の広報車熱もいくぶん冷め、巡回は週二回程度にしますか、と落ち着いた。正直、御子柴はほっとした。

矢田部主任の予想通り、署のみんながいっぺんに仕事を振ってきていたのだ。

振り込め詐欺対策用の寸劇への特別出演、浄水器の押し売り被害にあった独居老人への事情聴取のお手伝い、交通安全教室の補佐、はては総務の依頼で全署員に配る寒さしのぎの甘酒まで作った。ネットで調べて炊飯器を駆使し、米麹《こめこうじ》から作った甘酒はなかなかの評判で、ぜひまた作ってくれ、とこれまでに口をきいたこともなかった署員にリクエストされた。

身体は少ししんどいが、なんの仕事もなく、一日デスクに座っているだけ、というよりは疲れない。なにより飯がうまい。よく眠れる。

「それはよかったっすねえ」

元の相方、竹花一樹は電話のむこうでそう言った。

「実は、御子柴さんは所轄に飛ばされて冷や飯食わされてる、なんて噂も耳にして、心配してたんです。もったいない、長野県警に長野を使える器量がないなら警視庁に呼び戻せ、なんていうひともいて。それ実現したらありがたい、とは思ってましたが」

そんなこと誰が言ったんだ、と笑って聞き返しかけて、ああ、と御子柴は思い当たった。御子柴を「長野」と呼ぶのは、捜査一課の〈もやし〉こと玉森だけだ。

「だけど困ったな」

竹花はうなった。

「お願いしたいことがあるんだけど、忙しいんすよね。猪原《いのはら》理事官って覚えてます？　御子柴さんがいた頃は、まだ管理官だったかな」

一緒に仕事をしたことはないが、当時は調整役という仕事柄、警視庁の幹部について一通り調べた。名は体を表すという通り、猪首《いくび》の持ち主で柔道の達人、みるからに叩き上げのデカ、という風情だったのを覚えている。

「御子柴さんの人命救助写真、こっちでも話題だったんすけど、ほっそりした女性が女の子の像を火事場から担ぎ出してましたよね。猪原理事官が、あの像は十七年前、成城の化粧品会社の社長宅から盗まれたのと同じものではないか、と言い出しまして」

御子柴はびっくりした。

「あれが盗まれた美術品？　そんな高価なものが、あの空き家にあったとは思えないけどなあ」

首、もげちゃったし。

「いえそれが、美術品としては高価ではないんすよ。問題の像はタイトルを〈光の子〉というまして、作ったのは小藤《こふじ》ユズヒという主婦です。子育てが終わったのでカルチャースクールで彫刻を学び、端材で猫のブローチなんか作って売っていたけど、あくまでも趣味の範疇だったそうで。たまたまカツラの大きな木材を入手して、一度は大物に挑戦してみるか、と子どもの像を彫ったんです」

身長は五十センチほど、幼い頃の娘をモデルに、ワンピースを着たおかっぱ頭の女の子が微笑んでこちらを見上げている、という姿を彫り上げ、

「彩色したらリアルに仕上がり、友人たちにも絶賛されたので、カルチャースクールの講師に見せたら、スクールの展示即売会にぜひ出してほしいと言われた。ただし、本人は売るつもりがなかったので、あくまで〈非売品〉すけどね」

竹花は言葉を切り、ええと、長くなるけど、大丈夫っすか、と言った。

「いまさらなに言ってんだ。続けろよ」

ホントは炊きたての飯に、信州味噌じたての〈鯉しぐれ〉のっけて、かっ込む寸前だったんだけどな、と思いながら、御子柴は座り直した。

「それじゃお言葉に甘えて」

竹花は咳払いをした。

「そのカルチャースクールのスポンサーのひとりが〈ダマスクローズ〉という化粧品会社の社長、仁科《にしな》いさ子でした。この仁科社長が即売会にやってきて〈光の子〉に一目惚れし、これいただくわ、と強引に持ち帰ってしまった。そういう性格だったみたいですね、だから成功したんでしょうけど」

「そりゃもめただろう」

「ユズヒは〈光の子〉を返せと言い、社長は代金として五十万円をカルチャースクールに送りつける。スクールはユズヒに、非売品と大きく記しておかなかったあなたにも責任がある、と金を渡して事態を収拾しようとしたが、ユズヒは受け取らず、窃盗の被害届を警察に出した。とまあ、大騒ぎのさなかに、今度は仁科社長宅から〈光の子〉が盗まれ、金を要求する電話がかかってきた。一千万円払ったら返してもらえるのね、などと社長が電話で話しているのを家政婦が立ち聞きしています」

御子柴は目をまわしかけた。

「それはまた、すごい話だね」

「社長は指示通り現金を用意し、やってきたバイク便の男に渡した。でもそれっきり連絡がないので、ようやく警察に通報した、と申し立てたわけっすね」

なるほど「美術品としては高価ではない」が、状況次第で高い価値があった、ということか。しかし、

「五十万の値をつけた彫刻を取り戻すのに一千万？　冗談だろ」

「そうなんですよねえ」

竹花はため息をついた。

「ただ、仁科社長は家庭的には恵まれない人で、夫に離婚され、三歳の娘もとられた。〈光の子〉はその娘に生き写しで、だからどうしても手元に置きたかったし、どんな大金を払ってでも取り戻したかった、と猪原理事官の前で泣いたんだそうっす」

一応、筋が通っていなくもない。

「だけど、像が置いてあったという場所に鑑識をかけても、きれいに掃除されていてなにも出ない。一千万の現金は自宅の金庫にあったと言いはり、出所については説明しない。バイク便が金をとりにきた時間帯は真夜中で、社長曰《いわ》く犯人からの指示で、防犯システムのスイッチを切ってあった、だから防犯カメラ映像もない。社長の電話の通話履歴を調べたら、何度か公衆電話からの着信がありましたけど、それだけじゃねえ。誰だって、窃盗も恐喝も狂言だと思いますよ」

犯罪被害を口実に、一千万を隠したのではないかと疑われた。それに、

「そうなってくると、小藤ユズヒの被害届はうやむやになってしまうものな」

「そのせいか、ユズヒも捜査には非協力的で〈光の子〉の写真も渡さなかった。しかたなく、スクールの職員が撮影した会場の全景写真から〈光の子〉だけ抜いたそうで、十七年前の技術ですからね。鮮明とは言いがたいっす」

猪原理事官は当時、成城北警察署刑事課の課長補佐だった。仁科社長に何度も事情聴取をしたが、捜査途中で本部に異動になった。以来、この事件は喉に刺さった小骨のような存在だったという。

「あれが仁科社長の狂言だったとはどうしても思えない、と猪原理事官は言いました」

竹花はふっと息を吐き出して、言った。

「誰が考えたって狂言だ、仁科社長が裏金作りをしたってことなんだろうけど、なんだかおかしい、なにかが違う、そう感じたそうっす。事実、騒ぎの一年半後、〈ダマスクローズ〉に国税局の強制捜査が入り、仁科社長の関係各所が徹底的に捜索されたのに、〈光の子〉は出てきませんでした」

「で、それっきりか」

「その後、社長が脳出血で倒れると〈ダマスクローズ〉は大手に吸収合併されて、もうありませんしね。小藤ユズヒも消息不明です。今、探しているところで……で、お願いなんすけど」

御子柴は内心でうなり声をあげた。猪原理事官のやり口がわかったのだ。

とっくに時効だから、正式な捜査依頼は出せない。でもたいへん気になる。そういえば、ここに写っているのは、あの御子柴ではないか。諸事情につき、特に頼みづらい相手だ。でもそういえば、親しくしていた元相方・竹花一樹がいるよな。ヤツを使おう。竹花に頼まれたら、御子柴もイヤとは言わんだろう。

「忙しいのに申し訳ないんすけど」

竹花一樹は心の底からすまなそうに言った。

「この写真に写っている女の子の像が、どういういきさつでこの家にあったのか、それだけ調べてもらえませんすか。理事官も個人的な興味だとはっきり言ってるし、多少の材料をもらえれば、あとはごまかしときますから」

言いませんよ。御子柴はこっそりため息をついた。竹花に頼まれたら、イヤだなんて。

4

「女の子の像？　市役所のおねえちゃんがバラバラにした？　あんなものとっといたってしょうがないじゃないか」

糸田昭三の妹スミ子は豪快に笑った。御子柴は青ざめた。一千万が！　いや、五十万が！――かな。

「あー、捨てちゃいましたか」

「うん。焦げた畳や建具なんかと一緒に、大工の徳《とく》さんに頼んで焼却場に運んでもらった。庭先にああいうのをほったらかしとくと、不用心だからね。おまわりさんは知らないかもしれないけど、最近、このあたりに空き巣が出るんだよ」

うん。知ってる。

「あんなの欲しがるひとがいるなんて思ってもなかったもんだから、気の毒したね。もうちょっと早く言ってくれればよかったのに」

御子柴は気を取り直した。考えてみれば、彫像の奪還を頼まれたわけではない。入手前後の事情を調べればいいのだ。

竹花から送られてきた〈光の子〉の画像を呼び出した。

「これって、あの像と同じものでしたか」

スミ子は老眼鏡をかけ、画像を見て、なんだいこりゃ、と言った。

「心霊写真かなんか？」

「いえ、ただのピンぼけ写真です」

カルチャースクールからも全体写真しか借りられなかったとはな、と御子柴は思った。おそらくスクールが小藤ユズヒに、非売品の札をつけなかったアンタが悪い、と言ったのは責任逃れのデタラメで、実際の〈光の子〉には〈非売品〉と大きな札がついていたのだろう。よく映っている写真を出せばその嘘がバレる。だから、〈光の子〉が小さく入っている写真しかよこさなかったのだ。

「似てる気はするけど、よくわかんないね。悪いけど」

ムリもない。御子柴も週刊誌の写真と〈光の子〉の画像、目が痛くなるほど見比べた。どちらもブルーのワンピース、足下は白い靴下に黒い靴、髪はおかっぱ、見上げるように首をあげている。だが、結局のところ、スミ子と同じ結論になった。似てる気はする。

「それじゃ、あの女の子の像をどこで手に入れたか、知りませんか」

「はあ、どこからだったっけねえ」

スミ子は額に人差し指をあて、こすりながらうなった。しばらくその姿勢で動かず、待つこと三分。しびれを切らした瞬間、スミ子がくわっと目を開き、御子柴は後ろに倒れそうになった。

「思い出した。兄嫁が誰かの形見分けでもらってきたんだわ。ちょっと待ってくださいよ」

よいしょ、と声を出して例の沓脱ぎ石にあがり、つっかけを脱いで家に入った。窓が全開になっていて、御子柴は縁側に腰を下ろした。

「寒くて悪いねえ、おまわりさん。いまはガスも電気も止まってるからお茶も出せなくて」

スミ子は小振りな段ボール箱を抱え、そう言いながら戻ってきた。

「死んだ兄嫁の明恵さんってひとは、新婚当時から家計簿をずっとつけて、日記代わりにしてたんだ。あんなマジメなひとから、なんだって小三郎みたいなロクデナシが生まれたんだか」

箱から取り出された家計簿は五十冊近くあった。いちばん新しいのが二〇一〇年。これが六月八日までで終わっている。

「この翌日に明恵《あきえ》さんが倒れて入院したんだけど、お盆に一時帰宅したんだわ。それで家のことだのお盆のごちそうだの忙しく働いて、また倒れて。結局、正月前に亡くなったんだわ」

スミ子は額に人差し指をあててこすりながら、うーん、とうなり、フリーズした。御子柴は二〇〇〇年の家計簿を手に取った。あれが〈光の子〉なら、この家に来たのは、事件が発生した二〇〇〇年九月から糸田明恵が倒れた二〇一〇年六月の間、ということになる。

家計簿のメモスペースに、晩ご飯の献立や到来もの、来客についてなど、几帳面な文字で細々と書き込んであった。読んでいると、朝早くから庭仕事や家仕事をし、裏の畑で自家用の野菜を育て、地域の集まりに顔を出し、親戚付き合いをし、季節ごとに得意料理を作る働き者の姿が、目に浮かんでくる。

「おしぼりうどん」

スミ子が目をくわっと見開いて、言った。地粉で打ったうどんを、ねずみ大根の絞り汁に味噌をとかしたつけ汁で食べる、このあたりの郷土食だ。

「そうだわ。明恵さんが頼まれて、山川《やまかわ》の岩治《がんじ》さんの三回忌におしぼりうどんを作りに行ったんだ。兄さんが軽トラで迎えに行って、帰ってきたら荷台にあの女の子が乗ってた。形見分けで押しつけられたって、夫婦で苦笑いしてたわ」

家計簿をめくって探した。スミ子の記憶は確かだった。二〇〇八年の家計簿に、岩治さんの形見分けで女の子の人形をもらった、という記載があった。おそらくあの像のことだろう。

岩治さんの娘の紀和《きわ》ちゃんに聞けば、詳しくわかるんじゃないかねえ、とスミ子は三たび額に人差し指をあてて、そう言った。

「あの人形って、こんなだったたっけかねえ。できるだけ見ないようにしてたから、あたし」

岩治の娘の「紀和ちゃん」は、御子柴がスミ子からことづかってきたねずみ大根を置き、スマホの画像をしげしげと見て首を傾げた。

「人形って苦手なんだわ。ひな人形も怖かったくらい。子どもの頃、ひな人形を飾ってある部屋の前を通らないとトイレに行けなかった、っていうのがトラウマになってんだわ」

紀和ちゃんは明るく笑い声をたてた。つりこまれてこちらまで、笑いそうになる。

「お父ちゃんがあの女の子の人形を買ってきたときには、思わず返してきてくれって言ったわよ。お父ちゃんはうちの娘、お父ちゃんの孫ね、似てたから引き取ってきたんだって、そう弁解してた。失礼しちゃうって、当の娘は言ってたわよ、あたしはもうちょっとかわいいって。若い女の子って、勘違いするもんだわ。お父ちゃんの孫で、あたしの娘が、そんなにかわいいわけないもの」

紀和ちゃんはけらけら笑った。

「一度なんか、あたしうっかり掃除機ぶつけて、あの人形倒しちゃって。頭と腕が一本とれちゃったんだわ。なんとか元通りにはめ直したけど、人形が恨めしそうにあたしのこと見てるような気がして、やでね。お父ちゃんの三回忌のときに、明恵さんがかわいいって言ったから、これ幸いとあげちゃった。だけど考えてみたら、お父ちゃんも明恵さんも、あの人形が手元に行ってから、わりに早く亡くなったんだわねえ」

紀和ちゃんは自分の言葉にぎょっとしたようだったが、御子柴の二の腕をぶって、笑い声をあげた。

「やっだー。夜中トイレに行けなくなっちゃうじゃないの、おまわりさん」

御子柴は殴られた腕をさすりながら、話を戻した。

「それで岩治さんは、いったいどこからあの女の子を買ってきたんでしょうか」

「市が主催したフリーマーケットよ。お父ちゃんが死ぬ半年前に買ってきたんだわ。掘り出し物とか、お宝とか、そういうの大好きだったからお父ちゃん」

紀和ちゃんは鼻をすすった。

「だけどものを見る目はなかったね。一度、新潟の骨董屋で、素人が見ても安っぽい皿を五万円で買わされてきた。いいカモよね。家族としちゃそのほうが気楽でいいけど。なまじ高価な骨董なんか遺されたら、兄弟でもめたかもしれないし、盗まれるのも心配だし。おまわりさんは知らないかもしれないけど、最近、このあたりに空き巣が出るらしいんだわ」

うん。知ってる。

千曲川警察署に戻ってミニパトを停め、昼食をとってから、市役所庁舎まで歩くことにした。数日前とはうってかわって気温があがり、外は暖かい。署内のほうがよっぽど冷えきっている。

署員が食堂から丼を持ち出し、日だまりのなかでかけ蕎麦をすすっていた。先日、甘酒を絶賛してくれた捜査課の若生《わこう》公太《こうた》という男だ。若生はいつも持ち歩いている自前の〈八《や》幡《わた》屋《や》礒《いそ》五郎《ごろう》七味唐がらし長野電鉄バージョン缶〉を蕎麦の上でふりつつ、昇進試験用の問題集を眺めていたが、御子柴に気づいて箸を振った。

「御子柴さんのとき、任意捜査についての類題、出ました？」

「県警本部の試験を担当していた人間が総取っ替えになったそうだから、過去問は忘れたほうがいいかもよ」

「そんな。この忙しいのにまんべんなく勉強してるヒマなんかあるわけない。御子柴さんは知らないかもしれないけど、最近、管内に空き巣が出るんですよ」

知ってるわ。

「若生の担当なのか」

「押しつけられたんす。あ、また来やがった」

若生は丼で顔を隠すようにした。御子柴は振り返った。ガラス戸のはるか向こう側に、見るからに口やかましそうな四十がらみの男がいて、受付でなにやら騒いでいる。

「何者だよ」

「鉈《なた》を振り回して隣人の飼い犬を追いかけたりする、ヤバいヤツ。たびたび暴力行為があって、精神科の通院歴もある。年明けに銃の所持許可を求めてきたんすけど、出すなと生安に伝えました。そしたらイノシシ駆除に銃が必要なのに、警察が嫌がらせをする、と市長に直接訴えたんっす」

害獣の被害対策は急務だし、猟友会も高齢化が進んでいる。そこへ珍しく、銃猟をやりたい人間が現れた。銃猟免許はとってるんだし、

「銃の所持許可を出してやれって市長の飼い犬、じゃなかった秘書が言いにきましたよ。アイツが隣人一家を撃ち殺したら市長が責任とるんかい、って脅したら、尻尾巻いて逃げちゃいましたけど」

効き目があったんだかなかったんだか。あの秘書、イケメンで女にはもてるけど、イマイチとろいんだよな、と若生公太は言った。

昇進試験の応援に甘酒をまた作ると約束をして、米麹を買った店に電話をしてみた。麹は後で署に届けてくれるという。

自分も食堂で蕎麦をすすり、市役所へ向かった。ちょうど市長が庁舎から出て、早足で公用車に乗り込むところだった。

長くてでかい丈夫な脚で有権者の間を徒歩でまわって票を集めた、と揶揄《やゆ》されるだけあって、大股で風のように進む。市長に従う若い男はその速度についていけず、市長は自分で後部座席に乗り込み、自分でドアを閉めた。男のほうは車のまわりを犬のように回り、なんとか運転席にたどり着いた。さらに多少のドタバタの後、セダンはぎこちなく発車した。とろいイケメン秘書ってのは、あれか。

見送って、受付に行った。対応してくれた市民課の女性職員に、あー広報車の、と指差され、なぜか笑われ、ついで水越さんならお休みですよ、とささやかれた。

「ゆうべ、転んで手をついて強打して、痛むんだって。たぶん飲みすぎでしょ。いろいろストレスが溜まってるみたいだから。市長は自分の結婚式で頭がいっぱいみたいだしねえ」

お役所仕事の典型で、二〇〇五年に市が主催したフリーマーケットの担当者にたどり着くまで、四十四分かかった。

「フリーマーケットのことなら、横山《よこやま》さんに聞いてください」

担当者の樋口《ひぐち》は現在、福祉課にいた。真新しい高級ブランドのベルトをでっぱった腹に巻き、真新しいイタリア製の靴をはいている。名刺を出すと受け取ったが、ろくに見ずに抽斗に投げ入れた。廊下に相談者の長い行列ができているのに、あくびをしながら爪を切っている。

御子柴は半開きの抽斗に視線を走らせた。こういうの職業病だよな、と思う。得られる情報は、とにかく得ておきたくなる、というのは。

「その横山さんというのは」

「解体業者の横山グリーン産業さん。会場の設営とか、場所割りとか、出展が少なかったときの穴埋めとか、そういう実務のしきりはあそこだから」

「連絡先、わかりますか」

樋口は顔をあげもしなかった。

「自分で調べてよ。うちも忙しいんだよ。アンタは知らないかもしれないけどね、市内に空き巣が出て、怯えた年寄りがああやって押しかけてきてるんだ。ケーサツが無能なおかげで、いい迷惑だ」

へーえ、空き巣なんて全然知りませんでしたー、と言い返したい気持ちを抑え、その場を後にした。署に戻り、ミニパトの中で〈横山グリーン産業〉を検索する。ついでに、市内の独居老人への浄水器の押し売り被害を捜査している担当者に電話して、市役所の樋口という男が、浄水器販売会社の営業部長の名刺をデスクに入れてて、最近、金回りが良さそうで、おまけに福祉課だから独居老人のリストも持ってるよー、と告げ口をした。

すっきりして、車を走らせた。気づくと、空の光が冬のものとは明らかに違っていた。三月も三週目、春はそこまで来ている。

去年の今頃はまだ入院生活を送っていた。リハビリに必死で、思い通りにならない身体に苛立ち、将来が不安で、痛みに苦しんでいた。いつ季節が移ったのか気づかなかった。

四月には杏の花が咲く。見頃にはそれは美しい眺めだそうだ。警察官は警備に追われて花を愛でるヒマもないだろうが、それでもいい。また春を味わえるだけで、じゅうぶんだ。

カーナビを見ながら進んでいくと、やがて、いかにも産廃業者の牙城《がじょう》らしい風景になってきた。広い敷地に鉄くずや木材や石材などが分類され、道の両側の敷地に積み上げられている。白ペンキで〈解体・廃棄物処理・横山グリーン産業〉と三段に重ねられたレンガ色のコンテナの腹に書いてあるのが、看板代わりだろう。

スピードを落としながら行くと、事務所とおぼしきプレハブと、その前で「こっち、おまわりさんこっち」と叫びながら、激しく手を振る野球帽の男が、見えてきた。

ミニパトを停めると、男は御子柴の車に走り寄ってきた。

「やられたよ、おまわりさん。空き巣だ」

5

「四件目ですね。間違いない」

ベテランの鑑識員は床を一瞥《いちべつ》しただけで、若生公太に言った。

「あのメーカーのスニーカーですよ。目測ですが、サイズは二十六センチ、かかとにWの傷がある。すぐ採取にかかりますけど、同一犯ですね」

プレハブの窓にはバッテンの形に鉄棒が打ち付けてあったが、犯人はガラスを割り、鉄棒の隙間から身を乗り入れて内側からドアの鍵を外し、中に入ったらしい。

オフィスにはパソコンと周辺機器、テレビ、ロッカーがあった。四つあるロッカーすべてのドアが開いたままだ。

「で、盗まれたものは？」

若生公太が御子柴に訊いた。御子柴は男を振り返った。前面に六文銭のついた野球帽をかぶっているのが〈横山グリーン産業〉の横山社長だ。猿に似た顔を左に傾げて、こちらをぼんやりと見ている。

「ここはいわゆる倉庫だし、オフィスには金目のものなどないはずだそうだ。ロッカーのうち三つは従業員が使っているんで、彼らの私物についてはわからないけどね。たぶん、なにも盗まれてないんじゃないか、と社長は言ってる」

「たぶんって、なんすか」

御子柴は周囲を手で示した。

「知らないけど、例えば全国的に金属が盗まれてるだろ。橋の銘板とか、マンホールの蓋とか、公園の水道の蛇口とか。そういうイミなら、ここは宝の山だ」

横山社長は再生する金属をアルミ、ステンレス、銅、鉄などに、ざっくりと分類してそれぞれを山にしてあった。例えばトラックで乗りつけ、高値のつく銅などを夜中にごっそり盗んで金属買い取り業者に持ち込む、というマネもできなくはない。

「一部を抜き取った程度だったら、なくなっていてもわからないそうだ」

若生公太がくすんと笑った。

「御子柴さん、知らないんすか。ここいらでそういう出所不明の金属を買い取るのが誰なのか」

「え？」

まさか。

「さすがに橋の銘板みたいに、一目でわかるようなものは買わないでしょうけど、夏頃だったかな。岐阜県内の変電所の敷地から電線が何百メートル分も盗まれた事件で逮捕された犯人が、横山社長に売ったと証言しました。社長は盗品とは知らなかったと頑強に主張して、罪にはなりませんでしたけど。ここの金属盗むようなヤツがいたらど素人だし、買い手は北東信あたりにはいませんね」

若生公太は手帖を目の上にかざし、遠くに二つ並んでいるコンテナを眺めた。

「あっちのコンテナの扉、開いてますね。なにが入ってるんだろう」

横山社長を呼んで訊くと、社長は、あれ、と言った。

「ホントだ。鍵はオフィスに置いてあったんだけど」

「今もあります？」

社長は確かめに行って、ない、とわめき、コンテナめがけて走り出した。御子柴と若生も後を追った。

扉の反対側に、鍵が差し込まれて外れた状態の南京錠がひっかかったままになっていた。

社長は扉を引き開け、のぞき込んだ御子柴はびっくりした。

コンテナには驚くほど多くの動物たちがいて、こちらを見ていた。ガラスの目が太陽を反射して光っている。ナフタリンや防虫剤、それに獣臭の入り交じった臭いが、コンテナから外にあふれ出てきた。

「剝製《はくせい》の山っすね」

若生公太がペンでこめかみをぼりぼり搔いた。社長は野球帽をとり、頭髪を丁寧《ていねい》に撫でつけてかぶり直した。

「持て余してる客多くてね。よく空き家に置き去りになってるんだよ。ああいう立派なのは」社長は虎を指差した。「普通の家には置ききれないから、ムリもないんだけど。だけど捨てるのもかわいそうだし、引き取り手がないのを回収して、こうやって保管してるんだ」

欲しがる客はめったに現れない。年に二回虫干しして、一回は燻蒸《くんじょう》してるから、金も手間もかかってしょうがない。おまけにガレージセールに出したりすると、動物愛護派から悪魔みたいに言われるんだ。オレが撃って剝製にしてると思い込んで、違うと言っても聞かないんだから、と横山社長は文句を並べた。

「オレが虎狩りをするように見えるか？　死んだ動物は愛護してもらえないのかねえ。廃棄処分にしたら、それこそこいつら、報われないだろうが」

若生公太が床を見て、御子柴に顎をしゃくってみせた。入口近くの床に見慣れたスニーカー痕がある。足跡は入って二メートルほどの、編み笠をかぶって徳利を下げたタヌキの剝製のあたりまで進み、そこで転んだらしく、あたりを踏み荒らして戻っている。

「社長、犯行時刻がいつかわかりますか」

若生公太が言った。社長は口をとがらせた。

「さっきもそっちのおまわりさんに言ったけど、ここに来たのは三日ぶりだから。明後日、うちの本社前でガレージセールするつもりで、売り物を探しに来たんだよ。あ、言っとくけど、息子は古物商の鑑札、持ってるから。生安に確認してもらえればわかるから」

「もうひとつのコンテナにはなにが？　あれも剝製ですか」

「あっちはもっと雑多なやつな。着物とか食器とか古いタンスとか人形とか」

しゃべりながら社長は移動し、同じように鍵が外れていたコンテナの入口を開けた。のぞき込んで、御子柴は思わず、うわっと叫んだ。

骨董というにはあまりに状態の悪い雑多な品々が埋め尽くす空間の中央に、人形が並んでいた。水越が救い出した女の子の像。と、姿はよく似ているが、彩色されていない。全身茶色のままの像が三十体以上並んだ眺めは兵馬俑《へいばよう》さながらだ。

「この人形は？」

社長はちらっと見て、それね、と言った。

「倒産した工場を片づけたときに、出たんだよ。樹脂加工専門の工場で、職人気質《かたぎ》のおやっさんの技術が信頼されてたけど、資金繰りは大変だったみたいだね。おやっさんが倒れたら、すぐに工場はつぶれた。さすがに債権者もこんなものは欲しがらなくてね」

こちらのコンテナ内に足跡痕はなかった。開けて、のぞいて、そのまま立ち去ったらしい。お許しが出たので、御子柴は中に入って人形を一体、抱き上げた。思ったよりもしっかりした作りだ。型に樹脂を流し込んで張り合わせたときのバリのようなものが出ている。

「ひょっとして、これと同じ形で彩色したものがありませんでしたか」

社長は目を瞬いた。

「ああ、あったあった。とれた頭をボンドで張り合わせた傷物だったけど、色がついてるとかわいかったんで、よくフリーマーケットとかに出してたんだ。何年も売れなかったけど、そのうち気にしないひとが持ってった。あの当時は、店頭に置いてある販促用のペコちゃんとかケロちゃんに高値がついてたんだよ。ひょっとしたらこの人形もと思って引き取ったんだけどね。売れたのはいまんとこあれだけだ」

紀和ちゃんの言うように、岩治さんにお宝発見の才能はなかったらしい。

「この茶色い子たちなんか場所ふさぎなのに、捨てられない。なんかオレ、人や動物の形をしてるものに弱いんだよなあ。〈ひよ子〉とか食べらんないの。かわいそうで」

「そもそも、どうして工場に人形が大量に残っていたのか、ご存知ですか」

「注文流れじゃない？」

横山社長は言った。

「そういうの、よく聞いたよ。どんぶり勘定で大量発注して、途中で発注元が倒産する。

おかげで下請けも連鎖倒産、ってやつね。連鎖倒産したくなければまけろって買いたたく注文主が現れたり、十年計画で返済予定の金をいますぐ全額返せと金融機関が言い出したり。おかげで、すごい技術持ってる町工場が次々つぶれて、おやっさんみたいな凄腕の職人も消えた。ひどい時代だったよ、九〇年代は」

は？　御子柴は思った。九〇年代？

「というわけで、こちらの女の子の像は〈光の子〉じゃなかったよ」

御子柴は竹花一樹にそう伝えながら、デスクについた。椅子の冷たさに飛び上がりかけたが、少し前よりマシだな、と思い直して座り直す。

「横山社長の記憶では、入手したのは山一証券が倒産した一九九七年より少し前だそうだ。〈光の子〉事件が十七年前なら西暦二〇〇〇年、完全に別物だ。それに、こっちの像は首が取れてた。ボンドで接着した社長曰《いわ》く、あれは樹脂製だったと。〈光の子〉は木彫りのはずだから、その点も違う」

返事があるかと思ったが、しばらく沈黙があった。おい、どうしたと言いかけたとき、竹花の大声が炸裂《さくれつ》した。

「申し訳ありませんっ」

御子柴はスマホを耳から離した。竹花の声が距離を置いて、流れ落ちてくる。

「忙しいところ、そこまで調べてもらったのに、実は小藤ユズヒと連絡がつきまして。結論から言いますと、〈光の子〉は彼女が持ってました」

はあ？

「どういうことだよ。説明してくれ」

十七年前、カルチャースクールの展示会から仁科社長が強引に〈光の子〉を持ち去ったのは事実だった。小藤ユズヒとそのことでもめたのも事実、だが、しばらくのち、仁科社長がこっそり訪ねてきて〈光の子〉を返してくれた。そして土下座をして頼んできた。この像は盗難にあったことにする、それを見逃してほしい、と。

「そんなこと言われたって、盗まれたとなればユズヒも疑われるし、素直に受け入れるわけもない。問いただしたら、しぶしぶ事情を説明したそうです。自分には幼い頃に別れた娘がいる。その娘が生んだ孫娘と引き換えに一千万円を要求されているのだと」

「え、営利誘拐？」

「一種の誘拐ではありますが、金を要求していたのは孫の父親で、親権はこの男が持ってました。仁科社長の娘は夫の浮気と育児ノイローゼが重なって、子どもに手をあげ、怪我をさせてしまった。それが理由で、離婚裁判でも子どもは父親側に渡された。その後、父親が渡米することになって、一千万で親権を譲ると言い出した。払わなければ子どもは一緒に連れて行く、二度と会えないかもしれないが、虐待するような母親とは会えないほうがいいかもな、と言ったそうっす。そこで娘は仁科社長に泣きついた」

幼い娘と引き離されたのは仁科社長も同じ。娘のために金を用立てることにした。だが、ホンモノの誘拐の身代金とは違う種類の金だ。取引が終わって孫が無事に母親のもとへ渡っても、事情を公にはできない。孫娘の親権を金で買ったことになるし、虐待も表沙汰になりかねない。おまけに〈ダマスクローズ〉の経営は悪化して、資金繰りに苦労しているところだった。一千万は犯罪被害金として税務処理したかった。

「考え抜いたすえ、仁科社長はこれを〈光の子〉の身代金にすることを思いついた。おそらく狂言だと思われるだろうし、裏金作りか脱税だと疑われるだろう。だが運が良ければ、恐喝の被害金と認められる。少なくとも孫娘の『誘拐』は隠せる」

小藤ユズヒも人の親だ。仁科社長に同情し、了解した。〈光の子〉は押入れに隠し、これまで通り、社長の悪口を吹聴した。一方で、捜査にはいっさい協力しないという形で仁科社長を陰で助けた、というわけだ。

「もう少し早く小藤ユズヒにたどり着いていれば、御子柴さんにムダな捜査をお願いしなくてもすんだんすけど」

竹花はひたすら低姿勢だった。

「猪原理事官からも、くれぐれもよろしくと言われました。なにかあれば、次はおまえが御子柴の頼みをきいてやれ、とも」

電話を切って、御子柴はしばらく放心した。大山鳴動して鼠《ねずみ》一匹。というようなことが、捜査ではよく起こるよな、そういえば。

一日がかりの聞き込みがムダだった、なんてことはざらだった、そういえば。

時計を見た。退庁時間をすぎていた。

帰ろ。

あたりを片づけ始めたとき、大声で、まいど、と呼びかけられた。米麹を注文した店の店員がでかい袋を担いで立っていた。

「お待たせしました。ご注文の米麹二十キロ、お届けにあがりました」

二十キロって。御子柴は苦笑した。

「注文は二キロだよ」

「あれ？　あ、ホントだ。すみません、間違えたようで」

店員は書類をめくって苦笑いした。二キロなら二千四百円になります、と袋から一キロ入りの袋を二つ出し、代金を受け取ると、

「ほら、警察からの注文でしょ。てっきりクマでも退治したのかと思って」

「クマ？」

「クマ肉は硬いから、麹に漬け込んで柔らかくするんですよ。前に旅館の、ほら、おまわりさんは知らないかもしれないけど、最近このあたりに出る空き巣に入られた」

「……〈津の村屋〉？」

「そう。あそこで前に西ちゃんが敷地に出たクマをしとめたとき、麴を大量に届けたんですよ」

立ち去る店員を見送り、御子柴は考え込んだ。あれ。ひょっとして。もしかして。

6

「空き巣の被害者たちは全員、狩猟と関係があったんです」

御子柴将は広報車を……今日は、市役所の広報車を運転しながら、言った。

「レストラン〈ボー・セジュール〉はジビエ料理を出す。〈津の村屋〉には敷地内に出たクマをしとめた従業員がいる。三浦尚臣は自給自足をしてる。調べてみたら、実際、彼らは三人とも、狩猟免許を持ってました。それで、ひょっとしたら空き巣の目的は猟銃なんじゃないかと考えたんです。現金を隠してありそうなところではなく、押し入れや衣装ケース、ロッカー、パントリーや床下収納庫などをあさっているのは、そのためじゃないかと」

ゆっくりとハンドルを切って、住宅地に入った。助手席の水越景は包帯を巻いた手でマイクを取り上げ、アナウンスをし、マイクを切って所定の場所に戻した。

「だけど、この考えはすぐに捨てました。狩猟免許を持っていても銃の所持許可を持っているとはかぎらない。狩猟免許は環境省の管轄、銃は警察の管轄だし、〈ボー・セジュール〉のオーナーみたいに銃猟ではなくわな猟しかしないハンターもいれば、三浦尚臣のように年齢を重ねて銃を手放すひともいる。それに、そもそも猟銃の管理は厳重に行なうのが基本だ。レストランの事務所とか、従業員寮とか、無人の山小屋なんかに置いておくわけがない。というのが警察官の常識で、だから担当の捜査員も、空き巣の狙いが猟銃かもしれない、とは考えなかった」

おまけに四件目の被害者・横山社長は、狩猟とも銃ともほぼ関係がない。〈ひよ子〉すら食べられないのだ。

だが、剝製を売っていたという理由で、社長はハンターと勘違いされていた。

「その勘違いで、空き巣の被害も説明できるかもしれない、そう思いついたんだ。犯人が、狩猟免許を持つ人間は、当然、猟銃も持っているはずだと思い込んでいたとしたら。しかも銃は部屋のどこかに置いてあるだろう、くらいにしか考えていなかったとしたら」

御子柴は犯人の条件を数え上げた。ハンティングに知識がないこと。〈横山グリーン産業〉のプレハブの窓に、はすかいに張った鉄棒の隙間から身体を押し込んで、扉を内側から開けていたから、ほっそりした人間ということ。おそらく剝製のタヌキの前ですっころんだこと。

「水越さんは、動物の肉を食べない主義なんだよね」

御子柴は黙ったままの水越景に言った。だから三日でミス千曲川市役所をやめた。ジビエを食べろと叱られたから。

「そのことを思い出したら、ほかにもいろいろおかしいな、と思えてきたんだ。実家に入っていった糸田小三郎を、遠目で見ただけで不審者と騒いだこと。このタイミングで放火なんかして、まぎらわしいっ、と蹴っ飛ばしたこと。糸田小三郎はローカル交流サイトを見て、空き巣のスニーカーのサイズが二十六センチだと知っていたけど、当然、その情報を知っているのは捜査関係者と犯人だけだし、捜査関係者が情報を流すとは考えにくい」

「あたしが犯人で、その情報流したって？　なんでそんなことするの」

水越景はぎこちなく笑った。

「二十六センチのスニーカー、つまり、犯人はおそらく男か大女であって、か弱い女ではない、と思わせるためだよ。きっと水越さんも困っただろうね。市長の発案で、空き巣被害の注意喚起の広報をする担当になった。警察官と並んで広報車に乗って、自分の犯罪をマイクでアナウンスするんだもんな。でも、考えようによっては、自分の犯行を隠すにはもってこいのポジションについたとも言える。例えば、道を歩いている人間を不審者だと騒ぎ立てる。から騒ぎが何度も続けば、市長も広報車をあきらめるかもしれない。ところが、タイミングよく放火犯が出てしまった。あの段階では、糸田小三郎はまさしくあの空き巣犯だと警察にも思われていたのに、きみは違うと知っていた、だからまぎらわしいっ、と腹立ち紛れに蹴っ飛ばしたわけだ」

水越景はマイクを取り上げた。アナウンスをして、マイクを切り、元の場所に戻した。

「で、あたしが空き巣だって証拠でもあるの？」

「犯人はたぶん、SNSやローカル交流サイトを使い、猟銃を持っていそうで、盗みに入れそうな相手を捜したと思うんだよね。水越さんのスマホを押収して、アクセス履歴を調べればいい。スニーカー情報を流したのが誰かもわかると思う。なにより、関係各所を捜索すれば、問題のスニーカーが出てくる」

「へーえ。じゃ、探してみれば。絶対、出てきやしないから」

「思うんだけど、あのスニーカー、市長の近くにあるんじゃないかな。なにかあったとき、市長も一枚嚙んでたように思わせるために」

水越景の顔から笑みが消えた。とげとげしく付け加えた。

「御子柴さん、知らないの。うちの市長は女だよ。最低サイアクのビッチだけどね」

「足も大きくて丈夫だよね。その足で有権者を訪ね回って当選した。もうすぐ結婚式をあげるんだ。イケメンでとろい秘書くんと。サイトで話題になってる市役所内の三角関係って、名前はでてなかったけどつまり、そういうことだよね」

水越景は唇を嚙みしめて、黙った。車が住宅街に入ると、反射的にマイクを取り上げたが、アナウンスせずに元に戻した。

「もういっか。どのみち銃を手に入れるのは無理っぽいし。あーあ、残念。ビッチと優柔不断な元彼の結婚式で、ハデに一発、決めてやりたかったのになあ」

「ベジタリアンにしては、思いつくことが物騒だよね」

「それっくらい、腹が立ってたの。本気で頭にきてたの。いまも怒ってる。なまじのことじゃ治まらないほど、自分でも止められないほど」

水越景は助手席側の窓を開けた。春の風が車内に吹き込んできた。甘い花の香りがする風だ。

その風にむかって水越景が呟く声が、御子柴の耳にかすかに届いた。

「ま、いいわ。いざとなれば、マイクで一発、決めることだってできるもの」

被害者を捜しにきた男

1

山が新緑に輝いて見える。

御子柴将は車から降りるなり、うっかり深呼吸しそうになった。

東京で暮らしていた頃でも季節は感じていたはずだが、やはり初夏の気持ちよさ、ありがたさは信州のほうが格段に上。風が青く、薫っているのが実感としてわかるのだ。

三月から四月にかけて、暖かくなったと思ったらいきなり冬がぶり返し、御子柴が暮らす信州の千曲川市にもたびたび雪が舞った。それほど雪深い土地ではないが、寒さは十分、骨身にこたえる。署長のせいで春先、暖房なしですごすはめになった長野県警千曲川署の署員は、ひとり、またひとりと、花粉や風邪ウイルス、インフルエンザに倒れていった。

本人も周囲も意外だったことに、そのなかで御子柴は寝込むどころかティシューを使うことすらなく、たりなくなった人材の穴を埋めるため、八面六臂の大活躍……というほどではないが、よく働き、前にも増して使い勝手のよさが認められるようになった。〈地域生活安全情報センターのセンター長〉という、どうとでもとれる肩書きも幸いし、市役所等への説明、市民への対応、捜査資料のデータ管理、メディア対応、ホームページの更新から振り込め詐欺撲滅運動の小芝居まで、いろんなところで重宝がられた。頼まれれば、全力でまかされたことに打ち込んだ。

ここに呼ばれたのも、猫の手でも借りたいから、というだけではない。と、思いたい。

「あ、センター長。お呼び立てして、すんませんねえ」

捜査課の若生公太が、鼻をすすってそう言った。

「人手が足りなくて。来ていただいて、ホントに感謝しますよ」

「白骨が出たって?」

御子柴は生命力みなぎる自然の眺めからムリヤリ目をそらし、若生の指差すほうを見た。絵に描いたような廃屋である。コンクリート瓦の一部はすでに地面に散らばり、建物は傾いて、屋内から枯れた蔓《つる》性植物や樹が生え出ている。もともと廃材やトタンを使って建てた安普請が、住む人も管理する人もいなくなって朽ちはてた、迷惑な超粗大ゴミ。〈滅亡1　2017〉なんて札を前にたてておけば、前衛芸術作品として売れるかもしれないが。

「発見したの、子どもだって?」

「近所の悪いのが三人ほど、入り込んで、遊んで家を蹴飛ばしたらしいんですよ。そしたら壁に足がめり込んで、抜けなくなった。大暴れして、やっとのことで抜け出して、できた穴からなかをのぞいたら、腐ったふとんの上に白骨が寝てる。ぎゃーっ、おまわりさーん、と叫んで駐在所に走り込んだのが、一時間前の話です」

「ふとんに寝てたなら、自然死かな」

「そこらへんは警察医の大屋《おおや》先生の診《み》たて待ちですが、とにかく危なくて、家の中に入れないんですよ。入った瞬間、崩れて生き埋めになりそう。どうしましょう」

　いや、オレに聞かれても。

「鑑識はなんて言ってんだ」

「まだなんにも」

　見ると、臨場中の鑑識はひとりだけ。鑑識研修を終えて半年の若手で、建物の穴にカメラを突っ込み、撮影している。

「みんな国道の玉突き事故のほうに出張っちゃいまして。こっちは事件性、少なそうですからねえ」

　気がつけば、黄色い規制線の前で、駐在さんが立ち番しながら二、三人の野次馬とおしゃべり。それに鑑識と若生、御子柴の三人。他に動くものと言えば、廃屋の脇の杏の実をつつくヒヨドリくらい、まことにのどかな光景である。

「で？　オレはなんで呼ばれたんだ」

「上の判断ですよ。センター長なら署の幹部だし、警視庁の捜査共助課に在籍していたプロの捜査員でもあるし。まかり間違って事件だったときに、下っ端しかいなかったじゃマズいっていう、政治的判断でしょうねえ」

それ、猫の手よりひどくないか。お飾りだが、責任はとらされるってことかよ。

がっくりしていると、遠雷のような音が聞こえた。それがだんだん近づいてくると、道の向こう側からスクーターが坂を上ってきた。車検というコトバなど聞いたこともありません、という年季の入りようで、白衣を着てヘルメットのひもを顎にかけたじいさんがまたがっている。

止まる気配もなくスクーターは規制線に突っ込んできた。駐在が慌てて黄色いテープを持ち上げると、スクーターは爆音を轟《とどろ》かせつつその場を通り過ぎ、若生公太の鼻先で急ブレーキを踏んだ。後輪が地面をえぐり、エンジンが二、三度煙を吐き出し、じいさんが後方にふっとばされかけたのをなんとか受け止め……スクーターが停止して、排気ガスにむせ返る声がやむまで、たっぷり五分はかかった。

「大屋先生、おいでいただいてそうそうなんだけど、このスクーターはマズいですよ。どう見たって道交法違反……」

若生公太が言うと、大屋医師は鼻を鳴らし、

「なんなら押収するか？　ん？　そしたらこんなへんぴな場所まで呼び出されても、来ず

にすむんだがねえ。……アンタは？」

　大屋医師は骸骨《がいこつ》に皮を張ったような顔を御子柴に向けた。初対面の挨拶をすると、苦虫をかみつぶしたような顔で、

「ああ、アンタが東京で殺されかけたとかいう、ドジな警官か。刺されて突き落とされたって？　定期検診、ちゃんと受けてるのか。どこで。警察指定の長野市の病院？　水臭い。うちで受けりゃいいじゃないか、近所なんだし。田舎の医者だってバカにしたもんじゃないよ。診療報酬は全国どこでも一緒だよ。一升瓶の一本もぶら下げてくれれば、お望みの診断書出してやれるてんだよ」

　しゃべりまくりながら手袋をつけ、鑑識を押しのけ、ドクターバッグを脇において、穴をのぞき込んだ。首をひねり、バッグの中から双眼鏡を取り出す。

　しばらくそのまま動かずに、じっと眺めていたが、やがてため息をついて、ゆっくりと立ち上がった。

「名前は田中ヤスアキ。十五歳で行方不明になった。根性のあるヤツだったから、どっかで元気に暮らしてると思ってたんだがね。こんなとこで腐ってたか。かわいそうに」

　警察官三人は顔を見合わせ、若生公太がおそるおそる、言った。

「え、ちょっと、大屋先生？　なに言っちゃってんの。骨だよ、骨。いくらなんでも名前まで。あの、失礼だけど、ひょっとして、ついに」

「ボケとらん」

大屋医師は唇をへの字に結び、手袋を白衣のポケットに入れた。

「どうせおまえらに説明したって時間のムダだから手っ取り早く言うと、大きさからいって小さな子どもではないが、頭蓋骨の結合部から十六歳以下の骨だとわかる。それと普通なら前歯が二本、並んで生えているはずが、ど真ん中に一本だけ生えている。正中歯っていうんだがな、歯が通常より多く生えちまった過剰歯だ。それで歯列矯正を始めたばかりだろう、針金らしきものが見える。これらの歯の特徴、十六歳までに行方不明になっていること、頭蓋骨の形状からおそらく男子。この界隈で以上の特徴にあてはまるのは、ヤスアキだけだ」

「ずいぶん、よくご存知みたいですね。その、ヤスアキくんのこと」

「オレが取り上げたんだからな。バアちゃんに溺愛《できあい》されてわがままに育った乱暴者で、迷惑がられていたが、本気で叱るとしょげちまうような可愛げもあった。あの顔は忘れない。骨だけ見たってな、元の顔が浮かぶってことも、この仕事してるとたまにあるんだ」

震える手でバッグに双眼鏡を仕舞《しま》っている大屋医師に、御子柴は尋ねた。

「先生、そのヤスアキくんが行方不明になったのって、いつの話です？」

「さてと。先々月、バアちゃんの法事に呼ばれたとき、ヤスアキも生きてりゃ四十すぎだって親が言ってたから……二十五年ほど前だな」

「彼に持病は？」

「なかった」

「したとえば、インフルエンザなどの病気に感染」

「したとしても、こんなとこで寝るか。この家は、たぶん、ヤスアキが行方不明になるよりずっと以前から空き家だった。学校から田中の家のルートを考えたって反対方向だしな」

「ということは」

「もちろん病気か事故で死んだが、なにかの都合で通報せず、誰かがここに遺体を隠したという可能性もある。いまほどひどい廃屋になる前には、いちゃつきにくる男女がいたかもしれないしな。だが、少なくとも現時点では、死亡診断書は書かない。というより書けないね」

死体遺棄、あるいは保護責任者遺棄致死。十五歳の若さでは、病死よりもむしろ殺人の可能性が高い。

ともかくこれは、事件だ。

若生公太が首筋をぼりぼり掻いて、御子柴を見た。

「で、どうします、センター長。ともかく白骨を運び出さないとならないけど、下手にさわって家が崩れたら、下敷きになった骨も粉々になりますよ」

「それは困る」

大屋医師が御子柴に詰め寄った。

「親にもヤスアキにも合わせる顔がない。丁寧に取り出してくれ」

「それに、遺体の上に空き家が崩れ落ちる映像が、全国に流れてもマズいだろうし」

若生の視線を追った。いつのまにか規制線の向こうに、顔見知りの放送局の支局員がいて、ビデオをまわしていた。

御子柴はあらためて、廃屋を見た。風が吹いた。どこからともなく杏の花びらが舞い降りて、廃屋全体がみしっと鳴り、穴の開いた壁から木片が地面に落ちた。

おいおい。どうするか、オレが決めるの？

2

満員のエレベーターを降りたとたん、甘い香りに包まれた。

昔を知る大先輩に言わせれば、警察もずいぶん変わった、こざっぱりしてしまった、オレの時代、警察関連の施設には汗と体臭、ストレスや雑菌の入り交じった臭いが充満していたものだ……そうだ。

確かに時代は移り、半年風呂に入っていないのを自慢するようなバンカラ男子はほぼ絶滅、空気清浄機や消臭スプレーがでしゃばる世の中になった。ましてここ、警視庁はでかいお役所、官庁にすぎず、事務方のデスクワーカーが大半を占めている。

とはいえ、やはり警察には独特の臭気がある。クサいが落ち着く、竹花一樹にとってなじみの臭いだ。

それがこれはいったい、と鼻をぴくつかせたとたん、

「よう、竹花。一つ食うか」

捜査一課の玉森剛が現れて、手にした紙袋を突き出した。

「昨日、成城学園前に行ったんで、ついでに買ってきた〈平太郎《へいたろう》〉の鯛焼きをオーブントースターであっため直した。一日経ってもなかなかいける。ここの、皮がうまいんだよなあ」

ああ、甘い香りはいい小麦粉がほどよく焼けたときの香りだったか。ありがとうっす、と手を出しかけて、気がついた。捜査一課の〈もやし〉こと玉森剛は、異常なまでの甘党だ。一晩の張り込みで、蒸しパンを二十三個食べたという伝説がある。

そんな男が鯛焼きの、それも〈平太郎〉の鯛焼きのお裾分け？

アヤしい。

思わず手を引っ込めると、玉森は舌打ちをした。

「なんだよ長い付き合いじゃないか。たまにはオレだって同僚に鯛焼きくらいふるまう

ぞ」

「交換条件なしに？」

「バカやろう、この世はすべてギブ・アンド・テイクだ。ただで鯛焼きもらったんじゃ、竹花だって寝覚めが悪いだろ」

やっぱり、と竹花は思った。捜査一課の主任から、まもなく係長に昇進するという噂の玉森は、見た目とは裏腹に仕事の鬼だ。立ってるものならカカシでも茶柱でも使う主義で、竹花もこれまでにも何度かこき使われてきた。

「玉森さん、頼みがあるならちゃんと課長を通してくださいよ」

早いとこ共助課室に逃げこもうと足を速めた竹花に、玉森は鯛焼きを食べながら追いすがってきた。

「バカ、オレはいつだっておまえんとこの課長に許可とってんだろ」

「よく言いますよ。『竹花がぜひ手伝わせてくださいと言ってます』って毎度、課長にウソついて」

「おまえなら必ずそう言ってくれると信頼してるんだよ。なあ、そんな面倒な話じゃない。ちょこっとだ。ちょこっとだけ、静岡県警を手伝ってくれればいいんだ」

結局、玉森は共助課室に押し入り、デスクまでついてきた。竹花はリュックを置き、やむなく応戦した。

「静岡がらみなら、荻川《おぎかわ》に言ったらどうすか」

荻川収《おさむ》は細身のスーツ、日焼けした顔に輝くホワイトニングした歯、磨き上げられた靴、眉も爪もプロに手入れさせている捜査課には珍しい伊達男《だておとこ》だが、仕事はできる。静岡県警総務課会計係から捜査二課に引き抜かれたのち、警視庁捜査共助課に出向してきた。数字絡みの事件に引っ張りだこで、

「ヤツには今、うちの事件で金の流れを追う手伝いをしてもらってる。静岡にも関係してるから、そっち方面の人脈も持ってるヤツに離れられたら困るんだ」

玉森の係が現在、捜査しているのは、数日前から着手している美容整形医殺し。特定の病院を持たず、セレブを相手に荒稼ぎしていたフリーの医者の他殺体が東京湾に浮いていた、というハデな事件はメディアの注目を集め、担当する玉森の鼻息は荒い。

「へえ、あの事件、静岡に関係があるんすか」

「浜名湖の近くに舘山寺《かんざんじ》温泉ってあるだろ。被害者が頻繁に出向いていたという話があってな。浜松の餃子《ギョウザ》屋でも何度か目撃を……って、おい。なに捜査情報を聞き出そうとしてんだ。油断ならないヤツだな」

アンタの事件にそれほど興味があるわけじゃないって。

「で、荻川は手一杯なんすね」

「ところが古巣の元上司から、なんだかちょっとした件の手伝いをするように頼まれたら

しいんだな」

玉森にとって自分の抱える事件以外、まして他県警の案件はすべて「ちょっとした件」だ。

「ずいぶん世話になった元上司らしく、ヤツもむげに断れないらしい。でも話を聞いて、オレは思わず叫んだね。そういうことなら、捜査共助課のエース、竹花一樹の出番じゃないかって」

なんすかそれ。

と思ったのが顔に出たらしく、玉森は口調を変えた。

「御子柴のヤツ、完全復帰したみたいだな。けさ、ニュースに出てた」

「ニュースに？」

御子柴の名前につい反応すると、玉森はニヤッとして、

「千曲川署管内で古い白骨が見つかった事件の捜査映像に、一瞬な。あのマヌケ面が、手作業で廃屋を解体してたぞ。顔色も良さそうだったし、この際、御子柴に戻ってきてもらえよ。あの使えない長野2ともめたせいで、おまえ、ヒマなんだろ」

確かにここしばらく内勤指示が続き、大きな仕事には嚙ませてもらっていない。

御子柴のあとに長野県警から出向してきた細澤恭二と衝突してしまい、細澤が古巣の県警に泣きついたのが去年の十一月の終わり頃。それ以来、細澤は捜査共助課に出てくるこ

ともなく、顔を見てもいない。警察庁で見かけた、という噂を聞いたことはあったが、ついお隣であってもあちらの話はまず、入ってこない。

御子柴の大怪我の原因が竹花の「いじめ」ではないか、といった根も葉もない話を持ち出され、頭に血が上った竹花としては顔を見ないですんでありがたいくらいだが、あれから五ヶ月。細澤はどこでどうしていることやら。長野県警に引き取られたという話も聞いておらず、長野県警から次の出向者が来るでもない。長野絡みの事件にはベテランで信州生まれの中村圭吾《なかむらけいご》が割り振られて大過なく勤めている。

細澤との一件をはっきり叱られたわけでもなく、内勤続きなのが細澤の件のせいかどうかも定かではない。というわけで、波風は立っていないわけだが、時々こんな風に周囲からつっつつかれることもあって、どうにも落ち着かない。

「な？　荻川も、竹花さんだったら任せられますと言ってるし、なんとかしてやってくれ。このとおりだ」

玉森はふんぞり返り、重そうな頭をゆらゆらさせ、低音をフロア中に響き渡らせた。とてもひとにものを頼む態度ではない。

だが、と竹花は考えた。「ちょっとした件」を引き受けて、玉森や荻川に恩を売るのも悪くはない。

とはいえ、あっさり承知するのも業腹《ごうはら》だ。竹花はわざと大きなため息をついて言った。

「鯛焼き、ふたつなら考えますが」

荻川の元上司は、沼津港署捜査課所属の二宮徳範《にのみやとくのり》といった。名刺を見て一言ツッコミたくなったが、五十は超えているだろうに分厚い胸板、一九〇センチ近い長身、耳はカリフラワー。荻川ではなく警視庁の人間と組まされることになったのが不満なのか、目つきがものすごい。〈薪《たきぎ》を背負って読書〉系の軽口は控えることにした。

時間がない、これから新宿へ向かうというので、移動中に話を聞くことにする。

本日午前四時すぎ、沼津港に車が突っ込んだ。静岡ナンバーの白の軽自動車で、目撃者によると、埠頭《ふとう》を疾走し、そのままブレーキもかけずに一直線に海に落ちていったという。たまたま近くで釣りをしていたライフガードと、駆けつけたレスキュー隊が港に飛び込み、車に乗っていた老夫婦を救出し、病院に運んだ。

「老夫婦の奥さんが認知症で、介護に疲れたダンナによる心中未遂らしいが、問題はその件ではない。車が港に突っ込む少し前、男をはねとばしていたんだ」

「その老夫婦によるひき逃げですか」

「それは間違いない。海に飛び込む矢先のことだし、まともな精神状態じゃなかったんだろう。かなり荒っぽい運転だったようだからな。男が道の脇の植え込みの陰に転がっていたのを、事故の検証帰りの交通鑑識が見つけた。頭部を打って意識不明、救急車の中とE

Rで、二度も心肺停止の状態になった。持っていた免許証によれば、東京都渋谷区本町のアパート、本町マチルダ荘二〇二号室在住の佐藤了《さとうりょう》、四十一歳」

二宮が差し出した画像をのぞき込んだ。免許証写真だろう、伸びかけた金髪に剃り切れていない髭《ひげ》、たるんだ頰、垂れた目。若さを擦り切らした男がこちらを向いている。

「現住所に固定電話なし、緊急連絡先は不明」

二宮は警察支給の端末を取り出して電源を入れると、

「とまあ、これだけなら、東京さんに佐藤了について照会し、身内に連絡して終わりだ。ところが、やつのリュックを調べたら、こんなもんがでてきた」

次の画像を見て、竹花は驚いた。真っ赤な液体がたっぷり染みたチェックのシャツ。シャツの中央には刃渡り十五センチくらいだろうか、安っぽいフルーツナイフが映っている。

「なんすかこれ。殺人事件の凶器？」

「そう見えるか」

竹花は首を傾げた。電車内でなければもう少し拡大してみるところだが、第一印象は、

「なんだか、刑事ドラマの小道具みたいっすね」

二宮はうっすらと笑い、画像をしまいこんだ。

「だな。ところが、簡易検査でこの赤い液体がヒトの血液だと判明した」

竹花は目をむいた。

「じゃあ、これホンモノ？」

「医者に見せたところ、血液は凝固し切っていなかった。付着している血液量はせいぜい二百ｃｃ程度で、死ぬような量じゃない。だが、シャツについていたのは飛沫血痕だ」

垂れたり、こすりつけられたのではなく、返り血の痕ということだ。

「仮に動脈が傷ついて血が噴き出したなら、出血はもっと多量だった可能性があると医者は言っている」

「えーと、まさか、どこかに血まみれの現場があると？」

二宮は落ち着きなく指をすりあわせた。

「近隣の警察本部に問い合わせたが、この三日間、警察に認知された刃傷沙汰は神奈川県内で発生した一件だけ。七十五歳になる浮気相手の浮気に腹を立てた七十二歳の人妻が、包丁片手に浮気相手の浮気相手六十八歳を追いかけ回して刺した。高齢化ニッポンの面目躍如ってとこだね」

それはそれですごい事件だが、佐藤了のシャツ&ナイフとはまったく関係がない。ということは、

「血液の持ち主はまだ見つかっていない。急いで見つけないと、その人物の命に関わるかもしれない、ということすか」

おいおい。「ちょっとした件」か、これ。

「佐藤了に前科はどうです、前にも暴力沙汰を起こしていたとか」

「中学生の頃、一度補導されているが、以後、警察のデータベースにヒットはない。ちなみに補導理由は学校に爆弾をしかけたというイタズラ電話だった。財布には現金数千円、クレジットカードは止められ、衣類や持ち物に金目のものはなし。たいした悪党というわけじゃなさそうだ」

戸籍をあたったが両親ともにすでに死亡、兄弟姉妹はなく、結婚の事実も見当たらない。しかたがないので、

「暗証番号を誕生年の逆打ちで試したら開いたので、スマホを調べた。この三ヶ月以内にコンタクトしていた相手が百八十八人、通話までしていた相手が十三人だった」

この十三人に的をしぼり、かたっぱしから連絡したが、そのうち三人と接触できていない、と二宮は早口に言った。

「この三人が契約している通信会社、それぞれ別の格安スマホ会社なんだが、契約者情報の管理責任者と朝早いと連絡がつかないとかで、なかなか情報が入らないんだ。だが手をこまねいてもいられないので、取り急ぎ、佐藤了のアパートを捜索し、被害者を見つけ出したい。よろしく頼む」

竹花は腕時計を見た。午前八時半すぎ。

うーん。

二宮の話を額面通りに受け取ると、この件には人命がかかっている。静岡県警が総力を挙げて対処すべき事案だ。つまり、朝早くて情報が入らない、などと寝言を言っている場合ではない。それぞれの通信会社に捜査員を押しかけさせ、無理矢理にでも三人の個人情報を引き出し、その居所にまた警察官を押しかけさせて、安否確認をしていなくてはならない。

それをやっていないということは。

「画像のせいかもしれないけど、ある程度は時間が経っているはずなのに、ずいぶん赤いですよね、この血痕」

竹花はおそるおそる切り出した。

「ことによると、静岡県警さんではこの件、さほど重大視してないんじゃないっすか。警視庁に来たのも、二宮さんおひとりだ。元部下の荻川がいるからなんとかしてもらおう、そんなふうに考えて来たのでは」

がたん、と音がして地下鉄が揺れた。二宮が揺れに乗じる形で間合いを詰めて来た。仕事柄、でかい男には慣れているが、見下ろされて感じる威圧感は半端ない。

思わず身構えると、二宮は竹花の耳元でこそっと言った。

「まあ、そういうことだ。よくわかったな、竹花」

「平気な顔で言わないでくださいよ。いったいどこらへんからが二宮さんの独断なんですか」

呼び捨てかい、と思いながら竹花は自分も小声になった。二宮はなだめるように手をあげて、

「ウチがなにもしていないわけではない。ちゃんと捜査中だ。ただ、手順を踏んでいるんだ」

「早い話、緊急性は認められてないいんすね」

「ホンモノの人間の血を使ったイタズラ、というのが上の判断だ。爆弾予告のイタズラ電話をかけたようなやつだ、誰かを脅して楽しむつもりだったに違いない。ナイフに佐藤了本人の指紋だけしかなかったことからも、その可能性が高い、と」

「でも、二宮さんはそうは思っていない」

二宮は竹花から半歩離れ、上を向いて首を回した。車内にバキバキ、という音が響き、近くにいた若い女性が後ずさりをした。

「確証のある話じゃないんだよ。実際にただのイタズラかもしれない。だが気になってさ。佐藤了が倒れていたのは、早朝で、人も車も少ない道だ。あんなところになんの用があったんだ？　スマホと住民票で判明した範囲では、佐藤了に沼津との接点はない。一度くらい遊びに来たかもしれないが、ひき逃げ場所は観光客が立ち寄るようなところじゃないんだ」

「そこで誰かと落ち合う約束だったんじゃないですか。その誰かのほうにはなじみの場所だったとか」

「だったらすでに、その誰かから佐藤了に連絡が入っているはずだろう。やつが心中暴走車にはねとばされたのは、偶然なんだから。なのに今まで、そういった連絡はない。なんだか、おかしい。どこか変なんだよ」

二宮は口をへの字に結んだ。

「とにかくオレは、近々に通話したことがあり、連絡のとれない三人だけでいいから、急いでこの目で生存を確かめたい。それだけだ」

反論はいくらでもあった。待ち合わせの相手は、約束はしていたもののホントは佐藤了に会いたかったわけではなく、会えなかったのをこれ幸いと家に帰って二度寝しているとか。だが、竹花が思いつく程度の反論は、すでに静岡県警内で浴び尽くしているだろう二宮に、これ以上なにか言っても始まらない。

「えーと、警視庁に来ていること、二宮さんの上司は了解されてるんすよね」

「心配するな。オレはこれまで上司の了解なしに動いたことはない。今回もちゃんと、東京に行ってくるからな、と膝詰め談判してきた」

このヒトに詰め寄られて首を横に振れる人間がいるとは思えないが、

「そういうことなら、おつきあいしますよ」

竹花はつぶやき、二宮にイヤというほど肩をたたかれた。

3

渋谷区本町は、住所こそ渋谷だが新宿駅エリアに入る。大都会のお膝元なのに商店街も住宅街も古めかしく、中華料理店、床屋、医療機器販売店の三軒長屋の二階が、マチルダ荘と名づけられたアパートになっていた。

大家はその中華料理店〈上々軒〉の主《あるじ》だった。名乗ってバッジを見せ、実は佐藤了さんが事故にあわれて、と言うと、間髪入れずに合鍵が出てきた。

「うち、前に覚せい剤の密売人に部屋貸しちゃったことがあってさ。それ以降、賃貸契約に、本人の許可がなくても事情によっては鍵開けて室内に入ります、って条項入れてんの。それで、相場に比べて三千円くらい賃料安くしてるわけ。佐藤くんとは長い付き合いだし、いいから勝手に入っちゃって」

化学調味料を缶に詰め替えながら、店主兼大家は言った。

脂と埃で真っ黒になった換気扇のすぐ脇の外階段を上がり、二階の真ん中が佐藤了の部屋だった。本当は立ち会いが必要だよなあ、と思いつつ、二宮のあとについて入った。玄関入ってすぐ左側がキッチン、風呂なし、六畳間。キッチンは驚くほどきれいで、床はつやつや。かすかに消毒薬か漂白剤の臭いがする。

床に這いつくばり、鼻を鳴らして調べ始めた二宮をまたぎ、竹花は奥の六畳間へ入った。カーテンを開け、窓を開ける。新宿の高層ビル群が雑居ビルの隙間から、ごく間近に眺められた。

ラードとニンニク臭い煙がのぼってくる風呂なしアパートでも、この景色なら悪くないかも、と思いながら部屋を見回すと、ベッドはホテルなみにびしっとメイクされていた。家具は抽斗《ひきだし》とカラーボックス、デスクとチェアだけ。下着やTシャツは同じ大きさにたたまれ、押し入れの上段を利用したクローゼットには、ハンガーにかけられた服がきちんと並べられている。カメラ道具やパソコンまわりのコード類なども大きさをそろえたボックスにきちんとおさめられ、雑誌の収納特集のようだ。

ことによると、佐藤了は写真の印象によらずきれい好きで、漂白剤の臭いもごく普通の掃除用洗剤のそれなのかも。

そう思いながら、カラーボックスに納められた本や雑誌を取り出して見ていると、写真が一枚落ちて来た。眼鏡をかけ、本を抱えた女性の写真だ。

写真の中央、顔から身体にかけての部分に、ナイフで刺したかのような切り込みがあった。

「ああ、これならメグちゃんだよ。小牧恵《こまきめぐみ》。よく佐藤くんの部屋に出入りしてた」

写真を一目見るなり〈上々軒〉のオヤジは言った。竹花と二宮は顔を見合わせた。例の三人のうち、ひとりは〈メグ〉で登録されていた。この小牧恵の可能性が高い。

店主兼大家によれば、小牧恵が佐藤了の部屋に出入りするようになったのは、半年前ほどから。佐藤につれられて〈上々軒〉にも何度かやってきて、いつもタンメンを頼んだ。

「ちゃんとした感じのコだろ。佐藤くんはたいていもっとハデな女とつきあってるけど、ああ見えて意外にきちんとしてるからね。ひょっとしたら、うまくいくかなと思ったんだけど」

「破局しましたか」

二宮が〈上々軒〉のオヤジを見下ろして訊いた。オヤジはぽかんとして、

「ハキョク……ああ、破局かあ。そういうコトバって芸能人とかに使うんじゃないの？佐藤くんが破局って」

けたけたと笑い始めたオヤジに、二宮がぐいと顔を近づけた。オヤジは笑いを飲み込んで、

「うん。別れたみたいだね」

「別れるとき、もめたんじゃないすか」

竹花がにやっと笑って言うと、オヤジも苦笑して、

「一昨日の夜、十時過ぎかなあ。メグちゃんの金切り声と、茶わんかなにかが割れる音が

響き渡ってたよ。女って、おとなしそうに見えてもいざとなるとすさまじいや。だけど、急に騒ぎがぴたっとおさまっちゃってさあ。いったん冷めると、今度はもう、見向きもしないってのが女だからね」

「オヤジさん、女に詳しい。ずいぶんとご苦労があったんじゃないっすか」

冷やかしながら、竹花はちらと二宮を見た。二宮がうなずいた。

痴話喧嘩のあげく、佐藤了が小牧恵を刺した。それであたりは静かになった。夜が更けてから佐藤了はどこかに死体を処理し、現場となったキッチンをぴかぴかに磨き上げた。凶器と着ていたシャツを丸めてリュックに押し込んだ。そして翌日の夜から翌々日の未明にかけて、どういう理由かは不明だが、凶器を持って沼津港近くへ向かった。普段の生活範囲から遠く離れた海に遺棄するつもりだったのかもしれない。

平仄《ひょうそく》はあう。二宮が、いや静岡県警が探していた被害者は、小牧恵だ。

「いや、ご苦労って言われちゃうと。まあねえ、多少はねえ」

オヤジは嬉しそうだが、それどころではない。竹花は遮って訊いた。

「騒ぎのあと、メグさんはすぐに帰ったんすかね」

「さあ、そこまでは。うちの外階段、換気扇からの脂でベットベトだから、よく滑るんだ。転げ落ちないように、みんなゆっくり静かに降りていくんだよね。でも、あれだ。何時に帰ったか知りたかったら、本人に訊けばいいじゃない。ちょうど来たし」

「……はい？」

あっけにとられる警察官ふたりを尻目に、〈上々軒〉のオヤジは道を歩いてきた女性に、

「メグちゃーん」と大きく手を振った。


「え、この切り込みですか」

小牧恵は写真を見て、首を振った。

「カッターで切っちゃったんです。前に、この部屋で雑誌の記事を切り抜いていて、下にこの写真があるのに気づかなくて、思いきり。こんな写真、もう捨てたと思ってました」

別れてほんの数日だ。だが、小牧恵は冷静に「佐藤了が事故で重傷」というニュースを聞いた。この二日、スマホの電源を切り、家でふて寝して、気持ちの整理をつけたのだという。

「だから、合鍵返しに来たんですよ」

小牧恵は部屋を見回しながら、言った。竹花は訊いた。

「この部屋、ずいぶんきれいにされてますよね。いつもこんななんすか」

「了、ちょっと神経質なところがあって。一昨日の夜、ケンカして肉じゃがの小鉢、床に落としちゃったんです。帰るとき、了はこっちなんか見もせずに床を消毒してました」

一瞬、目が潤んだように見えたが、小牧恵はぐっと唇をひき結んで前を向いた。

「佐藤さんの病院には行かないんすか。なんだったら場所を……」

「もう赤の他人だし。わたしが行っても気まずいだけだと思いますよ。彼も怪我で入院には慣れてるし。ひとりでなんとかするでしょ」

「入院に慣れてる？」

恵はそっけなくうなずいた。考えてみれば〈上々軒〉のオヤジも、そこそこ親しそうな店子《たなこ》の「事故で入院」の詳細を尋ねてこなかった。

「あの、そもそもなんですが、佐藤了さんのお仕事は？」

「西新宿にある〈東都総合リサーチ〉って、調査会社の調査員。といってもフリー契約で、だから仕事をまわしてもらえないときは、何でも屋ですよ。頼まれれば、浮気調査から金銭トラブルの解決から、SNSでの友だち代行、新規出店のサクラでしょ。ゴシップ追いかけて撮った写真を雑誌に売ったり、場合によってはヤラセも」

言いすぎたと思ったのか、小牧恵は唇をかんだ。二宮がひと膝乗り出した。

「ヤラセっていうのは、どういうことかな」

恵はしばらく黙り込んでいたが、わたしから聞いたって言わないでくださいね、と前置きすると、言い出した。

「要するにハニトラです。知り合いの女の子と組んで、相手を誘惑させるんです」

「それで写真を撮って、買い取らせる？」

恵の視線が泳いだ。なるほど、その手の仕事なら「怪我して入院」にも慣れそうだ。

「いつもそんなことしてるわけじゃないです。〈東都総合リサーチ〉にバレたら契約打ち切られてしまうし。あそこ、そういうことにはうるさいんで。急にお金が必要だったときに二、三度……もう絶対しないって言ってたのに」

「それが破局の原因だな」

二宮が顎をさすりながら言った。小牧恵はぽかんとして、

「ハキョク……あ、破局。わたしたちの。やだ、芸能人じゃないんだから」

こらえきれずにふき出した恵に、二宮がぐいと顔を近づけた。恵は笑いを飲み込んで、

「まあ、そうです。了には同郷の元カノがいて、そのカナって女に頼まれるとイヤとは言えないみたい。これまでの、そのハニトラは全部、カナ絡みなんです。だから、もう彼女とは連絡しないでって言ったのに。なのに」

「佐藤さんはなんでそのカナさんに、そこまで？」

「知りませんよ。腐れ縁だって言ってましたけど」

小牧恵は膨れっ面になった。話を変えることにした。

「一昨日の夜、恵さんは、佐藤了さんが誰かを相手になにかしかけたのを知ったんすね。その内容については聞いてます？」

「ただ、大金がどうとか、カナがどうとか、電話でそういう会話をしているのが聞こえち

ゃっただけ。どういうことなのか訊いても、教えてくれなかったし」

「それってヤバそうな件だったすか。暴力沙汰になりそうかな、とか」

小牧恵は眼鏡の奥の、賢そうな瞳を瞬かせた。

「あの、刑事さんたちがわざわざ来てるってことは、了の事故ってホントは事故じゃないんですか」

「うん、それは事故。そうじゃなくて、佐藤了さんは、例えばそのカナさんのためなら、力ずくでも金を引き出そうとするかな」

「それはないです」

小牧恵は断言した。

「了は暴力嫌いだから。ホントに虫も殺せないの。だから入院するほどの怪我を本人がしちゃうんですよ。やり返せないから」

「じゃあ、これに見覚えは？」

シャツ&ナイフの画像を見て、小牧恵の血の気が引いた。ナイフはわからないがシャツには見覚えがある、佐藤了のものだと認めたが、

「了が持ってたにしても、彼がやったんじゃないと思います」

小牧恵は身を乗り出して、弁護した。

「すぐ暴力を振るうのはカナですよ。以前、了が青タン作って帰ってきたことがあって、

カナにやられたって言ってました。きっと、彼女がなにかやって、了は後始末を押しつけられただけなんです」

被害者候補三人のうち、ふたりめは〈カナ〉と登録されていた。話題のカナと同一人物に違いない。

小牧恵によれば、カナの本名は水島加奈子《みずしまかなこ》。佐藤了とは中学の同級生で、錦糸町のガールズバー〈リオン〉で働いているという。

照会すると、傷害で逮捕歴のある同名の女が浮上した。飲み屋で隣席になったサラリーマンを店から引きずり出し、道ばたで殴っていたところを、巡回中の警察官に逮捕されたという。サラリーマンは前歯二本をへし折られたが、被害届を取り下げた。水島加奈子が布面積の極端に小さいドレスで被害者が勤める会社に現れ、「スカートに手を突っ込まれて、ついカッとなりました。許してくれるまで、誠意をもって毎日うかがいます」と大声で詫びた、数日後のことだ。

水島加奈子も佐藤了も、本籍地は長野県上田市。加奈子の逮捕当時の住所は江東区海辺二丁目のマンションだった。ここなら、錦糸町にも近い。

初台の駅まで戻り、都営新宿線で住吉まで行って、水島加奈子のマンションに向かった。外壁は白く、ドアも青く塗り直されたばかりのマンションの名は〈セカンド・シーサイド・パレス〉。手入れしたぶん、よけいに年輪を重ねた感が出てしまっている。

パレスというにはあまりにしょぼい玄関ロビーに足を踏み入れたとたん、けたたましい声に包まれた。毛玉だらけのトレーナーを着た男が、管理人らしき年寄りに詰め寄っていたのだ。

「早くしろよ。こうしてる間にも上の階から水が漏れてきてるんだって」

「ですからお待ちください。いま、水島さんの連絡先にこうして電話してるんですから」

管理人は受話器片手に、のんびりと言った。

「だから直接、上の階のバカ女のとこに行けよ。水浸しなんだって。早くしないと、管理人がなにもしないせいで被害が広がったって、保険会社に言いつけるぞ」

「管理会社に決められた手順があるんですよ。まず、問題の部屋の契約者、この場合は六〇九号室の水島加奈子さんの緊急連絡先に、電話を入れて……」

「ケータイ貸すから、上に行きがてらかけろよ」

「管理会社に登録された電話からかけて、通話記録を残す規則でしてね。さもないと、あとで問題になったときに」

いい加減にしろ、と毛玉男が管理人につかみかかろうとした瞬間、二宮が割って入った。バッジを出し、水島加奈子さんと連絡をとりたいんですが、と管理人に言った。管理人の返事をまったく無視し、襟髪を引っ摑んでエレベーターに乗せる。

六階でエレベーターの扉が開き、竹花は目を疑った。階下の男がヒステリーを起こすはずだ。六階の外廊下は水浸しでじゃぶじゃぶ。外廊下の縁から水が滝のように滴り落ちている。

管理人が、長靴をとってきます、と帰りかける襟髪をつかんで六〇九室の前まで行くと、二宮は顔を引き締めて竹花を見た。

「鍵、開いてるな」

入居者の部屋に入るには決められた規則が、と言う管理人を無視し、竹花はノブに手をかけた。水島さん、警察です、と大声で呼びながらドアを引き開ける。水が音を立ててあふれ出てきた。

水島加奈子の部屋の惨状は、予想の斜め上をいっていた。風呂場のほうから響き渡る水音。ドアを開けるまで水に浮いていたか沈んでいただろうヒール、つぶしたビールの空き缶多数、ブラジャーとバナナの皮、髪の毛の塊、スマホなどが、廊下に散乱している。

廊下の向こうのドアが開いていて、ソファが見えた。ソファの上に誰かが倒れている。

竹花は靴を脱ぎ、靴下も脱いで廊下を急いだ。倒れていたのは女だった。長い茶色い髪、短パンにトレーナー、血の気の失せた蒼白な顔。腐敗とアンモニアの悪臭が部屋に充満していた。女は微動だにしなかった。

「二宮さんっ」

竹花は大声で呼んだ。管理人の襟髪をつかんだままやってきた二宮は、管理人を女に近づけて、尋ねた。

「これは誰だ」

「この家の住人の、み、水島加奈子さんです。し、死んでるんですか」

そうです、と答えようとした瞬間、女がむっくり起き上がり、床に向かって盛大に嘔吐した。

4

「そんなこと言われても、排水溝なんて掃除しないし。つか、できないし。詰まったのはアタシのせいじゃない。排水溝は共用部分にあるんだから、きれいにしとくのはアンタたちの仕事。水漏れは全部、管理会社の責任だよ。おかげでスマホが水没して、メーワクしてんだ」

水島加奈子は煙草に火をつけ、腕をぼりぼり掻いていた。管理人が顔を引きつらせて、あれこれ言うのを聞き流し、はいはい、と部屋から追い出して、警察官ふたりに向かって言った。

「風呂の水出しっぱにして酔いつぶれたくらいで、あんなにぎゃあぎゃあ言わなくたって。

こういうときのために保険に入ってんじゃん。ねえ?」

　排泄物と腐敗の臭い、さらには下水の臭いがまだ漂っているせいか、紫煙がむしろ心地よい。酔いつぶれるにしても限度はあるだろ、と竹花は思った。ひとが急死を迎えた現場にお定まりのこの臭いのせいで、水島加奈子を死体と勘違いしてしまったのだ。

　この部屋では座る気になれず、突っ立ったままのふたりを見上げ、カナは新しい煙草に火をつけ、酒焼けした声で言った。

「それで? 了が事故ったって?」

　整った顔立ちだが、頬はたるみ、目尻にしわ、こめかみにしみ。佐藤了と同い年というからには四十歳か四十一歳だろうが、ガールズバーのガールとはとうてい思えない。村の老婆をノーメイクで演じられそうだ。

「了を怪我させたヤツ、保険には入ってるんだよね。どのくらい出んの? どこの保険会社?」

　返事も待たずにしゃべりながらひっきりなしに煙草を吸っているところをみると、口で言うより佐藤了の事故に動揺しているのだろうか。二宮が咳払いをした。

「きみは佐藤さんとは同郷の友人だね。最近の彼の動向について、なにか知っていることがあるか」

「ドーコー……え、動向? やだ、それ株とかに使う言葉じゃん。了の動向って」

けたけた笑い出したカナに、二宮が無言で顔を近づけた。カナは笑いを飲み込み、

「最近はあんまり連絡とってないよ。了の今カノがアタシのこと毛嫌いしてんだって。了とは中学生の頃からのつきあいだし、たまに電話くらいはするけど、ドーコーを知ってるほどじゃないよ」

「この数日間で八回、通話しているようだが」

「へえ、そうだった？　アタシ酔っぱらってること多くてさあ」

二宮がぐいと顔を近づけた。カナの目が泳いだ。

「そんな、刑事さんたちが面白がるような話してないよ。個人的なやりとりだけ。スマホが水没してなきゃ、いろいろ見せられるんだけど」

「噂では、佐藤さんは美人局《つつもたせ》をしていたようだが」

カナの動きが一瞬、止まった。口を開いたときには早口になっていて、

「まさか、そのパートナーがアタシだとでも？　やめてよ。了ならもっと若くてしたたかな女、いくらでも調達できるよ。なんだろうね、了っていい男ってわけでも、安心できるタイプでもないんだけど、しゃべりに説得力があるんだよ。それに、ちょいとずる賢い」

「どういうふうに」

「フツーは美人局ったら、男が出てって金払えと脅すもんだろ。だけど、了のやり口は違う。ターゲットがハニーと別れたあとで近づいて、話しかけるんだ。〈東都総合リサーチ〉

の名前が入った名刺渡して、彼女について調査中だ、なにかあったら連絡してください、と持ちかける。その一方で、ハニーに持って回ったような電話をかけさせるわけ」

「どんな」

「聞いた話だけど」

前置きしたうえで、カナはガラガラ声を張り上げて、

「ねえ、こないだの夜はとってもステキだったわあ。アタシ、内緒であなたと一緒の写真撮っちゃったぁ。これ、インスタにアップするねー。え、顔？　やぁだ、大丈夫。とってもよく撮れてるしぃ。奥さんや娘さんだって、これ見たら絶対、パパってやっぱりかっこいいって言ってくれるよぉ……みたいな」

警察官ふたりのげんなりした顔を交互に見て、カナは舌打ちすると、

「これでターゲットは了に連絡するでしょ。そこで、女と話をつけてやると言って、成功報酬をもらうわけ」

「完全なマッチポンプだな」

「なにそれ」

水島加奈子はつまらなそうに肘の裏側をかいた。二宮は窓の近くに行って、大きく呼吸をすると、

「しかし、それだと女だけが恨まれる。矢面に立たされた女と佐藤了の間で、トラブルに

なることもあるだろう」

「そうなんだよね。ハニーがターゲットに見つかって、尾行されたらしいよ。それでその女、了に、引越代よこせってさ」

「それ、いつの話だ」

「えーと。ほんの数日前、かな。……ねえ、これいったい、なんなの？」

水島加奈子は煙草を灰皿にねじ込んだ。酒浸りの脳みそが、ようやく目覚めてきたらしい。

「アンタらホントはなに調べてんの？　つか、これ、ホンモノの捜査かなあ。考えてみたら、いくら水漏れしてたって、ケーサツが個人の住居に無断で入ってきていいわけ？」

二宮がシャツ&ナイフの画像を、水島加奈子の目の前に突き出した。加奈子の動きが止まった。

「佐藤了が持っていたものだ。心当たりは？」

加奈子は口を両手でおおい、首を振った。

「シャツに見覚えは？　佐藤了のものか」

加奈子はうなずいた。

「ナイフはどうだ」

「し、知らないよ。なんだよこれ」

「それを調べてるんすよ。ホントに心当たり、ないすかねえ」

竹花はわざとのんびり割って入った。

「水島さん、傷害の逮捕歴あるっしょ。それに、佐藤さんはずいぶんあなたと仲がよかった。これ、あなたのナイフで、佐藤さんはあなたのためにこれを処分しようとしてた、という意見もあるんだよね」

「冗談じゃない」

水島加奈子は新しい煙草に火をつけて、煙を吐き出しながら首を振った。

「確かにアタシは喧嘩っ早い。酔っぱらうとすぐ、手が出ちまう。でもナイフを振り回したことはないね。了が持ってたのなら、ナイフは了のものだよ。アイツが誰かを刺したんだろ」

「誰を」

「それを調べるのはアンタらの仕事じゃん。一般市民に甘えんのもたいがいにしろっての」

水島加奈子は涙を浮かべて咳き込んでいたが、落ち着くとガラガラ声で付け加えた。

「でも、まあ、アタシだったら、さっき話した身バレのハニーが無事かどうか調べるかな。引越代を請求されたくらいで了がキレるとも思えないけど、もしかすると、もしかするかもしんないからね」

水島加奈子によれば、「身元がバレたハニー」は内野葵《うちのあおい》。被害者候補三人めの登録名は〈アオイ〉。同じ人物だろう。

同じガールズバーで働いているというから、ハニー役に抜擢《ばってき》したのは当の加奈子というセンもある。これに小牧恵の話をたすと、美人局の黒幕は水島加奈子とも考えられ、すると彼女の話は信用できないわけだが、とりあえず二宮と話し合って、アオイの安否確認を優先させることにした。

錦糸町へ徒歩で向かいながら、ガールズバー〈リオン〉のホームページを探し、のぞいてみた。女の子たちはバニースタイルでカウンターに入って接客、仲良くなれば一対一、個室でステキなカクテルタイムをお楽しみください。

所属しているガールズの写真が並び、それぞれにローマ字で呼び名が記されていた。Ｋａｎａとある写真を見て、竹花はのけぞった。修正写真には慣れたつもりだったが、これはひどい。目がでかくなり星が入り、顔は一回り小さくなり、しみしわ毛穴がすべて飛んでいる。店内の照明を幽霊屋敷なみの省エネモードにしないかぎり、アレとコレが同一人物とは言いはれまい。

正午少し前に錦糸町駅周辺にさしかかった。〈リオン〉はパチンコ店のあるビルの四階にあって、ランチタイムサービスなるものを実施中だった。ヒマそうな老人が、カナよりさらに薹《とう》が立った「女の子」の胸元に千円札をねじ込みつつ、毒々しい色のカクテルをご機嫌ですすっている。

いらっしゃいませ〜、と景気よく迎えた店長は二宮に見おろされ、言われるまま素直にアオイに連絡をとった。だが、

「出ませんね〜。アオイはそこらへん、ちゃんとしてるんだけど〜」

「店長さんは昨日、アオイさんと会いました？」

店長は首をかしげて、

「昨日は彼女、モーニングとランチのシフトで、お昼の二時にあがったかな〜。元はナイトシフトだったんだけど、なんだか面倒なヤツに家を突き止められて、引っ越したいけど金はないし、夜は怖くて出歩きたくないって〜。朝なんか眠そうで、仕事になってなかったけど〜」

苦笑いする店長に、内野葵について尋ねたが、ろくな答えは返ってこなかった。あ、あのコの名字、内野っていうんだ。初めて知った〜。バイト代は現金払い、住所も知らない。連絡先さえ知ってれば、それで用はすむし〜。いまどき履歴書って。みんなホントのことなんか書かないし〜。

「おい、経費の精算はどうしてるんだ。バイト代の領収書は？　もらってないわけないよな。税務署に確認させてもらおうか」

二宮が店長に顔を近づけた。店長の目が泳ぎ、呼吸が浅くなったところで、さらに顔を近づける。タイミング完璧だな、と竹花が感心して眺めていると、カウンターにいた「女の子」が手を挙げた。

「あの、アオイなら、リカちゃんと仲いいんですよ。リカが親とトラブったときに、よく泊めてるみたいですよ。リカに訊けばわかるんじゃないかなあ」

二宮が店長を見おろし、リカちゃんに連絡がついた。アオイの部屋は新小岩駅近くのアパート、合鍵も持っている、アオイとは昨日から連絡がつかず、自分も心配していた、ということで、新小岩の改札口で待ち合わせることになった。〈リオン〉のホームページにあるＲｉｃａの写真をにらんで待っていると、現れたのは安物のジーンズとトレーナー、すっぴんに眼鏡、もっさりした感じの若い女の子で、

「店ではリカですが、本名は須藤基子《すどうもとこ》といいます」

警察バッジを見せると、代わりに有名女子大の学生証を見せてきた。親が大学の学費を出してくれず、ガールズバーで働いているのだ、という。

「アオイって、娘がいるんです」

歩きながら、須藤基子は言った。

「来年、中学受験で私立の女子校に行かせたいけどお金がかかる。だからアオイ、最近、少しムチャしてるんです」

「ムチャって？」

「詳しくは知りませんけど、アヤしい儲け話に乗ったりとか。でも、アオイがゼイタクしたいからってわけじゃないし、振り込め詐欺みたいなひどい真似をするわけでもないし。いいひとなんですよ。娘思いで」

初対面の警察官に、いきなりの弁解。いろいろ知っているらしい。

「妻子ある男性を誘惑して、一緒の写真をネットに流すと言って、お金を出させてるんすよね。それも十分、詐欺っすよ」

「え、違うでしょ」

須藤基子はきょとんとなった。

「詐欺っていうのは、善良な市民からお金をだまし取る犯罪でしょ。家庭があるのに浮気するって、すでに善良な市民じゃないし。それに相手がアオイみたいな美人ですよ。おっさんがタダでつきあってもらえるわけがないことくらい、相手も当然わかっているはずです。わかっていて誘惑に乗ったんだから、詐欺じゃありません。商品を買って代金を払う。自然な話です」

その、騙されるほうが悪いって言い分のおかげで、さっぱり詐欺がなくならないんだけどな、と思いつつ、竹花は訊いた。

「それ、アオイさんが言ったんすか」

「いえ、了さんが」

「佐藤了?」

「はい。……あ、あの白い壁のアパートです。一階の、こっちの部屋ですけど」

須藤基子は指差して、ためらうように足を止めた。

「あの、刑事さんたち、いきなりアオイを逮捕とかしませんよね。店長は無事かどうか確認するだけだって言ってたけど」

「うん、いきなり逮捕はない。てか、ムリ。アオイちゃんが包丁を手に暴れ出したりしたら、こっちの刑事さんが投げ飛ばすけどねー」

竹花は調子良く答えた。ずっと無言だった二宮が須藤基子を見おろし、彼女はひきつったような笑みを浮かべた。

「やだ、アオイは優しいんですよ。自分も母親と仲が悪くてよくトラブってるから、アタシが親とケンカして家出すると、部屋に来なって誘ってくれるんです。立ち回りとか、絶対にありえませんよ」

次の瞬間、「一階の、こっちの部屋」の窓が勢いよく開いた。バッグが投げ落とされ、若い女が窓枠をまたいで道に飛び降りてきた。あぜんとして眺めていると、女ははだしのまま、バッグを拾ってものすごい勢いでこちらに走ってきた。須藤基子が叫んだ。

「アオイ」

アパートの奥から、待て、とか、逃げられた、という叫び声が聞こえ、スーツ姿の男がふたり飛び出てきた。振り返ってそれに気づくと、内野葵はこちらに走りより、須藤基子の背後に隠れて大声で叫んだ。

「助けて。殺される」

二宮が一歩前に出た。両手を組み合わせ、音を立ててほぐす。いったんたじろいだものの、男のひとりがなにか言いながら、二宮に詰め寄ってきた。

あれ。こいつら。捜査一課の。

「玉森さん？　あの、ここでなにしてんすか。ちょっと二宮さん、彼らは」

竹花が止めようとしたときには、一連の動作はすべて終わっていた。詰め寄ってきた若い男を玉森が引き止めた。それを若い男が振り払い、玉森がたたらをふんで二宮にぶつかった。次の瞬間、玉森は目にも留まらぬ早さで二宮に襟髪をつかまれ、放り出されて宙を舞い、地面に転がった。

その姿は炒め物の最中に中華鍋から飛び出て、調理台の上に落ちた、もやしそっくりだった。

5

警視庁捜査共助課　竹花一樹様
Re：人物照会の件

久しぶりです。御子柴将です。

問い合わせの、長野県上田市出身の佐藤了と水島加奈子について、現在までに判明している内容をお報せします。


佐藤了は一九七六年八月二日、佐藤弘《ひろし》・靖子《やすこ》の長男として誕生。父親は元自衛官だったが、了が八歳のときに蒸発し、二年後、靖子と離婚。靖子は看護師として働きながら息子を育てるが、了が十八歳のときに死亡。

了は子どもの頃から頭がよく、全国総合模試でも五十位に入る成績を収めていた。人望もあって中学二年で生徒会長を務め、教師からの信頼も厚く将来を嘱望《しょくぼう》されていた。一方で、親不在の佐藤家が、地元の不良グループのたまり場になっていたという話もある。

一九八九年七月十二日、佐藤了が在校する市立上千中学に、爆破予告の電話が入った。

この日にスタートする期末テストを中止させろという内容で、学校側はイタズラとしてこれを無視。しかし、登校し始めていた生徒たちに噂がもれてパニックが起きた。そんななか、女子生徒が階段を落ち、左肘を複雑骨折する重傷を負った。

この爆破予告電話をかけたのが佐藤了で、学校側の安全管理意識を確かめたかった、怪我人が出たのは遺憾だ、と悪びれる様子もなく容疑を認め、補導された。この件が、のちに進学時に希望していた高校への推薦を認められなかったことや、息子に期待を寄せていた母親の靖子が、急性アルコール中毒で死亡した原因になっているものと思われる。一九九四年に県立北信第十二高等学校を卒業したのち、上京。以後、地元との連絡の形跡なし。

なお、爆破予告電話の結果、怪我をした女子生徒が水島加奈子である。

水島加奈子は一九七六年四月五日、水島外喜子《ときこ》の三女として誕生。外喜子にはそれぞれ父親が違う四人の子どもがおり、その末っ子にあたる。兄姉たちと同じく、小学生のうちから地元不良グループに属し、喫煙飲酒のほか盗難車を乗り回して大破させたり、勝手にあちこちの空き家に入り込み、あるときは小火を出した件にも関与した疑いがあったが、補導・逮捕にはいたらなかった。

一九九二年に妊娠し、市立松川女子高校を中退。ただし出産の記録はなく、翌年上京。母親、姉ふたりによれば、二、三年に一度、電話がある以外に連絡はなし。

以上。

さて。以下は私信です。

仕事が速くて驚いたか。いくら上田市や千曲川市の人口が東京より相当少ないとはいったって、数時間でリターンとは恐れ入っただろう。

種明かしをすると、静岡県警からの照会で佐藤了の戸籍を調べた以外にも、現在、うちで抱える白骨事件の捜査上に、このふたりの名前があがっていたんだな。

うちの白骨は、行方不明になった一九八九年七月当時、十五歳だった田中保昭《やすあき》だとDNAによる親子鑑定で確定した。佐藤了や水島加奈子と同じ、市立上千中学の三年生だった。田中家はこの付近では知られた土地持ちの旧家で、親は合併前の村で議員だった。ヤスアキは祖母に甘やかされた金持ちのぼんぼんで、粗暴な不良という、昭和の少年漫画の悪役みたいなヤツだったらしい。学校をさぼる、農道を歩くお年寄りに自転車をぶつける、一週間くらい遊び歩いて家にも帰らない、親も教師も手を焼いていた。

そのため、ヤスアキがいつ行方不明になったのか、よくわからない。ただ当時、階段から落ちて怪我をした件で水島加奈子が聴取を受けたが、それによると、騒ぎが起きたとき、彼女はヤスアキとふたり、授業をさぼって屋上への階段にいた。下のほうで、爆弾だ逃げろ、という叫び声が上がり、ヤスアキは加奈子を突き飛ばしていった。

ヤスアキの目撃談は、いまのところ、これが最後だ。

数日後、登校しないヤスアキを心配して担任が田中家を訪れ、ヤスアキの行方不明が発覚した。祖母の部屋の手文庫から、まとまった金が消えていたそうだ。期末試験をさぼり、水島加奈子に怪我をさせた。どう考えても叱られる。それでヤスアキは金を盗み、家出した。誰もがそう考えた。捜索願は出されたものの、親でさえ探そうとはしなかった。唯一、心配するはずの祖母は、彼の家出と前後して入院し、長患いの末、亡くなった。

と、ここまで調べたところで、竹花からのメールが来て驚いた。佐藤了と水島加奈子をセットで調べてほしいと言ってくるからには、このふたりは今もつながっているということだよな。できれば、いま、どんな関係でいるのか、話せる範囲でかまわないから教えてもらえないか。

白骨は長野の大学の法医学教室に送られたが、まだ死因は特定されていない。時効がなくなったとはいえ、殺人かどうかもわからない二十五年前の事件では、捜査本部もたたない。所轄署捜査課の若手とオレが、ふたりでほそぼそと調べているだけだ。正直、手詰まりなん

「おい、竹花」

御子柴からのメールに熱中しているところをいきなり呼びかけられて、スマホを取り落としそうになった。もやし、じゃなかった捜査一課の玉森剛が、紙コップを手に、所轄の

平和橋通署の廊下に立っていた。広いおでこに絆創膏《ばんそうこう》が貼られている。

「証人の協力をとりつけてくれた礼に、コーヒーを奢っちゃる。ありがたく受け取れ」

いつもの玉森なら、こんなに下手に出ることはないな、と思いつつ、竹花はコーヒーを受け取った。

なにしろ衆人環視のなか、静岡県警の人間に投げ飛ばされたのだ。二宮を糾弾するのはもちろん、竹花に対しても、一緒にいたおまえの責任だろう、などとわめきちらすはずだ。

それが、この有様なのは、

「まったく、最近の若いのは理解不能だよ」

玉森は竹花の隣に座り、ため息をついた。

「箕島《みのじま》っていいましたっけ。一緒にいた、あの新人の話っすか」

「先月、うちの班に配属されたばかりなんだけどさ。いったい誰に仕事を教わってきたんだか。一緒に組んだヤツが次々にチェンジを申し出るから、しかたなくオレが相手になったんだが」

内野葵にはただ事情を聞くだけだから大丈夫だろうと任せたら、いきなりドアをどんどんたたくわ蹴るわ。警察だ、開けろ、と叫ぶわ。あれじゃ怖くて誰もドアを開けたりできないっつーの。まして、若い女なんだし。

「今も説教してたんだが、警察と名乗ったのに逃げるほうが悪い、の一点張り。おまけに上司であるオレに向かって、静岡県警なんかに投げ飛ばされて恥ずかしくないんですか、とヌカしやがった」

「大丈夫だったんですか、怪我は？」

「おまえ、聞くのが遅いってんだよ。心配するな、シロウトじゃないんだ。あのでかいのも平謝りだったしな。竹花、おまえオレが甘党だって、ちゃんと伝えとけよ。沼津港署か。港の近くに、うまいあんぱん専門店があった。静岡県はお茶所だけあって、銘菓が多くていい。定番だけど〈うなぎパイ〉に〈みかん最中〉、〈ネコの舌〉。昔、浜松で食った〈あげ潮〉ってクッキーが……」

「玉森さん」

きりがなさそうな甘味談義を遮《さえぎ》ると、玉森は鼻を鳴らし、

「ともかく、おまえらがいて助かったよ。でなきゃ、内野葵は今頃どっかに消えて、オレは箕島を殺してた。話はな、先におまえらが聞いていいぞ」

怯える内野葵に、リカちゃんと一緒でいいから署で話を聞かせてよー、なんなら近所の平和橋通署でもいいっすよ、オレたちも聞きたいことがあるんだけど、こっちの警視庁の人間の質問にも答えてやってね、お願いね、と必死に説得し、了承をとれたのがよほどありがたかったのか。少なくとも、使えない新人のせいで、係長昇進が壊れかねなかったことに比べれば、投げ飛ばされたことなど、どうでもいいのだろう。

ようやくほっとして、竹花はコーヒーに口をつけた。後悔した。さすがスーパー甘党のくれたコーヒー、歯が溶けそうだ。

内野葵と須藤基子は小会議室のテーブルで、談笑しながらコーヒーを飲んでいた。さっきまで青い顔で震えていたのがウソのようだ。お待たせしましたー、と竹花が手を振ると、ふたりともにこにこと振り返してきた。

だが、二宮が佐藤了の事故を報せ、シャツ&ナイフの画像を見せたとたん、アオイの表情が一変した。血の気が失せ、震え始めた。二宮が竹花に軽く目配せした。おまえが訊け、ということらしい。

「このシャツは佐藤了さんのものに、間違いないかなあ」

竹花は穏やかに問いただした。アオイはうなずいた。

「じゃ、このナイフは?」

「了さんがデモンストレーション用に、近所の百均で買っていったものかな……」

「デモンストレーション。なんの? 誰に?」

「うちのママに」

そういえば母親と葵は仲が良くないと、須藤基子が言っていた。竹花が二宮と顔を見合わせると、会議室のテーブルの端っこに座っていた玉森が、遠くから声をかけてきた。

「葵ちゃんのママって、新川李莉子《にいかわりりこ》だよな。〈すける・こまち〉って化粧品シリーズ出してる会社の社長さん。本社は浜松だったよね」

内野葵はうなずき、竹花は、へえ、と思った。新川李莉子といえば、コマーシャルで何度か見たことのある化粧品会社の女社長だ。自称・若見えプリンセス。朝晩の洗顔石けんでくすみを落とし、最高峰の美白クリームで肌を透けるほど美しく。〈すける・こまち〉で貴女も若返りましょう。

強いライトとレフ板、分厚い化粧で確かに真っ白だけど、違和感がありすぎる。小野小町が色白で、朝食に食べたわかめが喉にひっかかっているのが透けて見えた、という伝説は落語のネタだと思うのだが、仮にこれをめざしているのなら、マニアックすぎて一般人には近寄りがたいものがある。

「失礼だけど、若さにこだわっている母親って娘にもライバル心持ちそうだし、なんだか大変そうっすね」

アオイは震え出した手を、握りあわせた。

「昔から、ママは自分がいちばんで……若く見えるためなら、なんでもすんの。パパと離婚したのも、化粧品やエステのために借金したせい。今はお飾りでも会社社長だから、自分が若く見えるためなら、なにをしても許されると思ってる。それが会社のためで、〈すける・こまち〉が売れるためで、従業員を養うためだからって」

アオイは父親に引き取られたが、十二歳になると、母親からひんぱんに連絡が来るようになった。化粧品会社の広告塔になり、金回りのよくなった母親と会ってゼイタクをさせてもらえるのは、最初は嬉しかった。だが、母親の目的がアオイをみずからの「若見え」に利用するためだ、とすぐにわかった。

娘より若い母親でいるために、新川李莉子はアオイと一緒に写っている写真を加工し、娘を老けさせ、自分を若返らせた。娘の着るものやメイクなど厳しく見張って支配し、息のかかった若い男を近づけさせたうえ、「娘のボーイフレンドに、お母さんのほうが若くてきれいだからって口説かれちゃったわ」と吹聴した。

「反抗すると、ママだけならともかく、会社のひとたちも脅してくるし。それで十六歳のとき、つまんない男と駆け落ちして娘ができたんだけど、そいつはすぐにどっかいっちゃって。娘は父方の従姉《いとこ》の養女にしてもらった。ママが娘まで利用しようとするの、わかってたし」

その後、十年近く、新川李莉子からの連絡はなかった、と内野葵は言った。だが、少し前、突然電話がかかってきた。いろいろ調べたらしく、母親はアオイの仕事も、アパートの場所も、娘を私立校に行かせたがっていることも知っていて、これはビジネスだ、頼みを聞いてくれたら金は払うから、と言った。

「それで会ったら、ママの会社のクルーザーに乗せられて伊豆のほうまで連れて行かれた。ものすごく豪華な船で、船を操縦している人がふたりと、お医者さんとママがいた。それでママに説明されたの……血液クレンジングについて。刑事さん、知ってます？」

二宮に着信があって、席を立って出て行くのを見送りながら、竹花は首を傾げた。すると、玉森が遠くでまた、手を挙げた。

「自分の血液を二百ｃｃくらい抜いて、オゾンガスを注入しオゾン化してから身体に戻すって美容法だな」

なんで玉森さんがそんなこと知ってんだ、気持ち悪っ、と鳥肌がたったが、そういえば、玉森の担当事件はフリーの美容医殺人事件だった、と思い出す。

あれ。

「ママはその医者に勧められて、前から血液クレンジングをやってて、それで若返りに成功した、っていうんだけど、近くで見たら、ママすっかりババアになってた。そう言ってやったよ。怒るかと思ったらママ、そうなのよ、って。もう、自分の血じゃダメ。美しくなるためにはもっと若い、それも自分に近い人間の血をクレンジングして身体に戻してやらなくちゃって」

おいおい、なんだそれ。

「まさか美容のために、きみの血をよこせと？」

「あたしもママもＡ型のＲＨプラスだし、輸血はできるけど、それで若くなれるなんて吸血鬼じゃないんだから。ママ絶対、この医者に騙されてるって思ったけど、血と引き換えに五万くれるって言うし、だったらいいかって。その日はクルーザーで血を抜いて、金もらって帰ったんだけどね」

二週間とたたないうちに、また頼まれて応じた。だが次は一週間後。こうたびたびではさすがに心配になり、断ったら、部屋に母親が押しかけてきた。前よりも年寄り染みていて、執念深く、怖かった。

「クルーザーで医者が待ってるからって、東京湾のマリーナまで連れていかれて、血を抜かれて、気持ちが悪くなった。それでもママは平気で、なんだったら多めに抜いておこうかしら、なんて言いだすし、医者はそもそも血液クレンジングは自己血でやるものだ、やっぱりやめるべきだと言い出すし、もめてた」

「それ、いつの話だ？」

遠くで玉森が言った。アオイは首を傾げて、

「たぶん、四日前。だと思う。この日はクルーザーの乗組員もいなくて、ふたりがもめてるうちになんとか逃げ出したけど、ママはあたしの部屋を知ってるし。それで了に、ハニト……頼まれごとを聞いてやったでしょ、面倒なヤツに部屋を知られたから引越代を貸してって頼んだの。それで、事情を聞かれて全部話した。そしたら、それもっと金になるぞって」

金を払って血をとるのは売血、つまり犯罪だし、そもそもメディアに露出している化粧

品会社の社長が、美容のために娘から血を抜いているなんてことが表沙汰になったら、大スキャンダルだ。自社の化粧品に若返り効果などまったくないことを、社長みずから知っていたことになり、訴えられる可能性が出てくる。

「とりあえず、オレが窓口になる、それでママと医者を脅そう。輸血パックを持っていって、欲しかったら五十万とふっかけてやる。最初は断るだろうから、そしたら」

「パックを切り裂いて、大事な血液を捨てるデモンストレーションをするわけだ」

戻ってきた二宮が言った。アオイはうなずいてうなだれ、二宮は言った。

「シャツに付着していた血液の検査結果が出た。簡易検査の結果通り、れっきとした人血だったが、クエン酸ナトリウムが混ざっていた」

「抗凝血剤ですか。輸血用の血液だったんですね」

「素人がネットの知識で適当に混ぜたんじゃないか、って量だったらしい」

二宮が顔を近づけると、アオイは目を伏せて、

「たぶん、了が作ったんだと思う」

「血液はきみの？」

「ううん。調べられたらマズいから、ホンモノの人血を使うって了は言ったけど、これ以上血を抜かれるのはイヤだって断った。誰の血を使ったのかは知らない」

ふと、水島加奈子を思い出した。彼女は、左肘の内側をしきりと掻いていた。

「昨日の夕方、ママから連絡があって、いま、クルーザーで沼津の近くにいる。話があるから新幹線で来いって言われた。仕事終わったばっかで眠いし、そっちから来ればって言ったら、しばらく東京には近寄れないんだって。電話を切ってすぐ、了に報せた。それで、了はデモンストレーションに沼津に行ったんだと思う」

アオイの手が再び震え始めた。

「ねえ、了が車にはねられたのって、ホントに事故？」

ホントに事故だ、と言う前に、玉森が訊いた。

「どうして事故じゃないかもって思うんだ？」

内野葵は青ざめた手をこすり合わせて、

「あたしニュースとか見ないんで、了に教えてもらうまで知らなかったんだけど、東京湾に医者の死体が浮いてたって。それってもしかして……」

竹花一樹は思わず、玉森を見た。竹花たちに先に話を聞けと言ったのは、これを予期していたからか。

玉森剛はでかい魚をまんまとつり上げ、ほくそ笑んでいるように見えた。

6

「信州の杏の里で生まれたハーコットという杏がある。六月から七月のほんの一時期だけしか出回らない生食用の品種で、甘さと酸味のバランスがよくて実にうまい。杏は傷つきやすくて輸送に不向きな果物だから、なんでもそろう東京にもあんまり入らないんじゃないか。時期が来たら、逃さず食えよ。あ、もうしまっていい」

大屋医師は聴診器を首に引っかけ、カルテになにごとか書き込むと、御子柴将を見た。

「まさか、ホントにうちに検診を受けにくるとは思わなかった。意外と義理堅いな、あんた」

御子柴はシャツを戻しながらあたりを見回した。昔ながらのリノリウムの床に、ひび割れた革の椅子、木のカルテ棚。待合室には大きな振り子時計があって、一時を告げた。

「検診もありますが、大屋先生のご意見を聞かせていただきたいことがありまして」

「ヤスアキのことか。捜査、進んでなさそうだな」

部屋の隅にある、消毒液を満たした琺瑯《ほうろう》の洗面器で手を洗いながら、医師は言った。御子柴の視線に、

「古くさい、大丈夫かこの医者、って顔に書いてあるぞ。心配すんな。昔ながらの習慣は

これだけだ。それで？　昼飯食いながら、ニュース番組見る年寄りの楽しみをジャマするんだ、面白い話なんだろうな」

「なんなら、出直しますが」

「冗談だよ。どうせ今日も話の大半が、化粧品会社の女社長が美容医殺しで捕まった事件の続報だろ」

新川李莉子が美容医の死体をクルーザーから東京湾に遺棄した疑いで逮捕され、殺人についても供述を始めた、というニュースがこのところ、世の関心を集めていた。あのわざとらしい「若見え」は、やっぱり化粧品だけじゃなかったわけね、と、殺人以上に新川李莉子本人が注目され、「血液クレンジング」は一時、検索ワード一位に躍り出た。

竹花からの情報によれば、佐藤了が血液パックを持って、深夜、沼津港のクルーザーに現れ、金を要求してきたことも、新川李莉子は供述し始めているそうだ。

血液がらみのことが外部に知られるのもマズいが、それ以上に殺人がバレたら困る。佐藤了にはいずれ、金ができたら知らせると言って追い返したが、どうしていいかわからなくなった。そもそも美容医を殺してしまったのも、医者があまりに血を抜きすぎると娘さんの身体にさわるから、と断ってきて、それでもめた結果である。要するに、殺しも恐喝被害も、全部、娘のアオイのせいなんですっ。あたしのせいじゃないっ。

この話はさすがに、大屋医師にも話せない。

「続報ってのは五日も続くと、とたんに話が嘘くさくなるんだよな。テレビ局もとりあえず新しいネタを流さなきゃならんから、金めあてのうさんくさい情報提供者に、放送コードやデタラメぎりぎりの話をさせる。あれ、儲かるのか？　ヤスアキの件でテレビが来たら、顔と名前変えて出てやろうかな」

真面目な顔でふざけたことをいう大屋医師に、御子柴は訊いた。

「先生、水島加奈子って覚えてます？　ヤスアキと中学の同級生だった女子生徒です」

「加奈子……聞いたことがあるな」

「中学に爆破予告電話が入って騒ぎになったとき、ヤスアキに突き飛ばされて階段から落ち、怪我をしてるんです。記録によれば、教師の車でこの診療所に運ばれて、怪我を診たのは大屋先生でした」

大屋医師は顎を撫でた。

「ああ、あのコか。十五かそこらで厚化粧で、左肘の複雑骨折だった。骨が折れて、その部分が正常な場所から移動してしまった。骨を元に戻し、ねじで止める手術をしたんだ」

「じゃあ、彼女の怪我はホントに重傷だったんですね」

御子柴が考え込むと、医師は首筋をぼりぼり掻いた。

「なんだ。重傷じゃまずいのか」

「いえ。ただ、警視庁の知り合いから気になる情報が入りまして。爆破予告の電話をかけた佐藤了と水島加奈子。東京で、いまだにつるんでるようなんです。同郷のもと同級生同士、仲良くしてたって不思議はありませんが」

竹花に言わせると、ふたりは腐れ縁で、どうやら恐喝などの犯罪でパートナーだったふしがある。普通の仲のよさとは違う。佐藤了とつきあっていた女性に言わせると、佐藤了は水島加奈子に負い目があるようだ。

大屋医師にも話すわけにはいかないが、竹花の見立てでは、例の東京湾美容医殺人事件にからんで、佐藤了が恐喝をやらかそうとした件にも、水島加奈子は一枚嚙んでいた可能性があるという。

「その水島加奈子に怪我をさせたのを最後に、ヤスアキの行方がわからなくなったわけですが、その際、水島加奈子以外にヤスアキを見た人間はいないんです。そもそも佐藤了は、裏でなにをやっていたかはわかりませんが、表立っては成績優秀な優等生でした。それが突然、爆破予告ですよ。いくらわけがわからない行動をとりがちな思春期とはいっても、おかしいでしょう」

大屋医師は無言で顎をさすった。

「それで、考えたんです。たとえば、佐藤了と水島加奈子が共謀し、田中ヤスアキが姿を消しても不思議ではない状況をあえて作ったのだとしたら。佐藤了が爆破予告の電話をかけ、噂を流して学校中大騒ぎの状況を作る。水島加奈子は階段から落ちて、パニクったヤスアキに突き飛ばされましたと証言する」

「要するに、そのふたりが前日あたりにヤスアキを殺してしまい、死体を空き家に放置する一方、翌日までヤスアキは生きていたのですよとみんなに信じさせ、軽犯罪を犯して注目の的になったり、怪我をしたりして、アリバイを作ったと言いたいわけか」

「はい」

ただ、加奈子の怪我がそれほど重かったとすると、考えすぎだったのかも、と御子柴が言いかけるのを遮るように、大屋医師は言った。

「あの女の子な、水島加奈子。ひどい怪我で手術が必要だとわかって、うろたえてた。そのときは聞き違いかと思ったが、こう言ったんだ」

畜生、やりすぎた。

「確かですか」

「二十五年も前の話だぞ。確かなもんか。私にはそう聞こえたってだけの話だ。そのときは期末試験を受けずにすむために、怪我をわざとひどくしたんだろう、そう思ったわけだが……なあ、御子柴くん」

大屋医師は疲れたように目頭をもむと、言った。

「たとえきみの話が正しくて、ふたりの中学生がヤスアキの死に関係していて、それを計画的にごまかしたんだとして……計画的にヤスアキを殺したんだとは、私は思わない。本人たちに話を聞けばわかる。きっと、事故だったんだ。そうだよ」

「かもしれませんね」

御子柴は答えた。乱暴者だったというヤスアキ、優等生だった佐藤了、すでに奔放だった加奈子。「いまほどひどい廃屋になる前には、いちゃつきにくる男女がいたかもしれない」空き家。

「かわいそうにな」

大屋医師が言った。

「二十五年。あんなところで、誰にも心配されずに腐ってたヤスアキも、故郷を出て腐れ縁を続けていたふたりも。御子柴くん、きみ、東京に行くのか」

「え？　いや、さあ」

警視庁は鬼門だし、自分はあくまで千曲川署の〈地域生活安全情報センター〉のセンター長で、捜査員という立場ではないし、と説明するのを遮るように、大屋医師は言った。

「行ってやってくれ。行ってそのふたりの中学生の、話を聞いてやってほしい。そうすればヤスアキも成仏できる。佐藤了と水島加奈子の淀んでしまった人生の詰まりをとって、流してやれると思うんだ」

東京へ、捜査で。自分が。

どう考えたらいいか戸惑っていると、スマホが振動した。竹花からのメールだった。沼津の病院に入院中だった佐藤了が死亡した、とあった。

遠距離バディ

1

「あ、富士山が見えますよ、小林さん」

四阿山《あずまやさん》の山頂で荷物を降ろし、南を眺めていた御子柴将は、思わず叫んで指さした。

七月になっても晴天が続き、今年は空梅雨だと思っていたらまとまった雨が降り、暑さに加えて湿度が高くなった。靄《もや》や霧ほどではないが、もったりとした空気で視界が悪い。けさ、菅平《すがだいら》牧場管理事務所近くの駐車場に車を止め、牛が草を食《は》む牧場や白樺林の中を、小林の後を追って歩くこと三十分。展望台から望んだ北アルプスは、ま、見えなくはないけど、といった程度の眺めだった。

その後、緑の中に浮かぶニッコウキスゲのオレンジを横目で見ながら、一時間半以上かけて根子岳《ねこだけ》にたどり着いた。花の百名山に選ばれているだけあって、高山植物が花を咲かせ、山歩きの女の子たちがニャアニャア言いながら自撮り写真を撮る、美しい山だったが、やはり景色は今ひとつ。それどころか、根子岳から四阿山への登山道に入ると、溶岩が折り重なり、奇岩が続く危なっかしい場所で急にあたりが暗くなり、気温も下がって、今にも雨が落ちてきそうになった。

ところが、針葉樹林帯をいく急な登りを抜けて、ガレ場の広場に出たところで、雲が吹き払われるように消えた。山頂にたどり着くと、陽光が照りつけ、底抜けに空が青い。

空気が澄み、四方八方、パノラマですべてが見通せる。西は立山や戸隠山、奥穂高《おくほだか》、常念岳《じょうねん》、東方向は筑波山《つくば》や男体山《なんたい》、北方向には遠く谷川岳《たにがわ》、そして南に木曽駒《きそこま》ヶ《か》岳に甲斐《い》駒ケ岳、赤岳、甲武信《こぶし》ヶ岳からちいちゃく富士山……。

息を切らしながら、腰を下ろして水を飲んでいた小林が、御子柴の指の先を見て、ほーっと長く息をついた。

「ああ、ほんとだ。さすがは日本一の山だ。こんなところからでも見えるもんですねえ」

小林は白髪混じりの髪のキワを、タオルで拭きながら言った。

「すごい眺めですねえ。三百六十度すべて見通せて、おひさまが真上にあって。地球の真ん中にいるみたいだ。登り始めたときには、まさか頂上でこれほど天候に恵まれるとは思っていませんでしたよ。さっき、根子岳からこっちへ来る途中、暗くなったでしょう」

「はい」

「あのとき私、やっぱり、と思ったんですわ。大雨が来て、このまま私は押し流されてしまうに違いない、と」

もう一本、水を用意してくるんだった、と御子柴は考えながら軽く尋ねた。

「なんでまた」

小林はタオルで口元を拭った。

「学生の頃、社交的な友人がいましてね。いや、知り合いかな。私みたいな奥手で地味な人間など、口をきけないほどの人気者でした。それが、私が信州の出身と知って、一緒に山に登らないかと声をかけてきた。嬉しかったですよ。彼が集めた五人でパーティーを組んで、山に登りました」

「へえ。どこの山ですか」

小林は答えずに、首を振った。

「言うのはやめておきましょう。生きて下山したのは、私を含めた三人だけでしたからね。人気者の友人は先頭を歩き、私は最後尾で、膝が痛いと言い出して遅れがちだった三番目を、四番目と一緒にフォローしながら歩いていた。足元が悪く、濡れて滑る岩場を全員無事に行きすぎたところで、ホッとしていたんですね。あっという間でしたよ。三番目に話しかけ、視線を戻したらもう、前方の二人がいない。なんだかマジックを見せられているようでした」

御子柴は塩飴を一つ口に入れ、二つ小林に渡した。小林は口の中で転がして、うまいなあ、とひとりごちると、

「人の命は驚くほど実感なく、消えていくこともあるんだと、あのとき私は学びました。神様も間違いを犯すのだということも。世のため人のためになりそうな男が若くしてこの世を去り、役立たずの私が残ってしまうなんて、どう考えたって間違いですよねえ」

遠くで、鳥の鳴く声がした。長野県と群馬県の県境にあるこの山には、信州向き社《やしろ》と上州向き社、二つの社があって、それぞれの水の流れを見守る白山権現が祀《まつ》られている。

夏休み前の平日、それでも長野県側から群馬県側から、数本ある登山道それぞれから、登ってくる人の数は多い。四阿山は日本百名山の一つ。おまけに二千メートル級の山にしては、比較的登りやすいと人気なのだ。

山頂には無心に水を飲んでいる子どもたちもいれば、この眺望絶佳にもかかわらずご近所の悪口が止まらなくなっている中高年のおばさまのパーティー、一人で写真を撮ってはSNSに上げているらしい若い登山客もいる。山頂にたどり着いてあたりを見回していた男ばかりの集団は、御子柴と目があうと、さりげなく視線をよそに向けた。

「だからね、私、山に登るたびに思うんですよ。さあ、山の神様、間違いを糺《ただ》すときがきましたよ、って」

小林はしばらく黙って、御子柴と同じように周囲の景色やはしゃぐ人々を眺めていたが、聞こえないほどの小さな声で、続けた。

「そして神様に問いかけるんです。私はあのときの彼のように、切れ落ちた山道から一瞬にして足を踏み外すんですか。それとも雨で転んで急登《きゅうとう》を転げ落ちて頭を強打しますか。なんなら雷に打たれてもいいし、濡れて肺炎を起こしてもいい」

小林はもう一つ塩飴を口に入れ、のんびりと転がしながら言った。

「でもひとの生死なんて、私なんかの予想通りにはいきませんねえ。今日こそは、って思ってたんですよ。昔、妻と登ったこのルートで四阿山に登りながら、今回こそはって、私……。あなたが邪魔さえしなければ、ねえ」

御子柴は周囲に目をやると、再び沈黙してしまった小林の隣に腰を下ろした。

「奥さんともよく山登りを？」

遠くを見ていた小林は、我に返ったように目を瞬いた。

「いえ。昔、大昔ですね、一度だけ。退職したら、また一緒に登ろうって言っていたんですがねえ。妻も楽しみにしていたのに。こんなに簡単に登れるなら、なにも退職まで引き延ばすことはなかった。妻は筋を通す性格でね。お父さんが退職したら、と決めたらその前に行こうなんて、考えてもみなかったでしょうが。子どもたちが独り立ちして、夫婦二人暮らしが始まったとき、思い切って週末にでも出かければよかった。きっと、この景色を見たら、あれはものすごく喜んだ。単純な女でしたから。花が好きで、青い空が好きで……」

小林はうっすらと微笑みながら、また、遠くに目をやった。

男たちがゆっくりと近づいてきていた。御子柴は咳払いをして、訊いた。

「どうして奥さんを殺してしまったんですか、小林さん」

2

菅平牧場管理事務所近くの駐車場で、小林正臣《まさおみ》が署さしまわしの覆面パトカーに乗せられ、去っていくのを確認した途端、どっと疲れが出た。

車の助手席のドアを開け、足を外に出した状態のまま、ようやく手に入れた水をがぶ飲みしていると、近くで電話をかけていた千曲川署刑事課の若生公太が近寄ってきて、センター長、お疲れ様でしたねえ、と言った。

悲鳴が聞こえたという近所の人からの通報で、警察が千曲川市緑ヶ丘の小林正臣宅を訪れ、鍵のかかっていなかった家のソファに横たえられた女性の死体を発見したのは昨日、七月十一日の夕方のことだった。

女性はこの家に住む小林ひろみ、五十六歳、主婦。顔が膨れ上がり、目には点状出血、首に紫色の圧迫痕。激しく抵抗したらしく、指と爪は血まみれ。玄関の三和土《たたき》には、下駄箱の上に飾ってあったらしい花瓶と花、水、それにブルーのタータンチェックのネクタイが落ちていた。玄関先で襲われ、そのネクタイで背後から首を絞められ殺害されて、その後、ソファに移されたらしい。

夫である正臣は妻と同い年、元は建設会社の営業マン、二年前に転職して、現在は工業高校の講師をしている。彼と彼の車は、警察が到着する直前、家の駐車場から出ていったのを目撃されて以来、連絡がつかない。

夜を徹して捜索していたところ、けさ早く、菅平高原の近くで車の目撃証言が出た。近くにいた御子柴が若生と向かったところ、牧場の駐車場に小林の車を発見。さらに、軽装の小林が、根子岳に向かう登山道を登っていくのをついさっき見た、という目撃者も現れた。

たまたま御子柴は自分の車を使っていた。いつ山に行きたくなってもいいように、トランクに登山用の装備一式を入れたままだった。署への連絡を若生に頼み、急いで身支度をして小林の後を追った。

途中、追いつくと、手ぶらのままフラフラ行く小林に、人懐っこさを装って明るく話しかけ、登山道をそれようとするのを元に戻し、山道の端っこを歩こうとするのを先回りし、こっそり署に連絡を入れながら、自殺を警戒しながらの山登りは、確かにものすごく疲れたが、それ以上に、

「あのひと、昔の上司にそっくりなんだよ」

御子柴は若生にぼやいた。

「話し方といい、顔つきといい。なにより小林だし。元上司の名前は正臣じゃなくて舜《しゅん》太郎《たろう》だけどさ。小林さん、と呼ぶたび、元上司と話している気がしてめまいがしたよ」

「長野県に、小林姓はすっごく多いですからねえ」

御子柴がナップザックに入れていた非常食のビスケットを勝手に食べながら、若生は言った。

「中学のときなんか、ひとクラスに二、三人は小林がいましたよ。全校で四十人はいたんじゃないかな。小林ひろみって名前が同じ学年に三人いましてね。区別するんで、黒み白みノロみって呼ばれてて。そのうち、デカくて色の黒い四人目の小林ひろみが転校してきて、そいつはクマみって呼ばれてた。もはや『み』をつけただけでしたけど」

そういや、小林正臣の奥さんも小林ひろみだった、と御子柴はぐったりしながら考えた。

小林正臣は結局、どうして奥さんを殺したのか、という御子柴の質問に答えなかった。答えたくないというより、なにを言われているのかわからない、といった様子に見えた。周囲への聞き込みでは、夫婦仲はけっして悪くなかったそうだ。

あとで叱られるかもしれないな、と御子柴は考えた。自分が捜査員ではなく、千曲川署の〈地域生活安全情報センター〉のセンター長にすぎず、事件に関しては単なるお手伝いさんだという立場を忘れて、事件について被疑者に直接尋ねてしまったのだから。本筋の捜査員たちにしてみれば、そんな真似をされて愉快なはずもない。実際、山頂から降りる間、彼らは御子柴を待ってもくれず、飲料水を分けてもくれなかった。だけど、なんだか不思議な気がしたんだよな。小林正臣の態度が、殺人犯のものとは思えなくて。

御子柴はそっと首を振った。

まあ、いい。事件の概要は、いずれ彼らが明らかにするだろう。たまたま居合わせただけの自分の役目は終わった。これ以上、出しゃばるべきではない。

「センター長、腹減りませんか。減りましたよね。帰り、上田に寄って肉うどん食いましょうよ。〈ルヴァン〉の二階で、足を投げ出して座るのもいいな。七月のこの時期だと信州の杏ジャムがありますよね。塩気の強いクリームチーズと一緒に天然酵母パンに乗せて食うと、この世で一番うまいって思いますよ」

この春、昇進試験に失敗した、というよりも、事件続きで試験を受けられなかったのだが、それ以来、若生はいつも口をもぐもぐさせていて、見る間に巨大化した。

「そうだ、パンなら買って帰れる、うどんは店で食ってパンは買って帰ろう」

運転しながら、若生は嬉しそうに言った。だが、素敵なランチの目論見《もくろみ》は、泡と消えた。車が上田の街に入った途端、署長がお待ちだすぐ帰れ、という連絡が署から入ったのだ。

驚いたことに、署長室では、署の幹部に加えて相馬伝蔵《そうまでんぞう》管理官が待ちかまえていた。相馬は御子柴が松本署にいた頃の上司で、警視庁から出戻ってきた御子柴に、今の居場所を作ってくれた人でもある。

順当な出世ぶりで、次は理事官だと囁かれる相馬が県警本部からわざわざ出張ってきているとは。叱られる覚悟はしていたが、これはまた大げさな、と部屋に入ると、挨拶抜きで相馬が言った。

「御子柴おまえ、小林正臣にどうして女房を殺したのか、と訊いたそうだな」

「はい」

この人にごまかしや言い訳はしないほうがいい。そう覚悟して答えると、相馬はせかせかと言葉を継いだ。

「それで、小林はなんて答えた」

「なにも答えませんでした」

「二人で長いこと、話していたそうだが、事件についてなにか聞いたか」

「特には、なにも。山で死ぬつもりだったらしく、私が邪魔をしたような口ぶりではありましたが」

相馬はじっと御子柴を見た。副署長が咳払いをした。

「死ぬ覚悟をしていたなら、やはりヤツが妻を殺したのではありませんか。彼の衣類には血痕もついていましたし」

「死んだ女房をソファに運んだのなら、衣類に血がついて当然だ。遺体の指や爪は血だらけだったのだからな」

「それじゃなんですか。管理官は、何者かが小林ひろみの首を絞めて殺して逃走、直後に夫が帰宅、妻の死体を見つけたが通報もせず、ただソファに運び、家を出て一晩中さまよったあと、山で自ら死のうとしたと？」

刑事課長は嫌味な口調で言ったが、相馬は動じずに答えた。

「その可能性を考えている」

「お言葉ですが、そんなことってありますか」

副署長が呆れ顔になった。相馬は指を組み合わせた。

「ひとは、心が壊れてしまいかねないほどのひどいストレスやショックを受けた結果、その事実に直面することを避けて、逃避行動に走ることがある。心理学用語では、ヒステリー性遁走《とんそう》というそうだな」

「小林正臣がそれだと？」

「女房は激しく抵抗して、爪は血だらけだった。だが、亭主のカラダにはそれらしい傷はない。それに、凶器のネクタイは亭主のものではない。御子柴」

相馬は副署長が口を開いたのを遮《さえぎ》るようにして、言った。

「おまえ、どう思う。考えを聞かせてくれ」

御子柴はものすごい勢いで考えを巡らせた。

どうやら管理官は、小林正臣が妻殺しの犯人であることに疑いを持ち、小林の身柄確保で一件落着と思いたい署の幹部たちと対立している、らしい。

　さすが慎重な相馬さんらしいや、と言いたいところだが、ここでオレにふるのはやめてよ、と御子柴は思った。幹部たちににらまれてるんですけど。

「えー、小林正臣の事情聴取が始まったかどうか、というこのタイミングで、凶器のネクタイは亭主のものではない、と断言されたところをみると、相馬管理官は問題のネクタイについて、なにかご存知なのではないですか」

　一拍おいて、相馬は鼻を鳴らした。

「そうだ。あれは〈パディントンズ・カフェ〉の店長が締めるネクタイだ」

〈パディントンズ・カフェ〉、通称パディカフェは、フィッシュ＆チップスやローストビーフ、ステーキとマッシュルームのパイなど、イギリスのパブ飯を主体にし、エールやスタウトなどの酒も提供している、居酒屋とファミレスの中間のようなチェーン店だ。十五年ほど前に倒産しかけたが、長野県の企業〈ＳＰＣダイニング〉が買い取って経営を見直し、復活した。現在、県下には十八店舗とパブ飯の工場がある。信州産の食材をふんだんに使った冷凍食品を工場で作って店舗すべてに配送し、厨房でチンしてお客に提供するシステムだそうで、長野県にとって、なかなかの経済効果があるはずだ。

　従業員の制服は、黒地にブルーのタータンチェックを随所にあしらったもの。店長だけは紺ブレに白のシャツ、ブルーのタータンチェックのネクタイを締める決まりだ、と相馬は言った。

「このネクタイは店のオリジナルで、店のキャラクターのクマの刺繍《ししゅう》が入っている。先ほど確認した。間違いない」

「小林ひろみの周辺に、その店長がいるんですか」

「わからん。亭主の犯行と決めつけ、それ以上調べていないようだからな」

千曲川署の幹部たちがピリピリし始めたのを、肌で感じた。やめてよ、と御子柴は再度、思った。あの状況で、小林正臣の捜索に全精力を傾けたのは、当然の判断だったと思う。それを、周辺捜査をサボっていたように言われては。

「管理官の疑問は理解できましたが、それが亭主の無実を証明するものではないでしょう。例えば、被害者がそのカフェの店長と浮気をしていて、その相手が忘れていったネクタイを亭主が見つけ、腹立ち紛れにそいつで女房を絞め殺した、とも考えられますわ」

刑事課長が体を起こして、まくしたてた。相馬管理官はうなずいた。

「なるほど。ではその考えに沿って、裏どりをしっかりやってもらえるんだな」

反論に身構えていた刑事課長はそう言われて思わず、もちろんですっ、と断言した。相馬管理官はさっと立ち上がった。

「それは良かった。私はなにも、小林正臣は無実だと言っているわけではない。ただ、このままろくな捜査もしないうちに犯人と決めつけられても困る。すでに一部のマスコミと接触し、亭主が犯人だなどとしゃべり散らしている輩《やから》がいるようだが」

相馬の視線は副署長をかすめ、副署長は耳を赤くしてうつむいた。

「捜査はこれからだということを肝に銘じてもらいたい。署長、他に何かありますか」

着任早々、署のボイラーをぶち壊した署長は内弁慶とのもっぱらの評判通り、見事な低姿勢で、いやいや、と手を振った。相馬は軽く頭を下げ、

「では、千曲川署の皆さん。ちょっと調べさせたいことがあるので、御子柴をお借りします。刑事課はこれから忙しくなるでしょうが、こいつならかまいませんよね」

えーっ。やめてよ。

三たび、悲鳴をあげたくなったが、もちろん拒否できる立場ではない。相馬管理官は署長の承諾も聞かずに署長室を出て行き、御子柴は幹部に一揖《いちゆう》して、困惑したまま後に続いた。相馬管理官はなにを考えているのやら。

そういえばパディカフェの運営会社〈SPCダイニング〉には、県警本部の前の総務部長や、前の前の刑事部長が天くだ……再就職をしている。

だから、ネクタイの一件が世間の注目を集め、企業イメージに打撃を与えたりしないよう、なんらかの政治的な働きかけがあって、相馬管理官が殺人事件の監督に出張ってきた、というのならわからないでもない。だが、だとすれば事件の報道は小さく抑えたいはず。

なのに相馬管理官の行動はむしろ逆。犯人が〈パディントンズ・カフェ〉の関係者のような口ぶりだ。

管理官はまっすぐ署の駐車場へ向かった。運転役の捜査員がすっ飛んできてドアを開けた。言われるまま後部座席に並んで座ると、車は滑らかに発車した。

「御子柴、おまえさん、元気になったなあ」

相馬管理官はガムを口に押し込んで、噛みながら言った。禁煙して以来の悪癖だというが、車にも巨大なガムのボトルが常備されていた。

「顔色もいいし、山登りもしたんだって？　捜査員たちがぼやいてたぞ。亭主を連れて引き返してくれるのかと思いきや、根子岳から四阿山山頂まで、みっちり歩きやがったって」

あ、そうか。説得して引き返すって手もあったんだ、と御子柴は驚いた。小林さんと一緒に山歩きをすることしか考えてなかったわ。お迎えの連中が不機嫌だったのは、そのせいでもあったのか。

「まあ、なんにせよ回復はなによりだ。女房に千曲川市名産の杏のお菓子をいろいろ送ってくれたって？　おかげで新しくきたオレンジ色の猫の名前がアンズになったよ」

猫好きの相馬はのどかに言ったが、すぐに口調を一変させた。

「気になっているだろうから、手っ取り早く説明するわ。四日前、七月八日土曜日の深夜、日付が変わろうという頃合いに、東京都世田谷区の路上で、帰宅途中の女性が何者かに背後から頭部を殴られ、首を絞められた。幸い酔っ払いが通りかかって犯人は逃走、被害者は一命をとりとめたが、低酸素脳症でまだＩＣＵに入っている。警視庁が現場で回収した凶器、なんだったかわかるな？」

ははあ。

「翌日、東京営業所が店長のリストの提出を求められた。ネクタイの線から犯人を割り出そうっていうんだろう。だが、都内だけで十数店舗、閉店した店もあれば、店長の入れ替わりも激しい。辞めるときには貸与された制服一式、返却する決まりだが、それを確認する責任者はいないし、新しい店長が店に残されていた前任者の制服を処分してしまうこともある。今回の件がきっかけで調べてみたら、ネット上のフリマに、制服が売りに出されていたとも聞いた。ちなみに、店長に貸与されるネクタイは各自二本ずつだそうだ」

相馬管理官はミントくさいゲップをして、続けた。

「警視庁さんは被害者の周辺捜査の一方で、都内のパディカフェ店長やその経験者を当たらせているが、未遂事件だから帳場は立っていないし、人手不足で捗《はかど》っていない。というわけで、御子柴よ。長野県下については、おまえさんが調べてやれや」

ちょっと待ってくれ。

こっちの事件発生が七月十一日、世田谷が八日。わずか数日の間に同じ、極めてユニー

クな凶器で女性が襲われた。確かに、偶然とすればとんでもない偶然だが、

「管理官は、世田谷の事件と千曲川市の事件に関連があるとお考えですか」

「それをおまえが調べるんじゃないか。念のため伝えておくと、ネクタイの件は報道されていない。この件を知っているのは、警視庁の捜査関係者とパディカフェの関係者と、その元部下だけだ」

「あの、うちから警視庁に出向している、私の後任はその捜査についてどう言ってるんですか」

「ああ、細澤恭二な。あいつはいろいろあって、今は警察庁にいる」

「は？」

警察庁？　なんでまた。

「警察庁の生活安全局の局長が信州出身で、細澤の遠縁だそうだ。今はその局長のカバン持ちをしていると聞いている」

「え、それじゃ、捜査共助課のほうは……？」

「気になるか」

相馬伝蔵はガムを噛みながら御子柴をまっすぐに見た。御子柴はたじろいだ。

「そりゃまあ、気にはなりますが」

長野県警と警視庁の間がうまくまわっているのか、気になるに決まっているじゃないか。

そのためにこちとら三年も頑張ってたんだ。

相馬はふっ、と笑って視線をそらし、言った。

「そういえば、世田谷の事件の手伝いに、御子柴の元相方が駆り出されているらしいぞ」

3

本日三本目のペットボトルをゴミ箱に放り込み、中央線の八王子駅を出た。一リットル半の水分はすでに汗として流れ出てしまっている。例年ならまだ梅雨の時期なのに、一週間前に雨がぱらついてからはずっと快晴で、影がアスファルトに焼きついてしまいそうだ。降れば土砂降《どしゃぶ》り照れば猛暑日、といった毎日はもはや異常気象ではなく、単なる日常。これまでになかった災厄を、次々に生み出す日常だ。

竹花一樹は熱気に顔をしかめながら、ロータリーへ足を踏み出した。

「八王子は盆地で、熱気と寒気が溜まるって聞いたことがありますけどぉ」

世田谷芦花《ろか》署刑事課の三村綾《みむらあや》がジャケットを脱いで、言った。見上げるほどでかく、髪も短く拳にタコがあるが、声はかわいい。

「ホントでしたぁ。これほど暑いと、夏の聞き込み用に日傘が欲しい。買ってこようかなぁ」

「さすがにそれは」

「じゃちょっと、日焼け止め塗ってきますんで、待っててもらえますかぁ」

三村は竹花の返事も待たず、建物の陰に引っ込んで、バッグから取り出した日焼け止めスプレーを噴射し始めた。

竹花より十歳は下。なのに本部から来た先輩に対して、遠慮ないっすね、と竹花は思ったが、口には出さなかった。言えばよけいに暑くなるような気がしたのだ。

警視庁捜査共助課に所属する竹花一樹が、世田谷芦花署へ応援に入るように命じられたのは、二日前、月曜日の朝のことだった。

もともと芦花署は世田谷の桜上水から千歳烏山、赤堤《あかづつみ》あたりの、環八《かんぱち》沿いの住宅街を管轄する、比較的のどかで規模の小さな警察署なのだが、今年に入って難しい事件が次々に発生。特捜本部、捜査本部と二つの帳場を抱えているところへ、署の食堂で食中毒が起きた。三人が入院、二十人近くが欠勤しているという。

危機管理がなってないっすね、と応援を命じられた竹花ですら呆れたが、久しぶりの外回りの指示は正直、嬉しい。

御子柴将の後釜として長野県警からやってきた細澤恭二警部補が、あまりに仕事をせず、勤務中にゲーム三昧《ざんまい》だったのにキレてしまい、つい意見したところ「警視庁でいじめられている」と古巣の県警に訴えられた。その後、細澤がどうなったのかは知らないが、年齢も年次も階級も上の「お客様」にアヤをつけてしまった竹花は、叱られもしない代わりに誰とも組まされず、ピンチヒッターへの指名を待って、ベンチをあっためているだけだ。

　それが久々の起用。やったね。

　張り切って到着したが、芦花署は半ばパニック状態で、近隣署や本部からの応援組が受付に列をなし、対応する署員の目は完全に泳いでいた。刑事課に出向いても、仕事の割り振りを決めているのはまだ若い主任で、応援のベテラン捜査員に絡まれ、上ずっている。

　結局、竹花が土曜日の深夜に発生した殺人未遂事件の担当を割り振られ、刑事課で一番の新米という三村と組まされ、凶器となった〈パディントンズ・カフェ〉店長のネクタイの所在をしらみつぶしに調べろと指示されるまで、一時間以上かかったのだった。

　なんだってこんなことになったかといえば、

「ウェルシュ菌っていうんですか、前日のカレーを鍋ごと冷蔵庫に入れといたのに、あの菌は冷やしてもダメみたいですねぇ。一晩置いたカレーは美味しいし、量にかぎりがあるからって偉い順に食べちゃったもんだから」

　三村は、んふふっ、と笑った。どうりで若いものばかり残り、課長や係長が見当たらないわけだ。

「重症化するほど強い菌でもないらしいですけど、このところの暑さで胃腸が弱ってたのと、脱水症状で熱中症になったのもあって重症者が出たんですねぇ。まったく、この暑さは殺人的ですよ。今度の事件も暑さが原因の通り魔じゃないですかねぇ。よく聞きますよね、太陽のせいだ、って」

若いコはふざけたことを言うよ、とその時は聞き流したが、月曜火曜と猛烈な暑さのなか、店長のリストを一つずつ潰す地味な作業を積み重ねているうちに、それも悪くないかもー、と竹花は思うようになった。店長のリストをひっちゃぶき、職務を放棄して太陽のせいにする。サラリーマンの夢っすね。

聞き込み三日目水曜日、この日は東京の西部を中心に回ることにした。本日最初の元店長は、八王子駅前の目抜き通りでラーメン店を営んでいた。開店に向けて仕込みの真っ最中らしく、温度計が五十四度をさすタマネギ臭い厨房で、汗を拭きながら寸胴を覗き込んでいるところだった。ぽっちゃりを通り越したアンコ型で、ネクタイをしめて働くよりラーメン屋の大将が正解に見える。

「ネクタイ？　辞めたときに叩き返したよ。あんなもん、がめるわけないだろ」

大将は二リットルのペットボトルを軽々と傾けて、盛大に水分補給をしながら言った。

「オレ首が太いだろ。ネクタイが短すぎて、腹の上に浮いちゃってさ。店長を束ねる地域統括マネージャーってのに、よくみっともないってバカにされてた。なら長いネクタイよこせって喧嘩《けんか》になって、結局、半年で辞めたな。拘束時間は長い、給料は安い、バイトはすぐ辞めたがる、マネージャーの要求は多くて、なにかっつーと書類を提出しろ。毎月、制服貸与料ってのも引かれてたんだぜ。ひでえ仕事だった。あれに比べりゃここは天国だね」

大将は寸胴をかき混ぜた。いわく言いがたい香りが立ち込め、室内の温度計が五十七・八度まで上がった。

「土曜の夜十一時ごろ？　店閉めて、ここで持ち寄りの宴会やってたよ。近所の知り合いの若手店主が集まって、情報交換という名の暑気払いな。誰に訊いてもらっても大丈夫だよ」

「そうっすかー」

竹花は調子よく相槌を打つと、三村にアリバイの裏を取りに行かせた。元店長のリスト潰しがお役目だとしても、もう少し犯人に繋がる情報が欲しかった。

昨日の夜、竹花たちが芦花署に引き上げると、刑事課の強行犯係長が復帰していた。現役の店長はともかく、過去五年に遡《さかのぼ》ってあたった元店長たちの大半は、ネクタイのことなどすっかり忘れていた。〈パディントンズ・カフェ〉の東京営業所では、犯人にたどりついて把握している人間がいない、の一点張り。これではこの線からは、犯人にたどりつけそうもない。

もう少し事件について教えてもらえれば、精神的に病んでいて通り魔を働きそうなやつとか、被害者と接点がありそうなやつとか、そういう情報も引き出せるかもしれないっすよ、と竹花は係長に言ったのだが、本部から来たとはいえ、お手伝いが余計なことしなくていい、と頭ごなしに怒鳴られた。

お手伝いったって映像解析の担当者を除けば現在、この件で動いているのは竹花と三村だけ。

なのにそういう態度を取られるとねー。余計なことして、鼻を明かしてやりたくなるのが刑事っすよねー。

三村に晩飯を奢って丸め込み、係長の目を盗んで資料を読んだ。

被害者は世田谷区赤堤在住の篠田陽羽《しのだひわ》、三十八歳、子どもなし。夫はタクシードライバーで夜勤が多いため、本人も夜、スナックで働いている。夫婦ともに犯歴なし、借金なし。夫の実家の敷地内にあるアパートにただで住んでいる。姑と仲が悪く、大声で怒鳴りあって警察を呼ばれたことがある。それ以外のトラブルは、これまでのところ報告されていない。

事件の目撃者は酔っていて、暗がりにいた犯人を直接はみていない。現場は自宅アパートの目と鼻の先にある路地で、防犯カメラなし。周辺のカメラに映った人物の割り出しを続行中。

資料に掲載されていた篠田陽羽の写真を見ると、事件当時、仕事帰りということもあってか露出が高く化粧が濃い。監視カメラ映像の解析を主に行っているところを見ても、世田谷芦花署の係長は通り魔の犯行、と目星をつけ、それ以外の可能性は無視しているようだ。

だが、通り魔の凶器がなんだって〈パディントンズ・カフェ〉のネクタイなのか。個人的な恨みの線も捨てきれないっすよねー、と竹花は思ったのだった……。

「ところで大将、元店長同士の付き合いってまだあったりするんすか」

「まだってアンタ、付き合いなんか一切ないよ。さっき言った統括マネージャーから、店長同士で連絡を取り合うなってきつく言われてたからね」

「そりゃまた、どうして」

「団結して労働基準監督署に駆け込まれたり、弁護士でも雇われたら迷惑だからじゃね？　まあ、こっちも横の繋がりとか考えてなかったし、面倒な思いまでして改善したくなるほどの職場じゃなかったし。一度、それやろうとした店長がいたらしいけど、物好きだよな」

「大将も声かけられたんすか」

「いや、他の店長に声かけたのをチクられて、一週間くらい本社に留め置かれて再研修受けさせられたってさ。それでなんか、おかしくなったって話だよ。マネージャーもこっちを脅すつもりで教えたんだろうね。薄笑い浮かべてさ。思い出すだけで腹たってくるわ、ヨシヅミのヤツ」

「へえ、そのマネージャーってヨシヅミっていうんすか」

「善を積むと書いて、善積《よしづみ》。どこがだよっ」

店長は自分でツッコんで、汗を拭きながら、へへっ、と笑った。

三村を待つ間、いまさらだが〈パディントンズ・カフェ〉について検索してみた。本社は長野県長野市。同一人物かどうか、六月の株主総会で承認された人事で、善積阿久也《あくや》という男が取締役兼関東担当ゼネラルマネージャーになっていた。広報用の写真には、細面でメガネをかけた三十歳前後の男が映っている。

話を聞いてみたいが、東京営業所に連絡をしてみると、善積は現在、北関東に出張しておりまして戻りはいつになるかわかりません、と木で鼻をくくったような答えが返ってきた。

竹花はリストを見た。チェックしなくてはならない相手があと十三人、首都圏に散らばっている。できるだけ効率よく回るようにしているが、不在や転居もあるし、少なくともあと三日はかかる。会ったところで、ネクタイは本社に返却した、と言われたらそこで行き止まりだ。しかしこの作業を放り出して、善積を追いかけるわけにもいかない。

裏を取ってから戻ってきた三村と、八王子市内に二軒あるパディカフェの店舗で、現役の店長のネクタイをそれぞれ確認させてもらい、次の元店長の住所へ向かった。京王線めじろ台駅近くの団地の一室で、出てきた元店長はうちわ片手に水をがぶ飲みしながら、疑問形で喋った。

「エアコンが壊れて？　金なくて？　店長のネクタイ？　押入れにあるから勝手に探して？」

押入れを開けると、衣類が詰まったビニール袋がなだれ落ちてきた。一つ一つ中身を出して、また戻す。元店長はベランダへの窓のすぐそばにへたり込み、他人事のようにこちらを見ていた。竹花は作業をしながら、いつまで店長をやっていたのか訊いた。

「あー、震災の翌年の暮れに突然？　仕事を続けたいなら長野かどっかの店に転勤しろって？　断ったらクビで？」

「そんな理不尽な、拒否できなかったんすか」

「お客からクレームがあって？　もめて？」

元店長の短い言葉をつなぎ合わせていくと、こういうことだった。震災の年から、店に対するクレームをメールで受け付けるようになり、例の地域統括マネージャーがそのクレーム管理も行うようになった。クレーム三回で、店長には罰として給料カットが言い渡され、担当店舗替えを指示されたりもした。

「でも、客の言いがかりってこともあるわけっすよね」

「要するに給料カットや店舗の統廃合が目的？　だから、そんなの関係ない？」

この元店長を担当していた地域統括マネージャーも、善積阿久也だった。

　衣類の山からネクタイを二本見つけ、くしゃみをしながら団地を後にした。途中で見つけた自販機でペットボトルを買ったが、駅に着くまでに空になった。この夏が終わるまでに、一体どれくらい飲料代を使うことになるのやら。

「あーやっぱり、日傘買えばよかったぁ」

　三村が真っ赤な顔をハンカチで扇《あお》ぎながら言った。

「知ってます？　日傘の下って、日光をじかに浴びるより十度近く涼しいんですよぉ。化粧崩れしないで済みますよねぇ」

「言っちゃなんだけど、崩れるどころか残ってないっすよ、化粧」

　三村がげっ、と叫んで化粧直しに没頭している間に、三人目の元店長の自宅を調べた。住所は川崎市麻生《あさお》区、一番近い駅は京王相模原線の若葉台駅になる。特急で調布まで戻り、乗り換えるしかなさそうだ。

　四十五分後、昼飯どきに若葉台駅に着いた。食欲はなかったが、食べておかねば、と義務感で通りすがりのファミレスに飛び込んだ。三村は水を三杯飲んで止める間もなくグラタンを頼み、サラダバーをつけ、ドリンクバーをつけ、デザートをつけようとするのでさすがにそれは止めた。

「知ってます？　糖質もちゃんととらないと、脳が働かないんですよぉ」

「とれば働くとはかぎらないっすよね」

「でもとらなきゃ働かないんですぅ。映像解析担当のミホちゃんなんか毎日アイス食べてるんですよ、仕事のためにぃ」

「それで、容疑者らしき人物の映像、見つかったんすか」

三村は首を振った。

「苦労してるって言ってましたぁ。夜中の住宅街だけど土曜日の終電前でしょぉ。中学生くらいの子たちの集団が公園にいたり、徘徊してるっぽいおばあさんとか、昼間暑いから夜中に犬の散歩とかジョギングとか、怪しいといえば怪しい人が多すぎてぇ。おまけに、カメラが少ないから追跡が難しいんだそうですぅ」

「その中学生とかに聞き込みした方が、早くないすかね」

「うちの係長、物証命なんですぅ。だからネクタイネクタイうるさいんですぅ」

「だけどさ」

「わかってます。ネクタイから絞り込むの難しいし、パディカフェも都内だけじゃないし。だから、けさ係長に、凶器のネクタイから犯人のＤＮＡを検出したらどうかって言ってきました。いざとなったら、アリバイもネクタイもない元店長たちと、そのＤＮＡを比較するって手があります。うちの係長、大好きなんですぅ、ＤＮＡ鑑定」

なんだそりゃ。

科学捜査は費用がかさむ。やってくれるなら止めはしないが、そんなことより、被害者とパディカフェの関係を調べた方がよくはないか。

「オレがお手伝いに入るまでに、被害者の周辺捜査をしていたのは？」

「椿《つばき》さんと賀川《かがわ》さん、二人ともどっちかの帳場に持ってかれましたぁ。所轄の仕事なんか後回しにしろってぇ」

要するに、昨晩読んだ資料以上の情報は上がってこないということか。

三十分で終える予定の昼食が、サラダバーとドリンクバーのせいで伸びた。少し早足で駅から緩やかに坂道を下り、鶴川街道を南へと下る。通行量も多く埃っぽい道だが緑も多く、小田急多摩線の高架をくぐった先には、農産物直売所と畑や農園、竹林が目についた。

また少し坂を登った先に、素材も経年もほぼ同じ白い住宅が立ち並んでいた。農家が手放した土地に建売住宅を作り、八軒まとめて売ってみました、といった風情で、道に面した前に四軒、後ろに四軒。中央に私道があって、これは行き止まりになっていた。

同じ建物でも、人が暮らせば個性が出る。洗濯物が大量に干してある家もあれば、雨戸が閉められたままの家、玄関アプローチのコンクリートパネルの隙間から、イネ科の雑草がモサモサ生えている家もあった。

そのモサモサがめざす元店長の家だった。多少の生活感はあるが、外回りを掃除した様子がまるでない。郵便受けの周りには、一週間ほど前にぱらついた雨を受けてしまったか、波打つ郵便物が散らかり、洗濯物が干しっぱなしで黄ばんでいる。玄関扉の脇には古いべビーカーが錆《さ》びつき、雨樋《あまどい》が斜めに傾いて屋根から外れかけている。虫が羽音を立てて飛んでいた。

敷地と私道の間に柱だけが立っていた。金属製のプレートに〈関根《せきね》〉と彫った表札。その下に設置されたインターフォンは、柱から外れて落ちかけている。

三村が先に立って、玄関扉まで行くと乱暴にノックした。竹花は顔の周りに飛んでくる虫を払いのけ、周囲を観察しながら、後に続いた。右隣の二階のカーテンの隙間から、誰かがこちらを見ている。背後の家のどこかで、子どもの声がする。どこからともなく低いブーン、という音が聞こえてくる。

「すみませーん、関根さーん。いらっしゃいますかぁ」

握りこぶしでドアをドンドン叩きながら、三村が声を張り上げた。なぜか、ブーン、という音が激しさを増した。

三村はドアのハンドルをキュッと押して振り返り、鍵、かかってません、と囁くと、返事をする間もなくごめんください、と叫んでドアを引いた。

次の瞬間、ブーン、が大きくなった。三村が顔を覆い、くぐもった声でなにか叫んだ。玄関先に倒れたものから、ハエの大群がわっと舞い上がった。

4

「死後五日以上七日未満といったところだろうね」

庄野勲《しょうのいさお》と名乗った神奈川県警麻生北署の捜査員は、ゴム手袋を外しながら言った。

「見ての通りひどいことになってるから、死因はまだ特定できないけど、なに。警視庁さんはこれを事件かもしれないって思ってんの？　残された酒瓶からして、酔っ払って玄関先で転んで、頭打った事故だよ」

だといいなあって思ってます、と竹花一樹は心の中で言い返した。警視庁と神奈川県警は一般人が思うほど仲が悪いわけでもないが、別組織には違いなく、そうでなくても警察官は縄張り意識が強い。こういう場面では、自分の情報を出さずに相手から引き出そうとする駆け引きが展開されることになる。

この暑いのに、そんな面倒な真似をするつもりはなかったが、ペラペラ喋って後で芦花署の係長から責められるのもごめんだ。と、いうわけで、

「いや自分、この件についてはお手伝いなんで。情報の共有については」

三村の方を軽く示してやった。お昼ご飯をなかったことにしてしまった三村は、離れたところで係長に報告の電話を入れながら泣きそうになっていた。

庄野がニヤッと笑って三村に歩み寄るのを見送ると、近所の住人たちが話を聞かれているのにそれとなく近寄って、聞き耳を立てた。隣人の表札には〈稲生《いなお》〉とあり、先ほど二階のカーテンの隙間から見下ろしていたのはこの家に住む高齢のご婦人で、麻生北署の捜査員に向かって、とめどなく喋り続けていた。

「そうじゃないのよ刑事さん。あのベビーカーは関根さんの母親の嫌がらせ。あたしもね、どっちかといえばお母さんに年が近いし、孫が見たいって気持ちもわからないじゃないのよ、うちの娘も結局、結婚しないまま五十を越えたし。一緒に暮らしてくれる優しい娘だけど、やっぱり孫の顔を……ええ、そうなの。関根さんは母親から援助してもらって家を買ったのね。だから母親は、そのぶん、息子夫婦に口出しできると思ったみたいで……」

こういった郊外の住宅地では、お隣の勤め先どころか名前も知らない住人が多いが、稲生さんは関根家の内情にやたらと詳しかった。

関根隼人《はやと》はここから車で十分ほどの、鶴川街道沿いのパディカフェ稲城《いなぎ》店に勤めていた。妻は同じ店で働いていたパートで、二人とも四十歳の初婚。関根の母親は早く孫を、と息子夫婦にプレッシャーをかけ続け、耐えかねて妻は家を出ていった。

「ここができて入居したのが震災の年の夏で、二年くらいしてからかしら。正直、よくもったわよ。息子さんの方は朝から晩まで仕事、奥さんも働いていたんだけど、帰宅するとそれを見計らったかのように姑がやってくるんだもの」

三年くらい前から関根隼人が家から出なくなり、資源ゴミの日に出されるビールの空き缶や酒瓶が増えた。どうしたのかと思ったら、稲城店が閉店して全員解雇された、と当時その店のパートだった娘の友人から知らされた。母親が押しかけてきて、これからどうするのか息子を問いつめ、息子がキレて酒瓶を投げつけた。それ以来、母親も滅多にやってこなくなった。

「気の毒だけど迷惑よね。隣がだらしないとうちの資産価値だって下がるのに。一度、それとなく言ったことがあるんだけど、聞いちゃくれなかった。車を売ってからはよく酔っ払って奇声をあげてたし、なんかやらかすんじゃないかと思ってたら、死体になってただなんて。娘がショックを受けるわ。あの子、なんか臭わないかって言ってたのよ。あたしは気づかなかったんだけどね」

捜査員は事務的に、ということは最近、関根さんの家を出入りしていたのは関根隼人さんだけですか、と尋ねた。稲生さんは眉を吊り上げて、

「関根さんの家を見張ってたわけじゃないのよ。だけど、ほら、この一角はうちで行き止まりだし、見慣れない人が入ってきたら気づくわよね。一週間くらい前だったかしら。母親が出ていくのを見たわよ。お隣からまた奇声が聞こえてきたから覗いてみたの。花柄の帽子なんかかぶって、おしゃれして訪ねてくる体力があるなら、杖ついてたって掃除くらいできるでしょうに」

三村と庄野の話が終わり、三村がキョロキョロし始めたのに気づいて、竹花はその場を離れた。三村が言った。

「係長がうちの件とはカンケーないんだから、聴取が済んだらさっさとリスト潰しに戻れと言ってますぅ」

「関係ないって、なんでわかるんすか」

「だって死後五日以上なら、関根隼人はこっちの事件のときにはもう死んでましたよねぇ」

竹花は忙しく頭を働かせた。あくまでも通り魔の線でいくなら、なるほど関根隼人は無関係だ。だが〈パディントンズ・カフェ〉絡みの事件が立て続けに二件。いや、庄野の言うとおり、関根隼人は事故死か病死で事件性はないかもしれない。

それでも、もう少し突っ込んでおくべきっすよね、と竹花は思った。別の事件の聞き込みに訪れたら、そいつが不審死を遂げていた。そうそうあるこっちゃないっすよ。

「念のためネクタイがないか、確認だけはしとくべきっすね。関根隼人が犯人じゃなくたって、ネクタイは関根隼人のものかもしれないんだし」

げっ、と三村は言った。

「あの家に入る？　んなことしたって意味ないですよ、ハエがひどいだけでぇ。麻生北署も絶対イヤがるしぃ」

だったら、と竹花は持ちかけた。別の方法で裏をとるのはどうっすか。

「そうですそうです、善積阿久也。うちらの地域統括マネージャーですよ」

パディカフェ稲城店のパートだった稲生の娘の友人は、名を児玉布由《こだまふゆ》と言った。現在は、南武線矢野口駅の目の前にあるスーパーのバックヤードで働いていると、稲生に教えられて訪ねていくと、安物のTシャツと膝までのパンツにスーパー名入りのエプロン、首にタオルを巻いた姿で出迎えてくれた。段ボールから商品を出しつつ、質問にもちゃんと答えてくれる働き者の優しいお母さんといった感じの五十代女性だが、

「あのマネージャー、思い出しても腹がたつわ。稲城店って、売上が下がってたはずないんです。関根店長は手作りしたチラシを自分で近所にポスティングしたり、行列ができて外で待ってるお客さんがいたりすると、紙コップでお水配ったり、評判良かったんですよ。あのあたりは飲食店もそれほど多くないから、平日でもお客が途切れなかったし」

児玉布由はポテトチップスの入っていた箱を、力を込めて潰した。

「売上の数字をうちの店からあげるときに、マネージャーが操作してたんじゃないかって、従業員の間で噂になったことがあるんです。マネージャーが店長に、上への報告はオレがやるからおまえは接客に専念しろって事務所を追い出して、パソコンの数字をいじってたって」

「ほんとっすか」

それに関根が気づかないはずないだろう、という含みで尋ねると、児玉布由はなお声を小さくして、

「だから噂ですって。ただ店長、稲城店が閉鎖される前から、よくお酒を飲むようになっていて。店長会議で本部に集められたとき、アルコールの臭いをさせていたそうなんです。そこを付け込まれたんじゃないかしら」

「それはやっぱり、奥さんや母親のことで?」

「も、ありますけど。あの、ここだけの話ですよ」

児玉布由は竹花と三村を交互に見ながら、言った。

「その一年くらい前に、長野の千曲川店……だったかな、そこの店長が自殺したんです。関根店長とは研修中に知り合ったとか。あ、パディカフェの本社は長野にあって、研修は志賀高原でやるんですよ。泊まりがけで二週間。同室で親しくなって、よく連絡とってたみたいです。店長って激務で給料も安いのに、報告書をやたら提出しなくちゃならない。そんな状況を一緒に改善しようっていう千曲川の店長とのやりとりを、マネージャーに見られたんだそうです」

ラーメン屋の大将から聞いた話とは微妙に違うが、

「ひょっとして、それで千曲川店の店長が本社で再研修を受けさせられた……?」

「そうそう。それが厳しくて、うつみたいになっちゃって。本社の屋上から飛び降りたんですって」

そのショックで関根店長、虚脱状態で、アル中みたいになって、善積マネージャーになされても気にしなくなってました。え？　制服ですか。閉店になったとき、私が店長のものもまとめて東京営業所の善積宛てに送りました。もちろんネクタイも二本入れたの、はっきり覚えてます。

児玉布由は言い切って、段ボールをまた音を立てて潰した。

矢野口駅から南武線で府中本町に行く車中で、児玉布由の働くスーパーで買ったパンを食べた。〈パディントンズ・カフェ府中本町店〉で現役の店長のネクタイを確認し、次の元店長の住む東中神に向かった。立川で青梅線に乗り換えて、住宅街を歩き出す。すでに夜七時を回って日も暮れたが、日中同様の汗が滴り落ちてくる。むしろ、アスファルトやコンクリートに溜め込まれた熱が、エアコンの室外機とタッグを組んで襲ってくるようで、住宅街はこの時間の方が蒸し暑い気がする。

住所表示とスマホのナビを見比べながら、汗を拭き拭き歩いていると、しばらく黙っていた三村が言った。

「さっきのスーパーのおばさんのアレ、どういうことなんですかぁ」

「え、なんすか？」

空惚けると、三村は化粧の跡形も残っていない顔を歪めて、

「竹花さん、ホントはパディカフェの店長たちの裏話、集めてるんじゃないですかぁ。係長にバレたら、お手伝いが余計なことすんなって怒られますよぉ」

「言いつけるつもりなんすか」

「そんなことはしません。アタシだって犯人は捕まえたいし、ネクタイだけ追っかけてても ラチあかないしぃ。でも、あの話と通り魔、あんまり関係ないですよねぇ」

「関係あるかどうか判断できるほど、まだ被害者について調べてないっすよね。いいじゃないすか、ちゃんとこうしてリスト潰しも続けてるんだし。そのついでに、店長たちの状況をおさえとくだけっすよ」

「まあ、確かに。話を聞いてるとパディカフェの店長って、大変ですよねぇ。特にその、善積とかいうマネージャー」

「今は取締役兼ゼネラルマネージャーに出世してるみたいっすね」

「ヤな奴ほど出世するんですよねぇ。うちの係長も同期の出世頭なんだって、自分で言ってましたぁ」

「そんなこと言っていいんすか」

「言いつけるつもりなんですかぁ」

竹花は笑った。三村も鼻先でくすんと笑い、

「帰りに京王線の千歳烏山あたりまで出て、被害者の篠田陽羽の亭主のタクシー呼びましょうかぁ」

と、言った。

東中神の元店長は自宅にはいなかった。この時間なら立川の雀荘《じゃんそう》だ、と母親に教えられて出向くと、土曜日のその時間もここにいた、と打ちながら言い、周囲もそれを認めた。

あのネクタイは制服と一緒に善積マネージャーに返そうとしたら、クリーニングして返すのが常識だろうとか言われちゃってさ。勝手に制服を貸与して、貸与料天引きして、クリーニング代までとるってホント、ドケチな会社だった。頭にきたから善積の名前でクリーニングに出して、後払いにしてもらって、引換証を送りつけたよ。あとのことはヤツに訊いてくれ。

タバコの煙で視界の悪い昭和な雀荘を後にしながら、竹花は、よし、と思った。これで善積阿久也に話をきく口実ができた。

立川の店舗と東府中の店舗に寄って、現役店長のネクタイをそれぞれ確認した。最後に寄った西調布の店舗に店長はおらず、明日の午前中には出てきます、とバイト店員に明るく断言されたところで十一時を過ぎた。

本日の作業は終了ということにして、千歳烏山までガラガラな準特急で戻り、三村がタクシーを呼んだ。篠田陽羽の亭主は佐介《さすけ》といい、すぐにやってきた。家にいても病院にいても落ち着かず、といって仕事にもならず、近くにタクシーを停めて寝ていたのだという。

「オレら、バツイチ同士の結婚なんで、相手の過去を聞きほじったりしないようにしてんだよね。それぞれ、あんまり触れられたくないことがあるんで」

エンジンをかけ、エアコンとラジオをつけた状態で駐車したタクシーの中で、篠田佐介は運転席に座って前を向き、時々バックミラー越しに視線を合わせつつ話した。この方が話しやすくて落ち着くのだという。

「陽羽がパディカフェで働いてたか？　聞いたことないな。近所の下高井戸店には一緒に何度も行ってるから、働いたことがあるなら言うんじゃないか。ヤな思い出があるなら、そもそも行かないだろうし」

「あの、奥さんって、はっきりしたタイプですかぁ。お母様とはよく喧嘩してるって聞いてますけどぉ」

「二人とも声がでかいってだけ。それが周囲には喧嘩に聞こえてケーサツ呼ばれたんだけど。なんだよ。はっきりした性格だったら、それで恨みを買ったとか言いたいわけ？」

「え、あの、そーゆーつもりじゃ」

三村が口ごもったので、竹花は助け舟を出した。

「今の世の中、逆恨みって多いし、こう暑いとわけわかんない輩も出かねないし、仕事柄、運悪くそういうのに出くわすこともありますよねー」

「うーん」

佐介はやや落ち着いて、

「最初の刑事さんたちにも話したけど、スナックの客に陽羽を追っかけ回してるようなのはいなかった。でっかい口開けてガハガハ笑って、大酒飲んで、場を楽しく盛り上げるタイプだ。ストーカーがつくような女じゃないよ」

「それなら前の結婚相手とも、特にこじれたりしてない？」

「こじれてはない、けどさ」

佐介は奥歯に物の挟まったような言い方になった。

「けど？」

「聞いた話じゃ、最初の亭主はバイト仲間で、亭主が大学卒業してこっちでいい会社に就職してすぐ一緒になったんだけど、まだおたがいに子どもで、喧嘩も多かったんだって。あるとき、陽羽が階段から落ちて流産した。で警察に、亭主に突き落とされたと訴えたってさ」

「てことは、ホントは違ってたんですかぁ」

「勢いで言っちゃったんだって。アイツ、カッとなると見境ないんだよな。すぐに訂正したけど、もう捜査が始まってて、亭主の勤め先にまでＤＶ亭主って噂が広がった。陽羽は亭主の会社の同僚にも否定したんだけど、ＤＶの被害者はそうやって暴力を振るわれてることをごまかすもんだ、って信じてもらえなかったそうだ。結局、二人は離婚して、亭主は故郷の長野に帰った」

長野。

竹花と三村は顔を見合わせた。

「それで、その元亭主はその後……？」

「ずっと音信不通だったのが、最近になって、当時のバイト仲間から数年前に自殺したって教えられたんだって。離婚してから十年も経ってたし、陽羽のせいじゃないけど、アイツ気にして、元亭主の親にお悔やみ状とお花代送ったんだ。開封もされずに戻ってきたけど」

「送り先は長野のどこですか」

篠田佐介は前を向くのをやめて、振り返った。

「うちに帰って調べればわかるかもしれないけど、なに。それって重要？」

たぶん、ことによると、重要かも。

そう言おうと口を開けたとき、ラジオのニュースが始まった。茨城県水戸《みと》市で男性が刺され意識不明の重体、という概要の合間に、ヨシヅミアクヤ、という名前が確かに聞こえてきたのだった。

5

「そう。善積阿久也が所持していた名刺によれば、〈SPCダイニング〉の取締役で関東担当ゼネラルマネージャーっつう肩書きだね」

以前、警視庁の捜査共助課に出向してきていた茨城県警の照山伍一《てるやまごいち》は、深夜の問い合わせにもかかわらず、楽しそうに答えた。

「なんだよ竹花ちゃん、元気そうじゃない。御子柴の後釜の長野県警の格上に喧嘩ふっかけて、干されてんだって？　警視庁やめてウチに転籍しなよ。いま申し込みをすると、もれなく干し芋《いも》を一キロお付けしますよ」

細澤恭二の件が、なんで茨城県警まで伝わっているのやら。一瞬、旧知の相手に愚痴をこぼしそうになったが、いやいや、それどころではない。

篠田佐介のタクシーで三村を帰宅させ、自分も帰ってネットニュースを調べたところ、善積阿久也は今日の午後六時過ぎ、水戸市の一二三号線に面した〈パディントンズ・カフェ茨城大学店〉の駐車場内で腹部を刺された。すぐに救急搬送されたが、意識不明の重体。犯人はその場から逃走し、茨城県警と水戸署は傷害事件として行方を追っている。

「よくあるファミレスの駐車場で、店舗が二階で駐車場が建物の下、低くて暗い。わかるだろ？　食事を終えてエレベーターで降りてきた夫婦が、車のエンジンが停止して静かになって、ドアがバタンと閉まる音と、なんだババア、という男の声を聞いている。気にもとめずに自分たちの車に向かったら、誰かが駐車場を歩いて出て行ったようだ、と。で、奥の駐車スペースから車を運転して出てきたところで、助手席の奥さんが、人が倒れているのに気がついた」

「駐車場に監視カメラはあったんすよね」

「ありましたとも。それが夏らしいというか」

照山はフフッ、と笑うと、

「事件の一時間くらい前から、駐車場の隅に、老婆が立ってんのよ。じーっと身動きもせずに。で、善積の車が入ってくると、ゆっくり近寄ってさ。車から降りたところを、背後から近づいて、振り向いたところをやおらブスッと。手馴れてるっていうか、落ち着き払ってて、バアさんでなければプロの殺し屋と思うとこだね。目撃者の夫婦のおかげで、トドメはさせなかったわけだが」

「それ、ホントに老婆なんすか」

「顔はよく見えない。でも、あの年寄りくさい歩き方は演技とは思えないね」

照山が言うと同時に、からん、と氷がグラスに当たる音がした。

「つばの広い帽子をかぶって、化粧も濃くてさ。よくバアさんが着てる、着物っぽい柄の、チュニックっての？　夏用のブラウスで、下は黒っぽいパンツにスニーカー。片手で杖ついて、黒いリュック背負って。都内だとよく見るだろ、そういうカッコで散歩したり、ポスティングのバイトしてるバアさん」

「でも、捕まらなかったんっすよね」

「えーえ、捕まりませんでしたよ。すぐに水戸市全警察官の端末に防犯カメラ画像を送って、駅やバス、タクシーもしらみつぶしにしたんだけど。花柄の帽子やチュニックなんかすぐに脱げるし、脱いでしまえば街に溶け込める。そもそもバアさんがゆっくり歩いてたって、誰も気にしないわな」

花柄の帽子。杖ついて。

どっかで聞いたような、と考えて思い出した。若葉台の元店長、関根隼人の隣人稲生さんが、一週間ほど前に見た「関根の母親」だ。

だが、稲生さんが今日と同じように二階のカーテンの隙間から見下ろしたのなら、相手が母親と決まったわけではない。年配の女性だから母親だ、と思い込んでしまっただけ、ということもありうる。

おいおいおい。

やばいっすよ。ひょっとしてコレ、連続事件だったりして。

「だけど、犯人に逃げられたにしては照山さん、明るいっすね」

「そうか？　それより竹花ちゃんも、こんな時間によその事件についてわざわざ問い合わせってことは、なんか引っかかりがあるってことだよねえ」

探るような口調で訊かれ、そうなるよね、と竹花は苦笑した。同じ釜の飯を食ったとはいえ、別組織に属しているに違いなく、縄張り意識もなくはない。

だが、そんなことを言っている場合ではないのかもしれない。これが連続事件なら、まだ続く可能性だってある。全部をぶちまける必要はないが、最低限の情報を伝え、連絡体制をとっておくべきなのかも。バレたらお手伝いの分際で出すぎた真似を、と叱られるだろうけども。

「えーと、照山さん。これから独り言を言います。しばらくの間、情報の出所は保秘《ほひ》でお願いしまっす」

「なんだなんだ」

照山は愉快そうに言った。だが、世田谷、川崎市麻生区、水戸で発生した事件並びに死者が、それぞれパディカフェ関係だと知ると、相槌はやがて真面目になった。

「それで？　竹花ちゃんの見立ては」

「見立てもなにも、麻生区の遺体が事件なのか事故なのか、それすらはっきりしてませんし、偶然ってこともありえるし。世田谷の担当係長は偶発的な通り魔説で、ネクタイ追っかけてろの一点張りでして」

善積阿久也の件は、三村が係長に報告したが、だからそういう余計なことといいから、と怒鳴られて終わった。カレーと一緒に脳みそまで流れ出たんじゃないっすか、と竹花はイライラしたが、今度また格上とやりあったら、干されるだけじゃすまない。見てろよ。言うこと聞いてるフリをして、裏で動いてやる。

「パディカフェの本社にもいろいろ話を聞いてみたいんすけど、そんなわけで上が使えないんっす」

「ああ、〈SPCダイニング〉な。長野の企業だろ。御子柴に調べてもらえばいいじゃないか、おまえら仲良かったんだし。……あ、そうか。本社は長野県警の天下り先だっけか。そりゃ頼みづらいわな」

勝手に納得する照山に、へえ、そうなんすかー、と言いそうになった。御子柴に電話できなかったのは、単純に時間がなかったからで、明日の朝にでも連絡を取ってみようと思っていたのだ。

「わかったわかった。いいよ、こっちは店舗の駐車場で取締役が刺されたっつー大義名分があるし、よその天下り先なんざカンケーないからな。いろいろほじくり返しちゃる。麻生北署にも連絡してみるわ。担当者は？　庄野勲な。そうだ、老婆の画像、竹花にも送っとく」

シャワーを浴びてベッドに入ったが、疲労と興奮と暑さが重なって、寝が浅いまま朝を迎えた。窓を開けて涼しくなったところで、つい二度寝してしまい、あやうく三十過ぎてトーストをくわえて走るところだった。

八時台の、いくらか空いた電車に乗り、昨日こぼした西調布の店舗で三村綾と落ち合った。パディカフェのモーニングって美味しいんですよ、イギリス風でぇ、と言い出すのを無視して店長のネクタイをあらためた。ここの店長は女性で、店長になってまだ三ヶ月。水を向けても、内部事情についてなにも話そうとはしない。そういやおたくのマネージャーが刺されたそうですねえ、と言うと、あからさまに嫌な顔をした。箝口令《かんこうれい》が敷かれているのかもしれない。

「それはそうと、けさ、篠田陽羽さんのご亭主から連絡がありましたぁ」

朝食を食べそこねたと騒ぐので、別のファミレスに連れていくと、座布団並みのホットケーキをむしゃむしゃ食べながら三村は言った。

「陽羽さんの元亭の両親の住所、教えてもらいました。長野県の千曲川市治田町、鎌原幸《かまはらゆき》彦《ひこ》・鳩子《はとこ》だそうですぅ」

「元亭主本人の名前は?」

「あ、それ聞きませんでしたぁ」

三村はけろっとしてホットケーキのお代わりを頼むと、

「それと、麻生北署の庄野さんから。関根さんの司法解剖は今日の午後イチだそうですう」

「するんだ司法解剖」

「みたいですねぇ」

茨城の照山から連絡がいって、このまま事故か病死で片付けて警視庁か茨城県警に犯人が捕まり、ええ、川崎市麻生区の関根隼人も殺しました、と自供されたら神奈川県警のメンツにかかわる、と思ったのか。あるいは、パディカフェがらみで事件が頻発している事態に、捜査員としての勘が働いたか。

両方っすよね、と竹花は思った。普通、ここまできたら勘が働く。新米の三村でさえ、もはや単なる通り魔とは考えなくなっている。なのに、世田谷芦花署の係長は相変わらず。困ったもんだ。

三村の食事が終わるのを待つ間、照山から送られてきた「老婆」の画像をとっくりと眺めた。つばの比較的広い、紺地に花柄の帽子。確かに顔はほとんど見えないが、赤い口紅と顎のあたりが白く塗られているのがわかる。

同じ画像を三村の端末にも送り、御子柴にも、調べて欲しいことがあるので連絡をよろしく、と「老婆」を添付したメールを送った。

そこまで作業をしても、三村はまだ食べている。しかたがないので、店長リストの残りの住所を見ながら効率のいい回り方を考えていると、三村のケータイに着信があった。くだんの係長が、すぐ戻れ、いますぐ戻れ、お手伝いも連れて戻ってこい、とわめいているのが、側の竹花の耳にまで聞こえてきた。

さては、茨城県警と勝手に連携したのがもうバレちゃったか、と照山伍一を恨みながら、世田谷芦花署に戻って驚いた。捜査一課の玉森剛とその部下数名が刑事部屋に陣取って、芦花署の係長を取り囲んでいる。顔を強張らせた係長の肩に玉森が手を回しているところなど、吊るし上げているようにしか見えない。

玉森は竹花に気づくと、細い体に比して大きな頭を揺らしながら手を振った。

「よお、竹花」

「いったいどうしたんすか」

「どうしたもこうしたもよ、おまえずいぶん面白そうな事件に首突っ込んでるそうじゃないか。茨城と神奈川と長野が絡んでる連続事件だって？　なのに、いまこちらの係長さんに状況を聞いて驚いたよ。そこのおねーちゃんと二人だけで、ちびちびネクタイ追っかけさせられてんだってな。気の毒だからオレらも嚙んでやるよ。あ、いいからいいから。お礼は〈ブーランジェリープクガリ〉のカレーパンか〈ショコラティエ・ミキ〉のチョコ、〈アリマ洋菓子店〉の芦花シューとか、世田谷芦花署の地元のおやつでいいから」

どこで聞きつけてきたんだ、と疑問が顔に出たらしく、玉森は得意げにニヤリとした。

「うちの一課長経由で降りてきた話でな。出所はたぶん、長野の上の方だと思う。一昨日、御子柴のお膝元の千曲川市で、女性が絞め殺されたんだと」

「絞め殺されたって、まさか凶器は……」

「そのまさか。パディカフェの店長のネクタイだよ」

それは初耳だったとみえて、係長が飛び上がった。玉森は真っ赤になった係長を一瞥《いちべつ》すると、

「もっとも、長野でも所轄は亭主のしわざと決めつけて、昨日のうちに身柄おさえちまった。だが、パディカフェの本社経由で世田谷の事件について知ってた県警本部の上の誰かが逮捕状の請求を止めて、調べ始めた。しかも、だ。どうやら担当させられてんのは、御子柴らしいぞ」

は？　じゃ、自分たち、おんなじ事件を追いかけてるってことっすか。

玉森は細い体に乗った大きな頭をゆらゆらさせながら、腕組みをした。

「というわけで、だ。天下の警視庁の管内で起こった事件を、長野や茨城に解決されるわけにはいかねーってんだよ、わかるだろ？」

これまでにわかったことを洗いざらい吐け、と言われて竹花と三村が顔を見合わせたとき、竹花のスマホが振動した。御子柴将から連絡が入ったのだ。

開いてみるとツーショットの写真が現れた。白い建物の前の、七十代だろうか、夫婦らしい二人が寄り添った全身像の写真だ。

妻は紺地に白の花柄の帽子をかぶり、杖をついていた。

えっ、この帽子は、と立ち上がった瞬間、今度は着信があった。御子柴は開口一番こう言った。

「犯人がわかったよ。次に狙われる人物も見当がついた。細澤恭二、長野県警から東京に出向中の、オレの後任だ」

6

「昨日の夕方、相馬管理官に言われてパディカフェを調べ始めたら、興味深いことがわかったんだ」

強引に調達したパトカーで細澤がいる警察庁へ向かいながら、御子柴からの電話をスピーカーにして聞いた。

緊急走行のサイレンとアナウンスで聞き取りづらいうえに、後部座席の中央はよく揺れる。右隣では三村が必死にメモを取り、左隣ではもやし、じゃなかった玉森が車酔いを我慢しているらしく、ときどき、うえっ、うえっ、と気持ちの悪い声をあげている。首都高はいつもどおり渋滞中、どの車も緊急車両に出くわして苛つき、パトカーはたびたび車線を変更。こんなドライブが続くようなら、いずれ自分の三半規管も異常をきたすに違いない。

「過去十年間で、北信方面本部管内、パディカフェと〈SPCダイニング〉絡みで検索して出てくる案件は十八件。大半は無銭飲食と酒の上の喧嘩だな。あとは飲酒運転や運転代行業者とのトラブル、それに三年前の夏に発生した自殺というのがあった」

「その自殺って、もしかして本社での再教育中にSPCの屋上から、店長が飛び降りたっていう」

「そう。鎌原勇祐《ゆうすけ》」

鎌原、と三村が呟いた。世田谷の事件の被害者・篠田陽羽の元亭主の両親は、鎌原幸彦・鳩子といった。

「さすが竹花、この話知ってたんだ。再研修という名で監禁状態にして、精神的に追い込む人権侵害があったんじゃないかって一部のマスコミが騒いで、全国ネットの情報番組でも取り上げげられたそうだけど、三年前には東京にいたせいか、オレは覚えてなかったんだよな」

当時は御子柴さん、夏休みに上京するからホテルとってくれとか、アミューズメントパークのチケットを買っておけとか、顔も知らない謎の上役から次々に無茶ぶりされてましたもんね、と竹花は思い出していた。長野県にはネット予約が存在していないのかと思うほどだった。

「とにかく、この件は世間を騒がせた。店長の母親はそもそも息子の自殺を認めず、勇祐は本社の人間に屋上から突き落とされたんだ、と言ったらしい」

「えっ、まさか。そうなんすか」

「調書を読んだけど、鑑識は屋上の足跡痕をきちんと調べて解析してる。争った様子もないし、不自然な点はない。自分で飛び降りたのは間違いないと思う。ただ、両親、特に母親の鎌原鳩子は息子の死を受け入れられなかったんだろう。勇祐は自殺なんかしない、殺されたんだと言い張り、それ以外の結論を、頑固に受け付けなかった」

冷静に対処していれば、再研修で、眠らせなかったとかパワハラめいた状況にさらされ続けた、食事をとらせなかった、という事実があった場合、監禁罪や傷害罪で訴えることはできたかもしれない。刑事罰は無理でも、労災の認定を訴えるとか民事訴訟を起こす、マスコミを通じて弾劾《だんがい》することもできた。

「だが、両親が殺人に固執したため、人権派の弁護士も労働局も逆に手を出しにくくなった。状況はSPC側に有利に働いたんだな。通りいっぺんの調べがあって、労働基準監督署はSPCに研修制度の改善を勧告したけど、それでほぼ、事態は収束してしまった。両親はずいぶん訴えて歩いたようだけど、耳を貸す人間はいなかった」

「なあ長野よ。話はもう少しコンパクトに頼むよ。おまえの言う犯人ってのはつまり、鎌原鳩子ってことだな」

玉森はでかい頭がゆらゆらしているせいで、普通のひとより車酔いに弱いのではないか、と竹花は考えた。御子柴が明るく答えた。

「あ、玉森さん、久しぶりです」

「挨拶はいい」

パトカーが車線を変更し、後部座席の人間は内臓が捩《よじ》れるような感覚を味わった。玉森はうぇっ、とハンカチの陰で声をあげると、

「さっきから長々喋ってるのは、時間稼ぎじゃないだろうな。天下の警視庁を差し置いて、長野県警が都内でこのバアさんを押さえるつもりなら」

「じゃあ、少しはしょりますよ。最初に話したパディカフェがらみの案件に、運転代行サービスのトラブルがありました。これが当時、鎌原勇祐が店長を務めていた千曲川店で起きたこと、問題の運転代行サービスに派遣されたのが、うちの被害者だとわかりまして、その亭主や〈SPCダイニング〉に事情を聞いてみたんです。そうしたら」

「だから、はしょれよ」

玉森が頭をゆらゆらさせて、うぇっ、の合間に言った。御子柴は笑って、

「小林ひろみは当時、運転代行として客に呼ばれて千曲川店に行ったところが、鎌原店長の采配がまずくて、別の客の車を運転してしまった。そのため、最初に聞いていたのとは違う場所に着いてしまい、客ともめて警察を呼んだ。ひろみは筋を通したがる性格で、こ

の件をＳＰＣ本社に訴えたんです。ＳＰＣは、待遇改善要求を計画していた鎌原勇祐の再研修を目論んでいるところでしたが、それだとあからさますぎるので、小林ひろみの訴えを直接の理由としたわけです」

「御子柴よお。長野じゃ『はしょる』って言葉を、長引かせるって意味で使ってんのか。こっちはもうじき警察庁に着いちまうんだよ」

「とにかく、こうして被害者と鎌原勇祐に接点が見つかったので、鎌原の両親を調べたところ、鎌原鳩子は半年前に病死していました」

「へ？」

三村が間抜けな声を立て、玉森が竹花のスマホに顔を近づけてわめいた。

「おいこら。おまえが送ってきた写真はなんだ。花柄の帽子に杖、すぐに世田谷芦花署の映像解析担当者に見せたら、世田谷の事件の時間帯に、同じような帽子をかぶったバアさんが近所を徘徊してたんだ」

さらに川崎の麻生北署の庄野勲が、関根隼人の隣人・稲生さんに見せたところ、一週間ほど前に目撃した「関根の母親」のかぶっていた帽子とよく似ている、という証言が取れたとも聞いた。茨城の「老婆」の帽子とも同じだし、パディカフェがらみにこの帽子を加えれば、

「犯人は絶対に、鎌原鳩子なんだよっ」

「朝一で家宅捜索令状とって、鎌原夫妻の家を調べました」

御子柴は玉森の怒鳴り声を聞き流した。

「ひどい暮らしぶりでしたよ。近所の人の話じゃ、息子の一周忌に鳩子が倒れて、以来、幸彦が介護していたとか。幸彦本人も病気がちで、鳩子が亡くなってからは精神科を受診して安定剤を処方されてた。さっき、うちの捜査員が病院に確認しましたが、十年前に治癒した胃がんが最近になって再発したそうです。もう、後がなかったんでしょうね」

御子柴は声を詰まらせた。

「家中の壁や家具、いたるところに、人の名前と恨み言がマジックで書きなぐってありました。勇祐だけに再研修を受けさせた関根隼人、濡れ衣を着せた元妻の篠田陽羽、本社に訴えた小林ひろみ、再研修を担当した善積阿久也。奴らが勇祐を死に追いやった、両親はそう考えていたようですね」

「両親？」

三村がメモを取りながら呟いた。玉森が目を動かした。

「なんだ、それはつまり、父親か。鎌原幸彦が死んだ女房のものを身につけて、息子の仇を討ってまわってるってか」

「茨城県警の照山さんと話しました。事件現場から少し離れた公園のゴミ箱に、ウエットシートタイプのメイク落としが数枚捨ててあったのを回収したそうです。血液とファンデーションや口紅、皮膚細胞も検出できた。まだ検査結果は出ていませんが、場所からすると犯人が使ったものである可能性が高い。それで、防犯カメラ映像を再検証した結果、「老婆」のと似た黒の革靴を履き、黒いリュックを背負った年配の男が見つかった。さっき、鎌原幸彦の画像を茨城の照山さんに見てもらいました。彼の個人的な意見ですが、同一人物だそうです」

後部座席の三人は、そろって大きく息をついた。

竹花は思った。息子に死なれ、その憤りを家中に書き込んだ。自分たち自身の憎しみに毎日、包まれて生活した。狂気がどんどん増幅していっても不思議ではない。

だが、それにしても、

「どうして細澤さんが？　ていうか、残っている標的は彼だけっすか」

「いや、SPC幹部の名前が他に二人。一人は当時の社長で、現在は関西に本社のある教育出版会社のCEOだ。もう一人は、善積と一緒に鎌原勇祐の再研修を担当した人物で、菊原大地《きくはらだいち》。ただし、こいつが曲者でね」

御子柴はため息をついて、

「当時、自殺事件の責任は全部、この菊原に押し付けられたらしい。それで閑職に回され、やがて病気になって入院した。その入院先が鎌原鳩子と同じ病院で、さっきうちの捜査員が話を聞きにいったところ、入院中、鎌原夫妻と菊原がよく話しているのを病棟の看護師が目撃していた。菊原は夫妻に取り入っているようだったとか。ＳＰＣ内部の話では、菊原は自分が降格させられたのに、善積阿久也が出世していったのをずいぶん恨んでいたようだな」

つまり、元店長である関根隼人の住所や小林ひろみの存在、善積の行き先などの情報を鎌原幸彦が入手できたのは、菊原が手を貸したから、ということか。筋は通る。だが、

「いや、だから、なんで細澤？　あいつはなんで恨みを買ったんだ」

玉森がわめいた。助手席の警察官が、そろそろ着きます、と言った。パトカーが高速を降りていたことに、竹花は今さら気がついた。

「勇祐の自殺案件の担当者だったから、でしょうね。当時、細澤は長野センター署の刑事課に在籍してました。鎌原夫妻が、息子は殺されたと強く訴えた、警察の直接の窓口です。もちろん殺人ではないとはっきりしているので、その旨、たびたび鎌原夫妻に説明したわけですが、相手は聞く耳を持たない。鎌原夫妻は細澤のあとを尾《つ》けて、両親と住む自宅にまで押しかけ、大暴れしたこともあったとか」

「ひょっとして、細澤さんがこっちに出向させられたのは、その騒ぎも関係してるんすか」

「そこらへんのことは、オレには。聞いたところじゃ細澤は鎌原夫妻に対して、丁寧に対応してた。それで逆に、いきすぎがあったみたいで」

「いきすぎって？」

「捜査の内容を一部、鎌原夫妻に漏らしたんだな。SPCの幹部への聴取の内容なんかを。それで殺人ではないと納得してもらえると思ったんだろう。ところがかえって鎌原夫妻は、息子は会社ぐるみで殺された、天下り先を守るために警察も隠蔽《いんぺい》に加担したんだと確信してしまうし、県警上層部にもよく思われなくなって。余計なことはするなと、きつく命じられていたらしい」

御子柴は言葉を濁した。そうだ、〈SPCダイニング〉は長野県警の天下り先だったたっけ、と竹花は思い出した。

その後、細澤は警視庁に出向してきた。御子柴の事件のすぐ後だ、手をあげる人間は少なかったはずだ。上からにらまれて、行き場のなかった細澤は……。

あれ、ちょっと待てよ。

警察庁の生活安全局の局長が自分の遠縁だってことは、当然、東京に来る前から知っていたはずだ。警察庁の局長付として働いていたという実績のほうが、警視庁の捜査共助課在籍の経歴より、役人としては美味しい。長野県警に返り咲いたとき、上からにらまれた事実を払拭《ふっしょく》してあまりある。

しかしもちろん、出向先は自分の都合では変えられない。よほどのことでもなければ……。

まさか。竹花は口を開けた。

そのよほどのこと、が「警視庁でいじめられている」だったのでは？　それを理由に遠縁のおじさまに引っ張ってもらい、転籍したのでは？　さらにいえば、転籍を狙ってわざと仕事せず、ゲームにうつつを抜かしてみせた、とか？

竹花が格上でお客様の細澤に反抗したのだ、通常なら竹花のほうが叱られて、どこかに飛ばされ、細澤の身分はそのままのはずだ。なのに、内勤指示が続き干されてる感はあるものの、叱責も処分もないのは、「いじめられている」ですべてを曖昧《あいまい》にしたまま警察庁に横滑りしようという、細澤の深慮遠謀だったとか。御子柴の事件で警視庁と長野県警の間がギクシャクしていた折、それがわかっても上は蓋をして収めるに違いない、と考え見事に成功させた？

……いやいやいや。嘘だろ、考えすぎだ。これが事実なら、オレ可哀想すぎる。

一瞬、脱力した途端、パトカーが警察庁の正面に横付けされ、慣性の法則に従って竹花の体は前にのめった。玉森が空えずきをしつつシートベルトを外し、行くぞ、と声を出してよろよろと車を飛び出していく。三村も後を追い、竹花はパトカーの乗員に礼を言いながら、車から降りた。

警察庁の入口ホールの受付に、玉森と三村が先を争うように飛びついて、なにやら尋ねている。遅れて入った竹花は、ホール全体を見渡した。警備担当警察官が二人。奥にエレベーターホールが見える。その手前に打ち合わせ用らしい、安っぽい応接セットが並んでいる。壁際にはベンチ。クールビズでございます、と周囲に強調しているようなスタイルの男たちが数人、黒いリュックを脇に置いた男が一人、書類を抱えた女が一人、約束の相手が降りてくるのを待っているのだろう、腰を下ろしている。

……黒いリュックの男？

ハッとした瞬間、エレベーターの到着を知らせるチン、という音がして、扉が開いた。細澤が降りてきた。スマホゲームをやっている様子はなく、長袖のシャツを腕まくりして、きびきびと受付に向かって歩いてくる。

細澤には狙われているからしばらく自室から出ないように、伝言を頼んだはずだ。なのになぜ、ひょこひょこロビーに降りてきているんだ、と思った瞬間、リュックの男がさりげなく立ち上がった。遠目でも、はっきりわかった。

鎌原幸彦だ。

竹花は大声をあげて走り出した。その場の全員が驚いて動きを止めた。特に、細澤は竹花に気づいて足を止め、ひえっ、と言った。

その中で鎌原幸彦だけが落ち着いた足取りのまま、細澤に近づいていく。その手には刃物が握られていた。

全身から冷や汗が噴き出るのを感じながら、竹花は鎌原に向かって思いっきり飛んだ。

7

相馬伝蔵管理官は長い通話を終えて、御子柴に振り返った。

「鎌原幸彦は逮捕された。細澤を含め怪我人は出なかった」

身体中の空気がすべて抜けていった。

竹花は通話を切り忘れたらしく、向こう側の音声だけが伝わってきていたのだ。悲鳴だの、足音だの怒号だの、刺した刺された無事だ転んだ抑えろ、刃物確保身柄確保……。わけがわからないまま、突然、通話は切れた。

竹花や玉森たちが犯人を目の前に戦っているというのに、離れたところでぼんやり待っていなくてはならないというのもなあ、と御子柴は思った。なんだか自分が無能な役立たずになった気がする。どんな現場にも居合わせることなどできないし、いられたとしたって役に立てるとはかぎらないのだが。刺されて渡り廊下から落っこちるのが関の山かもしれないのだし。

本当に怪我人は出なかったのか。早く竹花に電話して、直接無事を確認したかった。

「ともかく一件落着だ。幸い、逮捕場所は警察庁のロビーだったそうだ。鎌原の身柄は当然、警視庁が押さえてまず一番に話を聞くことになるが、次はうちってことで、調整ができた」

「はい」

「だが、茨城や神奈川が後に控えてるからな。警視庁に合同捜査本部を作り、あっちで情報のすり合わせをして、検察にあげることになる」

「はい」

「というわけだから、御子柴。行ってくれ」

「はい……はいぃ？」

すっとんきょうな声が出て、自分でも驚いたが、それ以上に、

「私が行くんですか、警視庁に？」

「他に誰が行くんだよ。小林ひろみ事件の担当はおまえだ。それに」

相馬管理官は真面目な顔で、付け加えた。

「そろそろ警視庁捜査共助課に空きっぱなしになってる穴を、埋め戻す必要があるんだよな」

あとがき

どうやらわたしには、自分の生み出したキャラクターを千尋《せんじん》の谷に突き落とす癖がある らしい。思い返すと、我ながら実にひどいのである。

例えば『プレゼント』という短編集は、葉村晶《はむらあきら》という女探偵と小林警部補のダブル主演だが、前者はさんざん不運な目にあわされ、後者は作者に二十年も忘れ去られた。

幸い、物好き……もとい、熱心な編集者のおかげで二〇一四年、小林警部補は警視庁に出向中の御子柴将《みこしばすすむ》に事件解決のアイディアを示す、長野県警松本署の刑事としてよみがえった。ほったらかすうち定年間近となった小林警部補をこき使うのは、いかなわたしでも心苦しく、若い御子柴くんを主役に抜擢《ばってき》。事件捜査と、スイーツの入手といった雑用に奮闘する彼の日々をまとめたのが『御子柴くんの甘味と捜査』である。

ありがたいことに御子柴くんは、作中に取り上げた信州の甘味とともに好意的に迎えられ、御子柴くんに、とオススメの信州の甘味を送ってくださった方もいた。もっとも作者に届く前に、某出版社編集部においしくいただかれてしまったのだが、テキが間髪《かんぱつ》入れず、御子柴くんの第二弾を出しましょう、とオファーを繰り出したので、わたしは涙を飲んだ。

本を出してもらえるなら、わたしも大抵のことには目をつぶる。

ところが、執筆にあたってわたしの悪い癖《くせ》が出た。愛する我が子をつい、また千尋の谷に突き落としてしまったのだ。おかげでかわいそうな御子柴くんは……どうなったか、それは本文をお読みいただくとして。

今作の舞台の一つは長野県千曲川《ちくまがわ》市。ってアンタそれ『千曲市』の間違いだろ、とお思いかもしれないが、千曲市と異なり、千曲川市には胡乱《うろん》でワガママな市長や署長、住人がゴロゴロいて、警察署の設備も昭和末期レベルに古い。だが、本家と同じように〈あんずの里〉を有し、名産の杏《あんず》を使ったお菓子がたくさんある。

杏の花言葉は「疑い」「不屈の精神」、また杏林《きょうりん》といえば中国では医師をさす。御子柴くんは迷い疑いつつ、事件に立ち向かっていくが、傷を負った彼が遠距離バディ・竹花の助けも借りつつ前に進めたのは、舞台が杏の特産地であったおかげかもしれない。

若竹七海

「御子柴くんの災難」
Ｗｅｂ小説中公　二〇一六年五月号、六月号
「杏の里に来た男」「火の国から来た男」
「御子柴くんと春の訪れ」「被害者を捜しにきた男」
中央公論新社ホームページ　二〇一六年十月～二〇一七年八月
「遠距離バディ」書き下ろし

中公文庫

御子柴《みこしば》くんと遠距離《えんきょり》バディ

2017年12月25日　初版発行

著　者　若竹《わかたけ》七海《ななみ》

発行者　大橋善光

発行所　中央公論新社
〒100-8152　東京都千代田区大手町1-7-1
電話　販売　03-5299-1730　編集　03-5299-1890
URL http://www.chuko.co.jp/

DTP　嵐下英治
印　刷　三晃印刷
製　本　小泉製本

Published by CHUOKORON-SHINSHA, INC.
Printed in Japan　ISBN978-4-12-206492-8 C1193

定価はカバーに表示してあります。落丁本・乱丁本はお手数ですが小社販売部宛お送り下さい。送料小社負担にてお取り替えいたします。

中公文庫既刊より

各書目の下段の数字はISBNコードです。978－4－12が省略してあります。

わ-16-1
プレゼント
若竹七海
トラブルメイカーのフリーターと、ピンクの子供用自転車で現場に駆けつける警部補――。間抜けで罪のない隣人たちが起こす事件はいつも危険すぎる！
203306-1

わ-16-2
御子柴くんの甘味と捜査
若竹七海
長野県から警視庁へ出向した御子柴刑事。甘党の同僚や上司からなにかしらスイーツを要求されるが、日々起こる事件は甘くない――。文庫オリジナル短篇集。
205960-3

さ-65-5
クランⅠ　警視庁捜査一課・晴山旭の密命
沢村鐵
渋谷で警察関係者の遺体を発見。虚偽の検死をする美人検視官を探るために晴山警部補は内偵を行うが、そこには巨大な警察の闇が――！　文庫書き下ろし。
206151-4

さ-65-6
クランⅡ　警視庁渋谷南署・岩沢誠次郎の激昂
沢村鐵
同時発生した警視庁内拳銃自殺と、渋谷での交番巡査銃撃事件。警察を襲う異常事態に、密盟チーム「クラン」がついに動き出す！　書き下ろしシリーズ第二弾。
206200-9

さ-65-7
クランⅢ　警視庁公安部・区界浩の深謀
沢村鐵
渋谷駅を襲った謎のテロ事件。クランのメンバーは「神」と呼ばれる主犯を追うが、そこに再び異常事件が――書き下ろしシリーズ第三弾。
206253-5

さ-65-8
クランⅣ　警視庁機動分析課・上郷奈津実の執心
沢村鐵
包囲された劇場から姿を消した「神」。その正体を暴く鍵は意外な人物が握っていた。警察に潜む悪との戦いは佳境へ！　書き下ろしシリーズ第四弾。
206326-6

さ-65-9
クランⅤ　警視庁渋谷南署巡査・足ケ瀬直助の覚醒
沢村鐵
警察閥の大量検挙に成功した「クラン」。だが「神」の魔手は密盟のトップ・千徳に襲いかかり――。迫り来るクライマックス、書き下ろしシリーズ第五弾。
206426-3

各書目の下段の数字はISBNコードです。978－4－12が省略してあります。

と-26-12　SRO Ⅳ　黒い羊　富樫倫太郎

SROに初めての協力要請が届く。自らの家族四人を殺害して医療少年院に収容され、六年後に退院した少年が行方不明になったというのだが――。書き下ろし長篇。

205573-5

と-26-19　SRO Ⅴ　ボディーファーム　富樫倫太郎

最凶の連続殺人犯が再び覚醒。残虐な殺人を繰り返し、日本中を恐怖に陥れる。焦った警視庁上層部は、SROの副室長を囮に逮捕を目指すのだが――。書き下ろし長篇。

205767-8

と-26-35　SRO Ⅵ　四重人格　富樫倫太郎

不可解な連続殺人事件が発生。傷を負ったメンバーが再結集し、常識を覆す新たなシリアルキラーに立ち向かう。人気警察小説、待望のシリーズ第六弾！

206165-1

と-26-37　SRO Ⅶ　ブラックナイト　富樫倫太郎

東京拘置所特別病棟に入院中の近藤房子が動き出す。担当看護師を殺人鬼へと調教し、ある指令を出すのだが――。累計60万部突破の大人気シリーズ最新刊！

206425-6

ほ-17-5　ハング　誉田哲也

捜査一課「堀田班」は殺人事件の再捜査で容疑者を逮捕。だが公判で自白強要の証言があり、班員が首を吊った姿で見つかる。そしてさらに死の連鎖が……誉田史上、最もハードな警察小説。

205693-0

ほ-17-7　歌舞伎町セブン　誉田哲也

『ジウ』の歌舞伎町封鎖事件から六年。再び迫る脅威から街を守るため、密かに立ち上がる者たちがいた。戦慄のダークヒーロー小説！〈解説〉安東能明

205838-5

ほ-17-11　歌舞伎町ダムド　誉田哲也

今夜も新宿のどこかで、伝説的犯罪者〈ジウ〉の後継者が血まみれのダンスを踊る。殺戮のカリスマvs.新宿署刑事vs.殺し屋集団、三つ巴の死闘が始まる！

206357-0

ほ-17-10　主よ、永遠の休息を　誉田哲也

この慟哭が聞こえますか？　心をえぐられた少女と若き事件記者の出会いが、やがておぞましい過去を掘り起こす……驚愕のミステリー。〈解説〉中江有里

206233-7